Alexander Oetker

BASKISCHE TRAGÖDIE

Luc Verlains vierter Fall

Roman

Hoffmann und Campe

1. Auflage 2020

www.hoffmann-und-campe.de
Umschlaggestaltung: © Hannah Kolling, Kuzin & Kolling,
Büro für Gestaltung, Hamburg
Umschlagfoto: © Iria Pardo
Karten und Illustrationen auf
Vor- und Nachsatz: Stefanie Bokeloh
Satz: Pinkuin Satz und Datentechnik, Berlin
Gesetzt aus der Albertina MT Pro
Druck und Bindung: Friedrich Pustet, Regensburg
Printed in Germany
ISBN 978-3-455-01006-0

HOFFMANN
UND CAMPE

Ein Unternehmen der
GANSKE VERLAGSGRUPPE

Prolog

MINIATURES

Strand von Hourtin Plage
Vendredi 28 avril, 11:00

Fast hätte er sie bekommen. »Nächstes Mal vielleicht«, schienen ihre schwarzen Augen zu sagen, dann breitete die Möwe ihre Schwingen aus, hob ab und flog über den ersten Wellenberg. Er juchzte und sah ihr dabei zu, wie sie über dem Ozean immer höher stieg. Wie schön das war. Alle Schmerzen waren vergessen. Er liebte es. Vorhin hatte er gerufen: »Au ja, Maman. Einen Tag länger Wochenende!«

Maman hatte entschieden, dass es gut wäre, wenn er heute nicht die *École Maternelle* von Saint-Laurent-Médoc besuchen würde. Er war ein bisschen krank gewesen in der Nacht, ein Kratzen im Hals, erhöhte Temperatur. Er hatte geweint, sie hatte ihn in den Schlaf gestreichelt. Am Morgen ging es ihm eigentlich besser, aber er hatte sie dennoch mit bettelnden Augen angesehen, sie hatte gelächelt – sie lächelte ihn immer so schön an – und gesagt: »Gut, heute bleibst du zu Hause.«

»Fahren wir an den Strand?«, hatte er gerufen, nachdem er sein Müsli gegessen hatte.

Maman hatte überlegt und schließlich genickt. »Ja, das ist eine gute Idee. Ich muss morgen wieder arbeiten, dann fahren wir heute einfach an den Strand, durchatmen ist sicher gut gegen deine Erkältung.« Er hatte gejubelt. Maman arbeitete im Supermarkt an der Ortsausfahrt, sie hatte nicht viel Zeit für ihn. Aber heute würden sie einen ganzen Tag zusammen verbringen.

Er war nicht gerne krank. Es war doof, wenn sein Hals wehtat und er so fröstelte. Doch der Zusammenhang zwischen ein paar Wehwehchen und mehr Zeit mit seiner Maman gefiel ihm.

Er drehte sich nach ihr um. Sie saß weiter hinten vor der gewaltigen Düne aus Sand und las in einer bunten Zeitschrift. Ab und zu sah sie auf und winkte ihm zu, ein Strahlen im Gesicht. Sie war hier viel weniger ernst als zu Hause. Er winkte zurück.

Er war der Möwe ein ganzes Stück hinterhergerannt, und dann hatte er sich an die Wasserkante gesetzt. Nun buddelte er mit seinen Händen im kalten, nassen Sand und baute eine Matschburg, die sich sehen lassen konnte, mit Türmchen und Zinnen, sogar einen Tunnel baute er, doch der stürzte durch das heranspringende Wasser immer wieder ein. Jetzt noch Muscheln für die Verzierung, dachte er und stand auf, um nach ein paar schönen Exemplaren zu suchen. Weiß oder bernsteinfarben, so mussten sie sein. Er ging ein Stück nach Süden, auf der Suche nach den perfekten Muscheln.

Alle paar Meter fand er Venusmuscheln, Meermandeln und Herzmuscheln, daneben kleine Schnecken, und jede, die er besonders schön fand, steckte er in seine Hosentasche. Auf einmal stutzte er. Was lag denn dort vorne, zwischen Meer und Sand? Immer wieder wurde es von den Wellen überspült, etwas Schwarzes, Eckiges. Er ging vorsichtig näher, sah sich um, niemand war zu sehen, Maman saß weit entfernt. Neugierig beugte er sich darüber, ein schwarzes Paket, das dick mit Folie umwickelt und trotzdem an einer Ecke leicht aufgerissen war.

Es stand eine Schrift darauf, die er nicht lesen konnte. Er ging erst in die zweite Klasse. Die Worte kamen ihm nicht bekannt vor.

Er griff vorsichtig danach und zog es auf den Strand. Aus der aufgerissenen Ecke rieselte etwas. Weiß, körnig, wie Puderzucker. Er erinnerte sich daran, wie lecker die Weihnachtsplätzchen gewesen waren, die er dick mit Puderzucker bestreuen durfte. Maman hatte das Sieb festgehalten, und er hatte geschüttet.

Er leckte den Finger an, streckte ihn aus und berührte den weißen Staub. Ein bisschen blieb an seinem Zeigefinger hängen. Er betrachtete den Staub, dann drehte er sich noch mal nach Maman um, die zu ihm hinsah und ihm wieder winkte. Er fühlte sich ertappt. Schnell steckte er den Finger in den Mund. Sie sollte nicht schimpfen, weil er etwas Süßes aß.

Doch das weiße Pulver schmeckte nicht süß. Angewidert verzog er das Gesicht. Es schmeckte nach fast nichts. Leicht bitter, irgendwie chemisch. Er schluckte es schnell runter. Dann stand er auf und ging zu Maman. Er würde ihr von dem Päckchen erzählen.

Von Schritt zu Schritt wurde ihm komischer. Er spürte, wie sein kleines Herz immer doller schlug, wie es in seiner Brust zu rasen begann. Ihm wurde ganz heiß, er wollte die Jacke ausziehen, bekam aber den Reißverschluss nicht auf, weil seine Hand zitterte. Er wollte losrennen, doch seine Beine gehorchten nicht.

»Maman«, rief er, aber seine Stimme gehorchte auch nicht mehr richtig, sie war kratzig und gleichzeitig ganz hoch. Maman war aufgestanden, offenbar spürte sie, dass etwas nicht stimmte. Er wollte nur noch in ihre Arme, wollte, dass sie einfach alles wegstreichelte.

Kurz bevor er sie erreicht hatte, sie hatte die Arme schon

ausgebreitet, wurde ihm auf einmal so heiß und schwindlig und irgendwie übel, dass er nicht mehr weiterkonnte. Er setzte sich in den Sand, und dann spürte er nur noch, wie er wegsank, er konnte sich einfach nicht mehr halten. Alles war dunkel.

Hôtel de Police, Bordeaux
Vendredi 28 avril, 11:40

»Wohin wollen wir denn heute essen gehen?«, fragte Luc in die Runde. Er war zu früh aufgestanden, weil er noch seinen Vater in der Klinik besucht hatte, bevor er ins Büro gefahren war. Deshalb hatte er schon großen Hunger. Anouk und Hugo sahen sich an, als überlegten sie. Etxeberria aber war der Erste, der antwortete: »Na, wie wäre es denn mit dem kleinen baskischen Bistro unten in der Altstadt? *Chez Max*?« Alle mussten grinsen, weil der Baske dieses Restaurant immer vorschlug – natürlich hielt er die traditionelle Küche dieser wohl patriotischsten aller französischen (und spanischen) Regionen für die beste –, und manchmal ließen sie sich auch von ihm überreden. Luc musste zugeben, dass es bei *Chez Max* wirklich hervorragend schmeckte, das Risotto mit Ossau-Iraty-Käse war ein Gedicht, genau wie das Steak mit grüner Paprika.

Anouk und Hugo nickten im Einklang. »Abgemacht. Wann wollen wir los? In einer halben Stunde?« Der Fußweg vom Commissariat würde sicher zwanzig Minuten dauern.

»Machen wir so.« Luc lächelte Anouk an. Gerne hätte er das Déjeuner nur mit ihr verbracht. Doch sie gingen während der Arbeit nicht zu zweit in die Pause, das hatten sie gemeinsam entschieden, um die Atmosphäre im Team nicht zu belasten. Natürlich wussten alle im Büro, dass sie ein Paar waren, genauso wie sie von Anouks Schwangerschaft wussten. Sie hatte es ihnen sagen müssen, damit sie Rücksicht auf sie nahmen. Sie würde ohnehin nur noch zwei Wochen Bürodienst machen dürfen, dann hätte sie bis nach der Entbindung Zwangspause.

Die letzten Wochen waren außergewöhnlich ruhig gewesen. Nach dem Fall der beiden toten Austernzüchter im Bassin von Arcachon und der aufsehenerregenden Festnahme, die die Region eine Weile nicht hatte zur Ruhe kommen lassen – zu schrecklich war die ganze Geschichte –, war nicht mehr viel los gewesen in der nördlichen Aquitaine. Sie hatten dem Dezernat für Raub geholfen bei einer Reihe von Banküberfällen, aber die Täter hatten sich in den Osten Frankreichs abgesetzt und wurden nun dort gesucht.

Deshalb hatte die Abteilung Zeit für ausgedehnte Mittagspausen. Und deshalb blickten alle auf, als in diesem Moment das Telefon auf Hugos Schreibtisch klingelte und er sofort abnahm.

»*Brigade criminelle* in Bordeaux, Brigadier Pannetier?«

Sein Gesicht, auf dem bis eben der fröhliche Ausdruck lag, der ihm so eigen war – besonders, wenn die Mittagspause bevorstand –, wurde ernst, außergewöhnlich ernst. Er, der hartgesottene Polizist, der früher bei der Festnahmeeinheit CRS gearbeitet hatte, wurde sogar etwas blass um die Nase. Luc spannte sich hinter seinem Schreibtisch an, dann stand er auf und ging um den Tisch herum. Er verspürte eine große Unruhe.

»Ich geb's weiter. Wir kommen sofort.«

»Was ist?«, rief Anouk, noch bevor Hugo wieder aufgelegt hatte. Sein Blick sprach Bände.

»Ein Junge hat am Strand von Hourtin eine unbekannte

Substanz zu sich genommen. Er ist umgekippt. Er schwebt in Lebensgefahr. Die Ambulanz ist auf dem Weg.«

»Wie alt?«, fragte Luc leise.

»Fünf Jahre.«

Das »Oh Gott« kam aus allen Mündern gleichzeitig.

»Du lässt den Strand sperren. Und wir: nichts wie hin«, sagte Luc, und Hugo und Etxeberria folgten ihm, Anouk blieb im Büro, um den Einsatz von hier aus zu befehligen und für Verstärkung zu sorgen. Sie warteten nicht auf den Fahrstuhl, sondern rannten die Treppe hinab, Luc nahm jeweils drei Stufen auf einmal.

»Mein Wagen steht vor dem Commissariat im Parkverbot, los, wir nehmen den, dann müssen wir nicht erst in die Tiefgarage.«

Luc sprang hinters Steuer des alten grünen Jaguar XJ6, ließ sofort den Motor an und brauste los, noch bevor Hugo im Fond die Tür schließen konnte. Der Baske klappte die Sichtblende mit der Aufschrift *Police* herunter und setzte die blaue Rundumleuchte aufs Dach.

Mit Tempo 90 raste er durch die Stadt, dann setzte er sich auf der Rocade, der Stadtautobahn rund um Bordeaux, auf die linke Spur und beschleunigte auf 150. Luc hatte das Radio ausgeschaltet. Nur über Funk kamen ab und zu Meldungen. Sie schwiegen und sahen alle angespannt nach vorne. Ein Kind. Das änderte für Polizisten alles.

Normalerweise brauchte man bis Hourtin eine Stunde, im Sommer auch gerne mal zwei, weil die Straße in die Strandorte einspurig war, sodass sich der Verkehr an den Wochenenden bis in die Innenstadt von Bordeaux staute. Doch bei dem hohen Tempo, mit dem Luc durch die endlosen Seekiefernwälder nördlich von Lacanau flog, brauchten sie nur etwas über eine halbe Stunde, bis der Commissaire an der

Schranke vorbeifuhr, die den Zugang zum kleinen Zentrum des Surferstädtchens sperrte – die Police municipale aber hatte den Sicherheitskräften den Schlagbaum schon geöffnet. Er raste vorbei an den alten und bunt gestrichenen Holzhütten, die noch versperrt waren, aus denen heraus aber in der Hochsaison Eis, Waffeln und Crêpes verkauft wurden – und an den vielen Restaurants, die Austern, frischen Fisch und Steaks feilboten. Genau hinter der Düne hielt er an, sie sprangen hinaus und nahmen den Weg über den Sand, der mit hellen Holzbohlen ausgelegt war. Den roten Helikopter sahen sie sofort. Er stand auf dem Sand zwischen Düne und Meer. Sie rannten darauf zu. Ein Arzt und ein Sanitäter hoben gerade die Trage an und hievten sie in das Innere des Hubschraubers. Luc konnte die Decke sehen und den kleinen Körper darauf, der Sanitäter hielt einen Tropf in der Hand. Ein zweiter Sanitäter stützte die Mutter, die in seinem Arm lag, führte sie zu der kleinen Treppe, die in den Helikopter führte und half ihr hinein. Luc erreichte sie, kurz bevor sie die Türen schließen konnten.

»Polizei von Bordeaux, Luc Verlain. Wie geht es ihm?«

Der junge Arzt sah nur kurz auf, er arbeitete an dem Jungen. »Es ist sehr ernst. Wir müssen los.« Dann schloss der zweite Sanitäter die Tür. Luc, Hugo und der Baske zogen sich eilig zurück, hockten sich auf den Boden und senkten den Kopf, denn die Rotorblätter des Hubschraubers begannen sich zu drehen und verwandelten den Strand in eine Sturmwüste, der Sand wirbelte wild umher, und dann hob der Helikopter ab und flog eine scharfe Kurve in Richtung Landesinneres. Er würde den Jungen in die Uniklinik von Bordeaux bringen, vermutete Luc, nur dort gab es eine Kinderintensivstation.

Die drei Polizisten standen wieder auf, und Luc erblickte Lou, der auf ihn zugerannt kam. Hinter Lou flatterte Absperrband in der starken Brise, die vom Meer kam. Um was es gespannt war, konnte der Commissaire nicht erkennen.

»Luc«, rief Lou, sein alter Schulfreund, der seit Jahrzehnten der Chef der Gemeindepolizei von Lacanau war, aber in schlimmen Fällen auch die umliegenden Orte mitbetreute. »Da seid ihr ja. Es ist …«, er schluckte, »es ist so eine Scheiße. Kommt.«

Er führte sie hinunter zur Wasserkante. Auf dem Weg fragte Luc gegen den Wind: »Wie ist der Zustand des Jungen?«

»Sie wissen nicht, ob er es schafft. Sein Herz.«

»Was weißt du über ihn?«

»Er heißt Lucien Dugarry, er ist fünf und aus Saint-Laurent-Médoc. Geht dort auf die Grundschule. Seine Mutter ist alleinerziehend, Supermarktkassiererin, der Vater ist Krankenpfleger, er wird gerade informiert, er lebt in Paris.«

»Warum war Lucien nicht in der Schule?«

»Krank, sagt die Mutter. Sie hat nur noch geschluchzt. Luc, ich habe den Jungen gesehen. Er war so blass, es war, als wäre er schon …«

Luc griff Lou an den Schultern und drückte ihn. So standen sie für einen Moment, dann lösten sie sich wieder und gingen die paar Meter bis zu dem Absperrband, vor dem ein junger Polizist stand.

»Hier, davon muss er etwas probiert haben«, sagte Lou, »nur so können wir es uns erklären.«

Ein viereckiges Päckchen, in schwarze Folie gewickelt. An einer Ecke war ein kleines Loch, die Folie ganz leicht aufgerissen. Heraus rann ein weißes Pulver in einem dünnen, nicht enden wollenden Faden.

Luc erstarrte.

»Ist es …?«

»Das wollte ich von euch wissen«, sagte Lou. »Wisst ihr, ich hab nicht so viel mit Koks zu tun.«

Etxeberria nahm das Flatterband hoch und kniete sich in den Sand, die anderen sahen ihm stumm zu. Er steckte einen Finger in das weiße Pulver und betrachtete es einen langen Moment, dann roch er daran.

»Ich probier es nicht, das ist ja hier kein Krimi«, sagte er grimmig, »aber ich bin mir sicher, es ist Kokain. Und zwar verdammt reines, wenn mich nicht alles täuscht.«

»Verdammt«, sagte Luc. »Der arme Junge.«

Sie alle wurden bleich angesichts der Vorstellung, dass der kleine Lucien davon probiert haben musste. Denn sie alle wussten: Je reiner der Stoff, desto stärker die Wirkung.

Der Commissaire wandte sich zu Lou um. »Gab es das schon mal? In den letzten Tagen?«

Der Leiter der Police municipale fuhr auf: »Luc, wirklich, meinst du nicht, das hätten wir dir gemeldet?«

»Sicher«, sagte Luc gedankenverloren. »Woher kommt das Zeug?«

Er betrachtete die schwarze Folie, dann glitt sein Blick übers Meer. War da noch mehr in der rauen See versteckt? Noch mehr todbringende Ware?

»Lou, wir machen eine amtliche Verfügung draus, auch wenn es etwas panisch wirken sollte – und wir dann die gesamte europäische Presse am Hals haben. Ich möchte, dass ihr die Strände von hier bis runter zum Cap-Ferret sperrt, für die gesamte nächste Woche. Ich schicke euch Verstärkung aus Bordeaux – und aus Paris, wenn das nötig sein sollte. Das hier«, er wies auf das Päckchen, »darf nicht noch einmal passieren.«

Hôtel de Police, Bordeaux
Lundi 8 mai, 9:00

»Ich war gestern in der Klinik.« Alle im Raum sahen auf, als Commissaire général Preud'homme diese Worte sprach. Es kam nicht oft vor, dass sich der Leiter der Polizei von Bordeaux so aktiv in laufende Ermittlungen einmischte. Doch als Luc sein bleiches Gesicht sah, wusste er, warum der alte Preud'homme das getan hatte – ein mit Kokain vergiftetes Kind, das war wirklich eine Tragödie. »Lucien liegt weiterhin im Koma.« Der Name *Lucien* war mittlerweile durch die vielen Presseberichte zum Synonym für die *marée blanche* geworden, die *weiße Flut*, wie die Journalisten die Kokainschwemme an den Stränden genannt hatten.

Preud'homme fuhr fort: »Die Familie sitzt seit Tagen bei ihm am Bett. Auch der Vater ist aus Paris gekommen. Die Eltern scheinen sich über diese Katastrophe wiedergefunden zu haben. Aber … die Ärzte glauben nicht, dass er diese schwere Vergiftung überstehen kann.«

Luc senkte den Kopf. Seit zwei Wochen machten sie allmorgendlich diese Lagerunden zu den Drogenfunden, das hier war die erste, an der Anouk nicht mehr teilnahm. Sie war nun im Mutterschutz. Luc war froh darüber, dass sie das nicht mehr direkt mit anhören musste, auch wenn sie ihn nachher natürlich dazu befragen würde.

»Wir müssen endlich rausfinden, was hier los ist«, sagte Preud'homme fest.

In den vergangenen eineinhalb Wochen waren noch achtundfünfzig weitere Pakete angespült worden, an der gesamten Küste der Gironde, von Soulac-sur-Mer bis hinunter nach Biscarrosse. Also neunundfünfzig Pakete insgesamt, alle in schwarze Folie gewickelt, gefüllt mit ein bis zwei Kilogramm Kokain. Gott sei Dank waren die ersten drei Pakete von Polizisten an bereits gesperrten Stränden gefunden worden, Lucs Vorsichtsmaßnahme hatte gefruchtet. Nach und nach hatten die Beamten dann ausnahmslos alle Strände des Départements gesperrt. Mit Helikoptern und sogar mit Drohnen überwachte außerdem das Militär die gesamte Küste, bis hinunter nach Biarritz. Deshalb war niemandem mehr etwas passiert. Der kleine Lucien blieb das einzige Opfer.

Doch das Telefon im Hôtel de Police stand nicht still. Die Bürgermeister der Strandorte klingelten Sturm, sie wollten Erkenntnisse, und sie wollten Gewissheit, dass sie ihre Strände bald wieder öffnen könnten – die Hochsaison nahte und damit die wichtigste Einnahmequelle für die Dörfer am Ozean. Doch Luc konnte nur abwinken – noch war es undenkbar, die Sperrungen aufzuheben, denn noch immer wurden beinahe täglich neue Pakete angespült.

»Commissaire Etxeberria, hat sich das Labor schon gemeldet?«

»Ja, übers Wochenende kam der Bericht«, sagte der Baske grimmig und griff nach dem Packen Papier, der vor ihm lag. »Man hat alle Pakete untersucht, und die Kollegen in Paris sind baff. Die Reinheit des Produkts lag bei allen Proben exakt bei 83 Prozent. Das ist eine unglaubliche Qualität, Junkies würden sich danach verzehren, aber natürlich erreicht Kokain im Straßenverkauf niemals diese Reinheit. Es wird immer gestreckt, alles andere wäre viel zu teuer.«

»Und viel zu stark«, ergänzte Luc, der in seiner Zeit in Paris naturgemäß viel mit Drogenkriminalität zu tun gehabt hatte.

»Stimmt, Commissaire Verlain, das schreiben die Kollegen hier. Ungeübte Konsumenten würden den Kontakt mit derart reinem Stoff wahrscheinlich nicht überstehen. Weil die Wirkung aufs Herz viel zu stark wäre. Das, was wir an den Stränden gefunden haben, ist das Basisprodukt. Es ist die Grundlage des Straßenhandels – und unsere bisher aufgefundenen gut 100 Kilogramm könnten, von den Hintermännern gestreckt, sogar den großen Pariser Markt für einige Monate decken.«

»Und der kleine Lucien musste ausgerechnet dieses Teufelszeug finden«, sagte Hugo wütend. »Es bringt mich um den Verstand, dass wir keine Ahnung haben, woher es kommt.«

»Ursprünglich kommt es mit an Sicherheit grenzender Wahrscheinlichkeit aus Südamerika. Nur dort wird Stoff in dieser Qualität hergestellt. In Kolumbien, Peru oder Bolivien. Und dann geht's mit dem Schiff über den Atlantik, in Richtung Europa – oder erst nach Afrika, um von dort dann weiterverteilt zu werden«, referierte der Baske.

»Es gibt nur eine realistische Möglichkeit«, sagte Luc, »es muss von einem solchen Schmugglerboot gefallen sein. Es gab doch diesen Sturm, Agathe oder wie er hieß, anderthalb Wochen vorher, an unserer Küste. Ihr erinnert euch, deshalb gab es in Merignac einen Stromausfall, der Flughafen war für einen ganzen Tag geschlossen. Wenn bei dem Sturm ein Container vom Boot gefallen wäre, hätte es in der Tat einige Tage gedauert, bis die Pakete angespült worden wären. Die Zeit käme hin.«

»Aber diesen Container hätten wir gefunden, der wäre angeschwemmt worden«, sagte Etxeberria.

»Dann war es eine Palette, was weiß ich«, erwiderte Luc.

»Ich bin bei Ihnen, Commissaire, das Boot ist die einzig mögliche Erklärung.«

»Wir sind dran«, sagte Hugo. »Wir überprüfen alle Schiffsbewegungen in allen südwestfranzösischen Häfen im gesamten April, aber bislang gab es da nichts Ungewöhnliches. Die Schmuggler werden ihr Boot ja nicht *Cocaïne* nennen, deshalb weiß die *Brigade nautique* auch nicht so genau, wonach sie suchen soll.«

»Ich erinnere mich an 2004«, sagte Etxeberria. »Damals gab es eine ähnliche Sache, kiloweise wurden Pakete mit Kokain angeschwemmt, damals im Baskenland. Den oder die Verursacher haben wir nie gefunden.«

»Wir müssen mit den Basken zusammenarbeiten. Das Schiff kann aus Süden gekommen sein. Das ist sogar sehr wahrscheinlich«, sagte Luc.

Etxeberrias Miene verfinsterte sich. Luc sah ihn an. »Sie müssen nicht selbst mit den alten Kollegen sprechen. Sagen Sie mir nur, wen ich kontaktieren muss, damit ich schnelle Amtshilfe bekomme.«

»Wen Sie wollen. Nur nicht Commissaire Schneider.« Der Baske wandte den Blick ab.

Etxeberria war vor wenigen Jahren als Leiter der Polizei in Bayonne abgesetzt worden, seiner Heimatstadt. Ihm wurde vorgeworfen, Gelder von Kriminellen angenommen zu haben. Ein Vorwurf, der nie bewiesen werden konnte – und dennoch war sein Ruf ruiniert, und er wurde aus der Heimat nach Bordeaux versetzt. Es war eben dieser Commissaire Schneider gewesen, der für Etxeberrias Entlassung verantwortlich war – und der dann selbst die Leitung der Polizei in Bayonne übernahm.

»Diesmal werden wir sie kriegen«, sagte Luc. »Ich werde gleich mit Météo-France in Paris sprechen.«

Preud'homme, Hugo und der Baske sahen ihn fragend an.

»Wir haben die genauen Auffindzeiten aller Pakete an den Stränden unserer Küste. Damit sollte sich doch mit dem Ebbe- und Flutkoeffizienten, den Strömungen und den Wellenbewegungen ungefähr berechnen lassen, wo ein Boot zum Zeitpunkt des Sturmes gewesen ist. Und das gleichen wir dann ab mit den gemeldeten Vorbeifahrten und Routen der Schiffe. Was anderes fällt mir zurzeit auch nicht ein.«

»Das ist ein guter Ansatzpunkt, Commissaire«, sagte Etxeberria.

»Wenn wir die Typen nur finden«, sagte Hugo.

»Wenn nur Lucien aus dem Koma erwacht«, fügte Luc mit dunkler Stimme hinzu.

Place Canteloup, Bordeaux
Samedi 27 mai, 11:00

Sein Leben war perfekt. In genau diesem Moment.

Sie war gerade aufgestanden und aus dem Schlafzimmer gegangen. Sie trug nur ihren Slip, schlicht, weiß. Ihre unglaublichen Beine, schlank und muskulös. Obenrum war sie nackt, ihre Schultern hatten sich bewegt bei jedem Schritt, er hatte ihren Rücken gesehen und die kleine Kuhle oben an ihrem Hals, die er so gerne küsste, wenn sie vor ihm lag. An der Tür hatte sie sich umgedreht, um ihm zuzulächeln, und er hatte ihren schon runden Bauch betrachtet, die Wölbung, die die nächsten Monate immer größer werden würde. Noch knappe vier Monate lang. Sie war nie schöner gewesen als heute Morgen.

»Espresso?«, rief sie aus der Küche. »Oder nur Wasser, und dann gehen wir gleich runter, ins Café?«

»Lass uns runtergehen«, rief er zurück.

Durch das Schlafzimmerfenster, das Anouk geöffnet hatte, zog die noch kühle Frühlingsluft in das aufgeheizte Zimmer, und trotzdem spürte Luc schon, dass der Winter nun wirklich vorbei war. Die Sonne zeigte sich hinter dem Sprossenfenster. Von draußen war das geschäftige Samstagvormittagstreiben auf der Place Canteloup zu hören.

Sie waren lange aus gewesen, hatten Freunde von Anouk getroffen, die mittlerweile auch seine Freunde geworden waren. Ein junges Paar, sie war Malerin, er Weinhändler, sie wohnten nicht weit von hier hinter der Kathedrale.

Etliche Stunden hatten sie im *Blisss* zusammengesessen, draußen in Mérignac, einem ganz angesagten Restaurant mit Molekularküche, die Luc immer ein wenig zuwider war. Aber gut, sie waren eingeladen worden, und es war wirklich gut gewesen. Dann, nach einem kleinen Abendspaziergang, hatten sich die beiden Freunde verabschiedet. Anouk und Luc aber waren weitergezogen, wie sie es gerne taten. Einfach wild drauflos durch die Stadt, über die dunklen Straßen mit den altertümlichen roten Laternen, über das Pflaster der kleinen Gassen und großen Plätze. Früher waren sie oft eingekehrt, hier auf ein kleines Glas Rotwein, dort auf einen *Coupe de Champagne,* um schließlich in ihrer Stammbar zu versacken, in der *Bar à Vin,* ganz in der Nähe des Quinconces. Doch jetzt liefen sie einfach durch die alte Stadt, sahen den Leuten in den Bars zu, Luc streichelte Anouks Bauch, wann immer sie stehen blieben, und sie malten sich ihr Leben zu dritt aus.

Am Ende des Spaziergangs waren sie doch noch in ihre alte Stammbar gegangen. Anouk hatte einen Tee getrunken und Luc ein kleines Glas *Château Talbot* und ein *Eau de Vie.* Dann waren sie beide in ein Taxi gesprungen, für einen Fußmarsch hatten sie keine Ruhe mehr, sie waren zu erregt, zu angestachelt, und dann hatten sie sich zu Hause noch in der Küche geliebt, atemlos, hektisch, schnell, um dann im Schlafzimmer weiterzumachen, ruhiger, sinnlicher, tiefer, um dann in einer einzigen Umarmung in einen Dämmerschlaf zu sinken.

Heute stand nichts an. Sie wollten nachher gut mittagessen und dann in den Park. Luc hatte eine Ausgabe von *Le Point* gekauft, und Anouk freute sich auf die *Marie Claire* und eine Reisezeitschrift, sie wollte den Sommerurlaub planen, bevor sie erst einmal eine Weile nicht reisen würden.

»Los, raus aus dem Bett jetzt, Schlafmütze!«, rief Anouk durch die offene Tür und riss Luc aus seinen Tagträumen. Gut so.

Unter der Dusche ließ Luc die letzten Monate Revue passieren: Nach den schrecklichen Ermittlungen im Austernmord war es vergleichsweise ruhig geworden. Im Januar hatten sie in einer Reihe von Taschendiebstählen in Arcachon ermittelt und – weil gar nichts los war – dem Drogendezernat in einem Vorort von Bordeaux geholfen.

Und zwischen Anouk und Luc? War es wunderbar verlaufen. Harmonie, gute Gespräche, toller Sex. Und es hatte sich der Alltag eingestellt. Ein wunderschöner Alltag. Die Form von Alltag, die sie beide hatte durchatmen lassen. Den anderen wirklich kennenlernen. Alltag, in dem es Luc bei anderen Frauen immer langweilig geworden war. Bei Anouk war von Langeweile keine Spur. Er war sich sicher: Das war seine Liebe. Die Frau, die er über alle Maßen begehrte und die er in seinem Leben wollte. Und nun war sie schwanger.

Und Luc? Er spürte sich. In einer Tiefe, die er so von sich noch nicht gekannt hatte. Seine Angst war verschwunden. Die Angst vor Verlust, vorm Verlassenwerden. Er hatte stärkeren Zugang zu seinen Gefühlen gefunden. Und konnte endlich zulassen, all die schönen Momente in seinem Leben zu teilen. Schließlich wurden sie dadurch noch schöner.

Als sie vor der Wohnungstür standen, beide in Wochenendklamotten – Luc trug eine Chino und ein graues Sweatshirt gegen die Kälte, Anouk ihre abgewetzte Lieblingsjeans und eine blaue kurze Jacke –, da trat sie noch mal an ihn heran, küsste ihn lang und zärtlich und sagte: »Und, Monsieur le Commissaire? Bereit für den Samstag?«

»Bereit für den Samstag und für dich.«

Jetzt küsste er sie neckender als vorhin, und dann öffnete sie die Tür.

»Was ist das?«

Luc schob sich an ihr vorbei.

»Was denn?«

Sie zeigte mit dem Finger auf das große Kuvert, das mit einem groben dunklen Paketband an die Wohnungstür geklebt worden war.

»Luc Verlain« stand darauf, in feinen Lettern, die Luc von irgendwoher zu kennen glaubte. Er nahm den gelben Umschlag und sah Anouk fragend an. Die zuckte mit den Schultern.

»Willst du ihn wirklich einfach so aufmachen? Oder wollen wir lieber das Sprengstoffkommando holen?«

Luc grinste, dabei war ihm gar nicht komisch zumute. Aber eine Briefbombe? Eher unwahrscheinlich. Woher kannte er diese Schrift? Das Kuvert trug keine Briefmarke, keinen Poststempel, nichts. Der Absender hatte es offenbar persönlich zugestellt, in der Nacht, als sie geschlafen hatten, oder jetzt am Morgen.

Luc befühlte den Umschlag. Nur Papiere. Er öffnete ihn vorsichtig.

Er entnahm dem Kuvert ein A4-Blatt mit einem offiziellen Aufdruck.

Laboratoire médical de Bayonne stand ganz oben. Merkwürdig. Was sollte das?

Und dann las Luc die Zeilen, die sein Leben verändern sollten.

»Lea Poulain, geboren am 21. September 2009 in Paris, Tochter von Aurore Poulain – ausgewiesen durch einen DNA-Test –, ist ausweislich dieses Testes und durch den Vergleich mit einer Haarprobe, übergeben am 11. Februar 2016 an unser Labor in Bayonne, mit

einer Wahrscheinlichkeit von 99,99 Prozent die Tochter von Luc VERLAIN, geboren am 28. Oktober 1977 in Bordeaux.
gez. Weber, Maître de Laboratoire«

Luc ließ das Schreiben fallen. Dabei löste sich aus dem Kuvert ein Post-it. Luc hob es auf. Die Zeilen waren mit blauer Tinte geschrieben worden, in dieser fein ziselierten Schrift, von der Luc wieder einfiel, wo er sie nun schon zweimal gesehen hatte.

»Commissaire Luc Verlain. Ich habe das mal für Sie erledigt.
Herzlichen Glückwunsch. Wir sehen uns.
Salut de San Sebastián.«

Die Schrift. Sie hatte auf der Karte gestanden, letzten Sommer, der Karte, die ihn in der Aquitaine willkommen geheißen hatte, kurz nachdem er seinen ersten Fall im Südwesten gelöst hatte. Es war dieselbe Schrift wie auf der Karte, die Anouk erhalten hatte. Die sie vor Luc warnen sollte. Und Luc fiel der Einbruch wieder ein. Der Einbruch in seiner Cabane. Letzten Herbst. Als sie Gaston, den alten Restaurantbesitzer, niedergeschlagen hatten. Dabei hatten sie seine Haarbürste gestohlen. Für die Haarprobe. Wer wollte ihn hier vorführen? Wer wusste von einer Tochter?

Er hatte eine Tochter. Lea. Die Tochter von Aurore. Natürlich erinnerte er sich an Aurore. An ihre kurze Beziehung. Viel eher war es nur eine Affäre. Wer hatte davon gewusst? Wer hatte geahnt, dass es Lucs Tochter war? Warum sollte Aurore es ihm auf diesem Wege mitteilen? Das hier, da war er ganz sicher, war nicht ihre Schrift.

Der Hausflur verschwamm vor seinen Augen, er musste sich an der Wand abstützen.

»Luc«, sagte Anouk, die seine Privatsphäre gewahrt hatte, die gar nicht auf die Idee gekommen war, das Schreiben mitzulesen, ohne dass er es wollte. »Luc? Was ist los?«

Er schaute sie an, schüttelte den Kopf, wies nach draußen.

»San Sebastián. Ich muss nach San Sebastián.«

Lundi – Montag

AUF DER ANDEREN SEITE

Ortsausfahrt von Biarritz Richtung Süden
Lundi 29 mai, 17:00

Luc beschleunigte, als er aus dem Kreisverkehr in die Avenue Beau Rivage einbog. Die Stadt lag beinahe hinter ihm, der Ozean war hinter den hohen Mauern der baskischen Häuser zu seiner Rechten verborgen.

Der alte Jaguar gluckste, als genösse er die Fahrt unter diesem sonnigen Himmel, der Commissaire aber konnte sich an der Kulisse von Biarritz nicht erfreuen. In seinem Kopf ging alles durcheinander.

›Ruhig bleiben‹, mahnte er sich seit Stunden, ›bleib ganz ruhig.‹

Von außen musste er den Anschein eines gelassenen Mannes machen, eines Mannes, der mit sich im Reinen war: Er hatte das Fenster heruntergekurbelt, der Ellbogen lag auf dem Rahmen, der Fahrtwind kühlte die schon warme Frühsommerluft. Auf *France Culture* erklangen die letzten Takte von Pachelbels Kanon, doch Luc war nicht bei der Sache.

Wegen des offenen Fensters hörte er das Aufheulen des Motors hinter sich, noch bevor der Peugeot 307 mit der unverkennbaren Banderole neben ihm war, auf gleicher Höhe, zwei Männer schauten finster herüber, dann setzte sich der Wagen vor ihn, das Blaulicht und die Sirene wurden eingeschaltet und Luc im selben Moment ausgebremst.

»Was soll denn das jetzt?«, murmelte er, doch dann ging er in die Eisen, so heftig zwang ihn der Polizeiwagen zum Anhalten. Der Jaguar spurte sofort und kam auf dem Seitenstreifen hinter dem Kleinwagen zum Stehen, der sein blinkendes Licht auf dem Dach anbehielt wie eine Warnung.

Links und rechts öffneten sich die Türen, die zwei Uniformierten stiegen aus und kamen auf seinen Wagen zu, beide hielten die Hand am Holster. Luc ließ das Fenster herunterfahren.

›Lass die Hände auf dem Lenkrad liegen‹, mahnte er sich, so wie er es auf der Polizeischule gelernt hatte, ›ruhig bleiben, dann fahren sie wieder.‹

Der eine blieb vor seinem Auto stehen, immer noch die Hand an der Waffe. Der andere trat an die Scheibe heran, Luc hörte seine schweren Stiefel auf dem Splitt knirschen. Der Mann war riesig, ein Hüne, er trug eine dunkle Sonnenbrille, sodass seine Züge nur zu erahnen waren. Seine Glatze war schweißnass.

»Steigen Sie aus dem Auto aus«, sagte er im Befehlston.

»*Bonjour*, Brigadier«, erwiderte Luc, der den roten Streifen auf dem Schulterstück der Uniform ausgemacht hatte, »was ist denn los?«

»Steigen Sie aus dem Auto aus, Monsieur.«

Luc betrachtete den Polizisten nachdenklich, doch der verzog keine Miene. Langsam nahm Luc die Hände vom Lenkrad und hielt sie offen zu dem Beamten hin, dann betätigte er den Türgriff und öffnete die Tür. Er sah, wie der Polizist einen Blick mit seinem Kollegen wechselte. Der Mann, der vor der Motorhaube stand, nickte. Luc stieg aus und sagte an den Brigadier gewandt:

»Mein Name ist Luc Verlain, ich bin Commissaire bei der Police nationale in Bordeaux.«

Es war, als hätte der Polizist Luc gar nicht gehört.

»Drehen Sie sich um, und legen Sie die Hände auf das Autodach.«

»Ich …«

»Die Hände aufs Auto.«

Es war der Mann vorne am Wagen, der nun laut geworden war, er hatte seine Waffe gezogen und richtete sie auf Luc. Der Commissaire sah noch einmal hin, weil er es nicht glauben wollte, dann mahnte er sich wieder zur Ruhe, zuckte die Schultern, drehte sich um und legte die Hände auf das warme Dach seines Jaguars.

Was dann geschah, war merkwürdig. So merkwürdig, dass er sich später ärgerte, nicht genauer aufgepasst zu haben. Dieses Gefühl zu spüren, einmal auf der anderen Seite zu sein. Wie es war, wenn Polizistenhände einen packten, die eigenen Hände zusammennahmen, die metallene Kälte, wenn die Handschellen sich fest um die Handgelenke legten. Die anschließende Durchsuchung, grob und entwürdigend. Der Polizist zog triumphierend die Waffe aus dem Holster, das Luc unter der leichten Lederjacke trug.

»Na, was haben wir denn da?«

»Brigadier, wie ich schon sagte, ich bin …«

»Wir wissen, wer Sie sind.« Der Kollege des Hünen war um den Wagen herumgekommen und stand nun auch hinter ihm. »Wir wissen, dass Sie Luc Verlain sind, und deshalb nehmen wir Sie nun fest. Es gibt einen Haftbefehl auf Ihren Namen, Monsieur, wegen des Verdachts der schweren Körperverletzung mit Todesfolge, der Entführung und des Drogenhandels in gewerbsmäßigem Umfang.«

»Was? Was erzählen Sie denn da?«

Luc wollte herumfahren, doch die Hände des grobschlächtigen Polizisten hielten ihn fest.

»Schön ruhig, Monsieur, Sie wollen doch nicht, dass wir Zwangsmaßnahmen anwenden müssen. Sie kommen mit, der Commissaire général wird Sie verhören, er ist schon auf dem Weg.«

Er sagte kein Wort mehr, sie rissen ihn mit sich, öffneten die hintere Tür des Streifenwagens, ließen ihn einsteigen, indem sie seinen Kopf herunterdrückten, dann setzte sich der kleine Polizist neben ihn, während der Riese den Wagen startete und mit Blaulicht und Sirene anfuhr zurück in Richtung Biarritz. Luc fragte sich, wie der Commissaire général schon auf dem Weg sein konnte – sie hatten ihn doch eben erst erwischt. Verdammt, was war hier los? Wie konnten sie so schnell gewesen sein? Er war doch fast am Ziel.

Er sah den Jaguar, der am Straßenrand stand, in der Rückscheibe immer kleiner werden, bis er nach der nächsten Kurve aus seinem Blickfeld verschwand.

Mardi – Dienstag

JÄGER ODER GEJAGTER?

Commissariat de Police, Biarritz
Mardi 30 mai, 9:30

Luc legte den Kopf in den Nacken und übte sich darin, seine Atmung zu kontrollieren. Einatmen, ausatmen, immer wieder, dann den gleichen Vorgang wiederholen, die einzelnen Atemzüge verlängern, genau wie die Pause dazwischen. An nichts denken. An gar nichts.

Er schaffte es höchstens vier Sekunden, dann sprang seine Gedankenmaschine wieder an. Verdammt. Er schloss die Augen, weil er es nicht mehr ertrug, hier zu sein. In diesem Raum, der all den Räumen so sehr glich, in denen er schon Vernehmungen durchgeführt hatte.

Eine karge, fensterlose Zelle, in der sich nur ein schlichter Resopaltisch und zwei Stühle befanden. Die eigentlich obligatorische Spiegelwand fehlte hier. Dafür hing in der Mitte des Raumes eine kleine Kamera an der Decke. Sie beobachteten ihn, da war Luc sicher. Er bemühte sich wieder um Konzentration. Versuchte, die Gelassenheit, die ihn sonst auszeichnete, herbeizuzaubern. Aber das hier war anders. Ganz anders.

Sie waren wortlos mit ihm durch die Stadt gefahren, hatten sich immer wieder Blicke zugeworfen, die irgendwo zwischen *wissend* und *finster* lagen. Sie hatten das Blaulicht angeschaltet, sodass sie durch die kleinen Gassen rasen konnten, vorbei an der Markthalle, durch die Einkaufsstraße, dann waren sie kurz vor dem Casino nach rechts abgebogen. Das Commissariat war ein schlichter Zweckbau, ein weißes Ungetüm aus den Siebzigern. Sie hatten vor der Tür gehalten, dann hatten sie ihn in eine kleine Zelle im Untergeschoss geführt. Er hatte sich auf die Pritsche gelegt, irgendwann kamen sie mit Baguette und Tee. Er hatte nichts angerührt. Nach einer schlaflosen Nacht, in der fahles Licht durch das Souterrainfenster gefallen war, hatten sie ihn in diesen Raum gebracht. Es gab keine Uhr an der Wand, deswegen konnte er nur schätzen, wie lange schon. Zwei Stunden, mindestens. Möglicherweise drei. Weil es hier kein Tageslicht gab, wusste er nicht, wie spät es war. Vielleicht war gerade die schönste Stunde für das Petit Déjeuner. Merkwürdig, dass ihm jetzt dieser Gedanke kam. Ein Frühstück in Biarritz. Mit wem sonst als mit Anouk. Wo sie wohl war? Wie es ihr ging?

Vor zweieinhalb Tagen hatte er sie zuletzt gesehen. Es kam ihm vor wie zweieinhalb Jahre.

Gerade, als er sich ihr Gesicht vorstellte, öffnete sich die Tür zum Verhörraum. Es war keiner der beiden Polizisten. Ein anderer Mann trat ein und schloss die Tür hinter sich. Er trug eine Lederjacke und dunkle Jeans. Klein und drahtig war er, vielleicht Mitte, Ende vierzig. Er hatte hellblondes Haar, nein, es war fast weiß, und nun erst nahm Luc auch seine Augen wahr: blau und stechend, glasklar, wie bei einem Husky.

Der Mann sprach kein Wort zur Begrüßung, er ging schnurstracks auf den unbesetzten Stuhl zu und setzte sich darauf, ohne ein Geräusch zu machen. Dann betrachtete er Luc lange und stumm. Erst nach einer Minute sprach er, und seine Stimme war anders, als der Commissaire es erwartet hatte. Sie war hell. Hell und freundlich.

»Ich bin Commissaire Schneider, Chef der Police nationale im Département Pyrénées-Atlantique. *Bonjour,* Commissaire Verlain.«

Luc wusste, dass er den Namen des Mannes schon einmal gehört hatte – erst kürzlich hatte er mit jemandem über den raschen Aufstieg dieses Mannes gesprochen. Ein beinahe kometenhafter Aufstieg, der einen anderen die Karriere gekostet hatte.

»*Bonjour,* Commissaire Schneider. Es freut mich, dass wir uns endlich einmal kennenlernen. Auch wenn die Umstände … nun ja, etwas merkwürdig sind. Aber jetzt wird sich ja hoffentlich alles aufklären.«

Luc versuchte, seine Stimme zu kontrollieren. Doch immer wieder brach sie, was ihn ins Schwitzen brachte. So fühlte es sich also an auf der anderen Seite. Wenn die Gewissheiten verschwunden waren – er hätte nicht gedacht, dass er sich so nackt fühlen würde.

»Ich hoffe sehr, dass sich alles aufklärt, Monsieur Verlain. Es liegt natürlich an Ihrer Mitarbeit, dass dem so ist, wenn ich das hinzufügen darf.«

Nein, freundlich war sie nicht, diese Stimme, korrigierte sich Luc, sie war kontrolliert und sponn sich um einen wie ein Netz.

»Ich denke, ich verstehe nicht recht«, sagte Luc. »Welche Mitarbeit meinen Sie? Ich fahre in meinem privaten Pkw durch Biarritz und werde auf einmal von zwei Ihrer Kollegen verhaftet – unter Angabe von Haftgründen, die völlig … absurd sind. Und nun sitze ich hier seit Stunden und kann nicht telefonieren, geschweige denn mit jemandem sprechen, und Sie erzählen mir etwas von Mithilfe. Was soll das, Commissaire? Lassen Sie mich doch wenigstens in Bordeaux anrufen, dann lässt sich alles klären.«

Commissaire Schneider hob abwehrend die Hände, dabei lächelte er freundlich, als täte ihm das alles wahnsinnig leid.

»Ich würde gerne, aber Sie kennen ja die Vorgehensweise bei derlei Dingen: Ich darf Sie nicht telefonieren lassen, sonst könnten Sie Absprachen treffen, die Ihrer Entlastung dienen – und das würde mir der Staatsanwalt um die Ohren hauen. Deshalb spielen wir einfach nach den Regeln, die Sie ja bis vor wenigen Tagen auch glänzend beherrscht haben, nach dem, was man so hört.«

Luc fuhr aus seinem Stuhl hoch, er schnellte auf die Füße und lehnte sich über den Tisch: »Was erzählen Sie denn da für einen Mist, Mann?«

Doch Commissaire Schneider ließ sich davon nicht beeindrucken, er hielt Lucs Blick stand, seine Augen aber hatten sich zu Schlitzen geformt, aus denen Verachtung sprach.

»Setzen Sie sich wieder, Monsieur Verlain. Vielleicht kann ich Ihnen helfen, wenn Sie doch alles vergessen zu haben scheinen, weshalb Sie hier sind, in unserer kleinen, aber feinen Erziehungsanstalt für vom Weg abgekommene Schäfchen. Also, die Vorwürfe, die auf Ihrem Haftbefehl stehen, lauten wie folgt: Besitz von Betäubungsmitteln in handelsüblichen Mengen, Verdacht auf Handel und Schmuggel von Betäubungsmitteln, Entführung und schließlich und endlich eine schwere Körperverletzung mit Todesfolge. Deshalb sind Sie hier, Commissaire. Vorwürfe, bei denen ich mich frage, wie es sein kann, dass Sie mit Ihrem privaten Pkw durch Biarritz gondeln, obwohl Sie doch eigentlich einen Fall zu lösen haben, da oben in Bordeaux, der arme Lucien, Sie erinnern sich?«

Luc sah ihn finster an.

»Sie wissen es so gut wie ich«, fuhr Schneider fort, »bei dieser Latte von Haftgründen ist es doch sehr unwahrscheinlich, dass gar nichts davon wahr ist – und es ist zudem sehr unwahrscheinlich, dass irgendein Staatsanwalt Ihnen da raushilft, nur weil Sie Polizist sind. Nein, nein, das sieht gar nicht gut aus, ich denke, wir werden nun eine ganze Weile miteinander zu tun haben. Es sei denn, Sie sagen mir, wie es zu all dem kommen konnte. Sie waren doch ein so geachteter Kollege.«

Luc stützte sich auf dem Tisch ab, dann ließ er sich in seinen Stuhl fallen, ganz still, ganz matt, er musste sich setzen, um nicht umzufallen. Sein Gesicht fühlte sich heiß an, gleichzeitig war ihm schwindelig. Dieses komische Karussell in seinem Kopf sollte aufhören, sich zu drehen, verdammt noch mal. Was erzählte der Mann da? Drogenhandel, Entführung, Körperverletzung mit … Todesfolge? Luc hob den Kopf wieder und sah in die hellblauen Augen, die ihn anblickten, gänzlich unverwandt und mit einem ruhigen Ausdruck – lag da etwa ein leichtes Lächeln auf den Zügen dieses Commissaire?

Etwas in seinem Kopf begann zu arbeiten wie eine Selbsterhaltungsmaschinerie: Im Lauf eines Verhörs war es die Aufgabe des Polizisten, für eine Dramaturgie zu sorgen, Stimmungswechsel einzubauen, öfter einen anderen Ton anzuschlagen. Luc entschied, dass das auch für die andere Seite gelten konnte. Er zwang sich, ruhig zu atmen, und sagte leise und verbindlich:

»O. k., Commissaire Schneider, wir beide wissen, dass das nicht sein kann. Gut, vielleicht zweifeln Sie wirklich an mir, aber dann werde ich eben Zeit brauchen, um Sie vom Gegenteil zu überzeugen.« Er machte eine Pause und betrachtete sein weiterhin regloses Gegenüber.

»Lassen Sie es uns zusammen durchgehen, ja?«, fuhr er fort. »Es gibt sicher eine gute Erklärung, auch wenn ich mir momentan nicht vorstellen kann, wie die aussehen soll – ganz einfach, weil ich schlicht nicht weiß, was überhaupt passiert ist. Aber das werden Sie mir sicher sagen können.«

»Sie sind klug, Monsieur Verlain, das ist mir schon klar. Ihre kooperative Art – das könnte einen anderen Beamten sicher täuschen. Aber nicht mich. Dennoch: Ich gehe es gern mit Ihnen durch. Also, von vorne: Wir haben eine größere Menge Kokain gefunden – in Ihrem Bungalow in Carcans-Plage. Es geht um anderthalb Kilo, sagen die Männer von der Spurensicherung. Das Zeug war gut versteckt, unter der Spüle. Es stammt, na, raten Sie mal: von einem der Strände im Aquitaine, es steckt in derselben Folie wie die anderen Funde. Für Sie wäre es eine Leichtigkeit gewesen, da ranzukommen.«

»Sie haben meinen Bungalow durchsucht?«, fragte Luc ungläubig. »Auf wessen Geheiß hin? Weshalb hatten Sie diesen Verdacht?«

»Ganz ruhig, Monsieur Verlain, das erkläre ich Ihnen gleich. Derzeit durchsuchen wir Ihr Büro in Bordeaux. Wollen doch mal schauen, ob wir da nicht auch noch was finden. Der schlimmste Tatvorwurf: Sie sind verdächtig, einen jungen Mann in Nanterre niedergestochen und anschließend verschleppt zu haben, sodass er später an seinen Verletzungen starb.«

»Ich soll was?«, schrie Luc, doch die Nennung des Ortes ließ ihn Schlimmes ahnen.

»Sie wissen, wer der junge Mann war, oder? Ich sehe es Ihnen an.« Schneider hatte Witterung aufgenommen, er war ein scharfer Beobachter.

»Ich habe keine Ahnung, was ihm zugestoßen ist«, antwortete Luc knapp, »aber Sie meinen sicher Karim Abdoulahi.«

»Richtig. Den Mann, der bei Ihrer letzten Ermittlung Ihre Freundin, Anouk Filipetti, von einer Treppe gestoßen hat.«

»Und ich habe mich also an ihm gerächt?«

Schneider zuckte mit den Schultern.

»Vielleicht wollten Sie ihn nur erschrecken – und dann ist es etwas ausgeartet, schiefgegangen, wie man so sagt. Die enge Abfolge der Ereignisse lässt jedenfalls darauf schließen, dass bei Ihnen etwas ausgehakt hat, Monsieur Verlain. Das gibt es, das wissen Sie doch. Wir Polizisten sind auch nur Menschen. Bei allem, was wir jeden Tag erleben …«

»Sie haben noch etwas von einer Entführung gesagt …«

»Genau. Und deshalb werde ich Sie nun in erster Linie befragen, denn ich möchte, dass Sie mir sagen, wo die Frau ist, die Sie entführt haben.«

»Ich habe niemanden entführt …«

Schneiders Ausdruck hatte sich verändert, er beugte sich vor, als wollte er seinem Verdächtigen auf den Leib rücken, er schien auf der Hut zu sein, Luc verstand nicht, warum.

»Wo ist Cecilia Brückner?«

»Ich verstehe nicht …«

»Herrgott, Monsieur Verlain, nun hören Sie doch auf. Seit vorgestern ist die junge Frau aus Bordeaux verschwunden, Ihre alte Flamme. Die Mitbewohnerin in der WG hat die Polizei alarmiert – und die Kollegen von der Police municipale haben uns informiert, weil das Dossier gegen Sie hier im Baskenland läuft. Cecilia, die Surflehrerin aus Carcans. Die Frau, mit der Sie etwas hatten, während Sie schon mit Anouk Filipetti zusammen waren. War Sie Ihnen gefährlich geworden? Hat sie gedroht, die Affäre auffliegen zu lassen? *Sie* auffliegen zu lassen? Wo ist Mademoiselle Brückner?«

»Ja, hören Sie mal, ich entführe doch nicht eine junge Frau, nur weil wir mal etwas hatten. Das ist doch wohl ein Witz? Ich habe keine Ahnung, wo Cecilia ist. Gibt es denn gar keine Spur?«

»Es gibt einen Verdächtigen, Verlain, und der sitzt mir gegenüber. Sagen Sie mir, wo sie ist – wir haben keine Spur von ihr, und das beunruhigt uns sehr. Wir wollen nicht …«

»Was?«

Schneider lehnte sich wieder im Stuhl zurück, er schien sich zur Ruhe zu zwingen. Es war ein Nervenkrieg zwischen den beiden, der gerade erst begonnen hatte.

»Sie kooperieren überhaupt nicht, richtig?«

Eine kurze Pause, Schneider atmete tief durch.

»Wissen Sie, Commissaire, ich habe im Verlauf meiner Karriere, die ein wenig kürzer ist als Ihre, aber nicht minder kometenhaft, wenn ich das sagen darf, jedenfalls habe ich schon mehrfach Kollegen gegenübergesessen, die vom rechten Weg abgekommen waren. Drüben in Besançon saß ich zweien gegenüber – und auch, bevor ich den Posten hier angenommen habe, das war ein Kollege, den Sie sogar kennen. Immer ist bei den Männern eines gleich, egal, ob sie korrupt sind und es nur wegen des Geldes tun oder ob da noch viel mehr schiefgegangen ist, wie das in Ihrem Fall zu sein scheint, wenn noch Rachsucht dazukommt. Immer glauben Typen wie Sie, dass sie auf der richtigen Seite stehen, auch wenn sie nur noch eines sind: kriminelle Polizisten.«

»Sie …«

Luc sprang wieder auf, diesmal hob er den Tisch an und warf ihn zur Seite, er war leicht, als wäre er aus Pappe, und er landete mit einem verheerenden Knall auf der Platte, die vier Füße in die Luft gestreckt. Luc stürzte sich auf Commissaire Schneider, der sich nicht wehrte. Er konnte ihn einfach packen, seine Lederjacke greifen, und ihn mit dem ganzen Gewicht seines Körpers an die Wand drücken. Ihre Gesichter waren ganz nah.

»Sagen Sie das noch einmal, los …«

»Du weißt, dass das jetzt keine gute Idee war, Verlain …«, antwortete der Commissaire ohne einen Ausdruck von Angst.

Augenblicklich ging die Tür auf, und die beiden Polizisten

in Uniform traten ein, einer von ihnen hatte wieder die Waffe gezogen.

»Zurück, kommen Sie weg von dem Commissaire, Monsieur!«, rief der Breitschultrige und zielte.

»Danke für die schöne Vorstellung«, flüsterte Schneider leise.

Luc sah ihn an, dann ließ er Schneider los, nicht ohne ihm noch mal einen Schubs gegen die Wand zu geben. Nun war es wirklich ein süffisantes Lächeln, das dessen Züge umspielte, ein erschrockenes zwar, aber ein Lächeln.

»Schon gut«, sagte Luc.

»Hinsetzen«, sagte der Polizist mit der Glatze. Luc setzte sich.

»Handschellen?«, fragte der andere Uniformierte und blickte seinen Chef an.

»Ich denke, es wird besser sein«, antwortete Schneider.

Luc hob die Hände, es klickte, und er legte seine gefesselten Hände auf den Tisch.

»Danke, Männer«, sagte Schneider, und die beiden Polizisten verschwanden.

»Gut, weiter im Text.«

»Was spielen Sie hier, Commissaire? Was ist das für eine Verschwörung?«

»Ich habe keine Ahnung, was Sie meinen.«

»Sie wissen doch, dass ich niemanden umgebracht habe. Sie wissen es.«

»Wo waren Sie denn in der Nacht vom 6. auf den 7. Mai?«

»Das ist doch über drei Wochen her. Warum sollte ich das noch wissen?«

»Überlegen Sie.«

»Ist am 6. Mai jemand ermordet worden?«

»Durch Ihre Hand, wie es scheint.«

»Das ist doch …«

»Genauer gesagt ist er am 6. Mai schwer verletzt und dann

verschleppt worden. Gestorben ist er einige Tage später. Und dann hat man ihn noch zwei Wochen liegen lassen, irgendwo versteckt, bis er dort abgelegt wurde, wo wir seine Leiche gefunden haben.«

»Wo?«

»Das wissen Sie, Monsieur Verlain. Es ist Ihre Tat. Ihr Wahnsinn – ein Racheakt, der aus dem Ruder gelaufen ist.« Schneiders Stimme war laut und schneidend.

»Ich habe absolut nichts damit zu tun, das wissen Sie doch, Commissaire, ich stehe auf der richtigen Seite …«

Schneider hob abwehrend die Hände.

»Ich habe darüber nicht zu befinden. Das tut der Richter. Ich suche nur das Motiv. Das habe ich ja schon gefunden. Rachsucht. Sagte ich eben schon. Und das mit den Beweisen, nun, Sie kennen ja das Zauberwort: DNS.«

»Was meinen Sie damit?«

Schneider sah sich um, als befürchtete er, es wäre noch jemand im Raum, dessen Ohren das Folgende nichts anging.

»Ich darf es ja eigentlich nicht sagen – ermittlungstaktische Gründe, Sie verstehen –, aber ich will mal nicht so sein: Wir haben Ihre DNS am Tatort gefunden und am Körper von Karim Abdoulahi. In einer Hochhaussiedlung von Nanterre. Dass die DNS eindeutig und zweifelsfrei von Ihnen stammt, muss ich ja nicht erklären, oder? Wir haben in der Datenbank nach einer DNS gesucht und waren reichlich überrascht, als wir nicht in der Verbrecherdatei fündig wurden, sondern in der Datei, in der alle Polizisten des Landes gespeichert sind.«

Auf einmal wurde Luc ganz ruhig, als hätte sich in seinem Kopf ein Schalter umgelegt. Er konnte kein Wort von dem glauben, was Commissaire Schneider sagte, und doch begann etwas in ihm zu arbeiten, es war, als erklänge eine leise Hintergrundmusik.

»Wollen Sie etwas zu diesem Sachverhalt sagen, Monsieur Verlain? Sie wissen doch, ein Geständnis erleichtert den Täter immer. Und es wirkt sich auch vor dem Richter gut aus. In Ihrem Fall gibt es doch auch mildernde Umstände. Der Mann, der Ihre schwangere Freundin niederschlägt – auf den können Sie doch wirklich Groll empfinden. Das bringt sicher fünf bis zehn Jahre weniger.«

In diesem Moment klingelte in der Tasche des Commissaire ein Telefon. Das Klingeln kam Luc bekannt vor. Schneider griff danach und zeigte ein triumphierendes Lächeln.

»Na, wer sagt's denn. Wenn man vom Teufel spricht.«

Er hielt das Handy in die Höhe, zeigte Luc das Display. Es war sein Telefon. Und auf dem Display stand groß: *Anouk*.

»Sie hat schon ein paarmal versucht, Sie zu erreichen, Monsieur Verlain. Aber nun wollen wir doch mal hören …«

Schneider sah zu Luc, hob den Finger an den Mund, um ihm zu bedeuten, dass er schweigen sollte, drückte den grünen Button und ein weiteres Feld, das den Lautsprecher einschaltete, dann hielt er sich das Handy ans Ohr.

»*Oui*, Police nationale in Biarritz, Commissaire Schneider.«

»*Bonjour*, mein Name ist Commissaire Anouk Filipetti … Oh, großer Gott, sagen Sie, ich suche Luc Verlain, er ist seit zwei Tagen verschwunden, ist ihm etwas passiert, wieso haben Sie sein Telefon?«

In Lucs Bauch krampfte sich etwas zusammen, groß und schwer wie ein Stein.

»Oh, Mademoiselle Filipetti, freut mich sehr, Ihre Bekanntschaft zu machen. Man hört Großes von Ihnen.«

Anouk schien die Worte einzuordnen, sie antwortete nicht, doch Luc hörte sie schwer atmen.

»Hören Sie, Madame, keine Sorge, Sie sollten sich nicht aufregen, ich habe gehört, Sie sind in anderen Umständen.«

»Sagen Sie mir, wo Commissaire Luc Verlain ist. Ich suche ihn seit Tagen.«

»Oh ja, Mademoiselle, wir haben ihn auch gesucht. Aber nun haben wir ihn gefunden, und er ist wohlauf. Gesundheitlich, meine ich. Wir mussten ihn allerdings festnehmen, wegen diverser Vorwürfe. Er sitzt in Biarritz in Untersuchungshaft.«

»Was? Wieso denn das?«

Ihre Stimme war schrill, so schrill, wie Luc sie noch nie gehört hatte. Seine Anouk.

»Ich komme sofort.«

»Das sollten Sie lieber nicht, Mademoiselle«, sagte Schneider schnell. »Bleiben Sie, wo Sie sind. Sie können hier nichts tun. Wir durchsuchen in diesem Moment das Büro Ihres Freundes im Commissariat von Bordeaux. Danach werden wir zu Ihnen kommen und Sie befragen. Halten Sie sich daheim zu unserer Verfügung.«

»Ich werde jetzt losfahren und nach Biarritz kommen«, gab sie zurück, ihre Stimme nun eiskalt.

»Sie bleiben, wo Sie sind, Mademoiselle. Das ist ein Befehl. Sollten Sie sich auf den Weg machen, müssen wir Sie ebenso festnehmen. Und mir steht nicht der Sinn danach, eine Gefängnisgeburt durchführen zu müssen.«

Luc wollte ihm gerne an die Gurgel gehen, aber mahnte sich zur Ruhe. Später. Später.

»Wie geht es Luc?«, fragte Anouk.

»Es geht ihm gut«, sagte Schneider. »Gedulden Sie sich. Weitere Neuigkeiten später. Einen guten Tag.«

Bevor er auflegen konnte, hustete Luc auf einmal deutlich vernehmbar, allerdings in einem tiefen Ton, einem Stakkato, das von weit unten aus seiner Kehle kam, so hörte es sich zumindest an. Schneider betrachtete den Commissaire misstrauisch, dann beendete er schnell das Gespräch. Kopfschüttelnd setzte er sich wieder an den Tisch.

»Also, Monsieur Verlain, Ihre Liebste hat recht. Sie waren zwei Tage verschwunden. Wo waren Sie?«

Luc schwieg.

»Reden Sie, Mann.«

Doch Luc schüttelte langsam den Kopf.

»Wohin wollten Sie gerade?«

Wieder sagte Luc kein Wort, er blinzelte nicht mal.

»Ist das Gespräch für Sie beendet?«

Luc nickte.

»Für welchen Anwalt haben Sie sich denn entschieden? Sie werden sich ja hier in Biarritz nicht gut auskennen, soll ich Ihnen einen empfehlen?«

Luc antwortete wieder nicht.

»Gut. Hier bleiben wir ohnehin nicht, also reden wir im Commissariat von Bayonne weiter. Hoch mit Ihnen. Wir fahren.«

Luc stand auf und folgte Schneider zur Tür, was gar nicht so leicht war, weil es sich mit den gefesselten Händen schlecht lief. Sie gingen die Treppe rauf, und Schneider schaute in eine offene Bürotür. Luc erkannte die beiden uniformierten Beamten.

»Ich nehme ihn mit. In Ordnung? Wir sehen uns dann später.«

Der Kleine zog eine Augenbraue hoch und sah verächtlich zu Luc.

»Wollen Sie wirklich allein fahren, Chef? Sollen wir nicht lieber mitkommen?«

»Das passt schon, na, hört mal, ich bin doch keine Memme.«

Sie lachten, alle drei, es wirkte wie eine Farce. Luc wurde wütend, ließ sich aber nichts anmerken. Er folgte Schneider zu dessen Wagen, der vor dem Commissariat geparkt war, eine schwarze Limousine, ein neues deutsches Modell, ein Auto, das sich im Hôtel de Police von Bordeaux niemand bestellt hätte, nicht einmal Commissaire général Preud'homme – und der hatte dreißig Dienstjahre mehr auf dem Buckel als dieser Schnösel.

Schneider ließ Luc zu seinem Erstaunen vorne auf dem Beifahrersitz einsteigen, dann nahm er am Lenkrad Platz, ließ den Motor an und lenkte den Wagen auf die Hauptstraße. Allerdings nahm er nicht den Weg in Richtung der Nationalstraße, die nach Bayonne führte, sondern fuhr die kleine Straße gen Norden, in der das Casino stand, vor dem sich direkt der Hauptstrand erstreckte. Commissaire Schneider setzte seinen Blinker und hielt hinter dem Casino auf dem Seitenstreifen, er schaltete die Warnblinkanlage ein und machte den Motor aus. Dann wandte er sich langsam zum Beifahrersitz, sein Atem ging schwer, als ränge er mit sich. Doch dann sagte er leise – und Luc würde lange über diese Worte nachdenken, so sehr sollten sie sich ihm einprägen:

»Wir haben ja ein schönes Schauspiel abgeliefert, da drinnen. Na gut, Sie wussten nicht, dass Sie etwas spielen sollten. Aber ich war hervorragend. Hören Sie, das hier ist noch lange nicht vorbei. Wir werden Sie wegen all der Sachen drankriegen, da habe ich keinen Zweifel. Aber es gibt etwas, das jetzt wichtiger ist als die Justiz.«

Er brach ab, und auf seinem Gesicht lag wieder dieses Lächeln, das Luc gerne mit einem Schlag daraus getilgt hätte.

»Ich verstehe nicht ein Wort von dem, was Sie sagen«, sagte er.

»Das kann ich nur schwer glauben. Aber gut. Ich werde auch dieses Spiel mitspielen. Sie wollten mir nicht sagen, wo Sie gerade hinwollten, als meine Männer Sie aufgegriffen haben. Ich habe keine Ahnung, warum Sie es verheimlicht haben. Nun denn, ich weiß es ohnehin. Sie wollten nach San Sebastián.

Und mein Interesse ist es, dass Sie auch dort hingelangen. Sagen wir, es ist mir ein inneres Anliegen. Deshalb werde ich jetzt etwas tun – und ich erwarte, dass Sie sich noch einmal wie ein vernünftiger Mann verhalten. Wenn Sie mich angreifen, werde ich Sie erschießen. Ohne mit der Wimper zu zucken. Das werden Sie aber nicht, nicht wahr Commissaire? Weil Sie ja ein Ziel haben. Weil Sie ganz dringend etwas herausfinden müssen. Jemanden finden müssen, wie ich höre. Also …«

Er beugte sich herüber und schloss Luc, der immer noch stumm neben ihm saß, die Handschellen auf.

»… Sie werden jetzt aussteigen. Sie haben fünfzehn Minuten, um zu verschwinden. Danach werde ich Alarm schlagen. Ich werde aber sagen, dass Sie auf Höhe des Flughafens von Biarritz aus dem Auto gesprungen seien. Damit haben Sie ein wenig Zeit, um sich auf den Weg zu machen. Ich wünsche Ihnen … tja, was eigentlich? Nun, vielleicht wünsche ich Ihnen am besten eine gute Reise, wohin Ihr Weg Sie auch führen wird, Commissaire. Und nun gehen Sie.«

»Mein Handy?«, fragte Luc heiser.

»Das ist bei mir gut aufgehoben. Aber hier, Ihr Portemonnaie. Ohne *Carte d'identité* natürlich. Wir wollen ja nicht, dass Sie verschwinden können.«

Luc spürte, dass es sinnlos wäre, weitere Fragen zu stellen. Das alles war ohnehin komplett absurd. Also rieb er sich die schmerzenden Hände, dann öffnete er die Tür und stieg langsam aus. Er ging in den kleinen Park, in dem auch das historische Karussell stand. Er drehte sich noch einmal zu dem Wagen um. Schneider saß da und sah ihm nach. Nein, das stimmte nicht. Schneider hielt beide Hände hoch und zeigte ihm etwas. Luc kniff die Augen zusammen. Der Commissaire zeigte irgendetwas an. Er hielt fünf Finger der einen Hand hoch und zwei der anderen. Dann grinste er, Luc hörte, wie Schneider den Motor anließ, die Limousine machte einen schnellen Satz nach vorne, dann war sie hinter der nächsten Ecke verschwunden.

Was hatte er ihm sagen wollen? Fünf. Zwei. Sieben. Es ergab sieben. Und nun? Was sollte er damit? Luc sah auf die leere Straße, dann riss er sich los und lief zum Strand hinüber, durchatmen, nur durchatmen.

Grande Plage von Biarritz
Mardi 30 mai, 11:30

Luc setzte sich auf die weiße Bank, die oberhalb der Strandpromenade in dem kleinen Park stand. Von der Straße aus war die Bank nicht einsehbar, er aber konnte von hier aus gut beobachten. Noch hörte er keine Sirenen, aber sie würden wohl ohnehin erst in der Nähe des Flughafens suchen, wenn Schneider sein Wort hielt.

Die Frühsommersonne wärmte die Luft schon ein wenig, doch der Wind vom Meer war noch kalt, die Gischt der Wellen legte sich wie ein feiner Nebel in die Luft, sodass das Licht überm Strand ganz diffus war, kleine Salzwassertropfen tanzten im Blau des Himmels, es war ein atemberaubender Anblick – Biarritz wie hinter einem Schleier. Rechts, hinterm altehrwürdigen Hôtel du Palais mit seinen roten Mauern, stand der weiße Leuchtturm auf der Landspitze, schroffe Felsen vor tiefblauem Meer.

Die Basken würden selbst Ende Mai niemals baden gehen, deshalb waren es nur ein paar blasse Touristen, die in den Wellen spielten, im Bereich zwischen den beiden blauen Fahnen, die am Strand im Sand steckten. Diese Zone wurde im Sommer von vier muskelbepackten Rettungsschwimmern bewacht, die Rückströmungen in den sogenannten *baïnes*, den flachen Wasserbecken, waren hier so gefährlich wie nirgendwo sonst an der Küste. Weiter hinten warteten die Surfer auf ihre perfekte Welle – die hohen Brecher krachten mit ohrenbetäubender Gewalt in die Sichelbucht, die Biarritz berühmt gemacht hatte. Einer hatte eben eine grüne Welle weit draußen erwischt, nun ritt er sie parallel zum Strand, immer wieder fuhr er zurück in die Gischt, die Welle schob und schob, bis er sich schließlich mit ausgestreckten Armen ins Wasser warf.

Luc betrachtete gedankenverloren die Felsen, die wie zufällig im Meer lagen, große runde Steine, die der Bucht ihr unverwechselbares Aussehen gaben.

Der Richter würde entscheiden – hatte Schneider das wirklich gesagt? Was passierte hier gerade? Luc spürte den Schweiß auf seiner Stirn, kalten Schweiß. Drohte ihm das wirklich? Ein Prozess. Die Anklagebank. Das Gefängnis. Was würde Anouk zu all dem sagen? Würde sie ihm glauben? Oder ihn verurteilen? Wenn Luc die puren Fakten gehört hätte und es nicht um ihn gegangen wäre, dann würde er vielleicht ähnlich reagiert haben wie Commissaire Schneider. Doch wie kamen diese beschissenen Drogen in seinen Bungalow? Und warum hatte er eine Tochter? Für Luc war es in diesem Moment, als stürzte der sonnige Himmel über seinem Kopf zusammen.

Er nahm das Portemonnaie aus seiner Hosentasche und sah hinein. Gott sei Dank. Er hatte fast zweihundert Euro in bar dabei, er hatte vorgeplant. Die Kreditkarte konnte er nicht mehr benutzen, sie würden ihn darüber aufspüren. Er hätte gern Anouk angerufen – aber was hätte er ihr sagen sollen? Er hätte sie anlügen müssen, denn er hatte keine Erklärungen für all die Vorwürfe – keine einfachen, guten Erklärungen zumindest.

Und sein Handy lag sicher verwahrt in einer Beweistüte im Polizeirevier von Biarritz. Oder steckte in der Jackentasche von Commissaire Schneider, was noch schlimmer wäre.

Er fühlte sich mit einem Mal nicht mehr sicher hier, er stand auf, er hatte das Gefühl, sich nun schnell bewegen zu müssen, erst mal keine öffentlichen Verkehrsmittel, zu gefährlich, er würde laufen, im Laufen würden sie ihn am schwersten kriegen – wer waren *sie*? Die Guten? Die Bösen? Und zu welcher Kategorie gehörte er? Er wusste es nicht, für einen Moment wusste er es nicht mehr.

Luc stand auf und ging langsam die Promenade entlang. Ein scannender Blick, zu viele Gäste im Grand Café am Fuße des Casinos, deshalb zog er die Schuhe aus und ging hinunter zum Strand. Seine Füße in dem warmen Sand ging er Richtung Süden, dabei beobachtete er unauffällig die Umgebung. Niemand schien auf ihn zu achten.

Oben am Quai das Antlitz der Stadt: der große helle Block des Casinos, rechts darüber begann die Altstadt von Biarritz. Luc querte den Strand, noch war der Turm der Rettungsschwimmer unbesetzt, es war zu früh im Jahr.

Gerade, als er die Hauptstraße erreichte, nahm er die Sirene wahr, eine Sekunde zu spät. Das Polizeiauto raste schon um die Ecke, über den Boulevard Général de Gaulle. Luc versteckte sich schnell hinter dem Eiswagen, der auf dem Platz stand. Als der Wagen außer Sicht war, ging er rasch die steile Anhöhe hinauf, die ihn zur Galeries Lafayette führte, dann rechts zum Bellevue. Von hier konnte er alles überblicken, alle Verfolger sehen, jede Bedrohung. Doch die Stadt schien wieder im touristischen Frühling zu verschwinden, alles wirkte harmlos. Dafür war der Ausblick so phänomenal, dass Luc kurz den Atem anhielt. Die wilden Oleanderbüsche beherrschten die Klippen, dann dahinter der weite Ozean und der feine Wassernebel, hier nun klar erkennbar, weil er tropfenförmig durch die Luft schwebte. Links die weiße Fassade des Kongresscenters, hoch und rund, im Wasser die Felsen, an die die Wellen schlugen, dass die Gischt nur so spritzte. Keine Stadt der Welt, die einen Ausblick hatte wie diesen, von den Mächten der Natur geprägt. Ozean und Stein.

Luc löste sich von dem Anblick und ging langsam und bedächtig durch die alte Stadt. Er wollte wirken wie ein Tourist. Er nahm die in den Stein gehauenen Treppen und kletterte hinunter, bis er an den Klippen ankam, die hinunter zum Meer führten. Er spürte etwas im Rücken. Aber als er sich umdrehte, war da niemand, außer einem älteren Paar, das händchenhaltend über die Promenade ging. Dennoch wurde Luc das Gefühl nicht los, dass ihn jemand im Visier hatte.

Unter ihm befand sich der alte Fischerhafen. Waren es daheim in Arcachon die Austernzüchter, die das Meer bewirtschafteten, waren es hier die kleinen Fischereibetriebe, die meist in Familienbesitz mit ihren Jollen allmorgendlich hinausfuhren, um den Fang des Tages einzuholen. Hier waren das vor allem Wolfsbarsche, Doraden und der Steinbutt. Nun lagen die Fischerboote schon wieder im Hafen, und die Seeleute verkauften ihren Fang in der Markthalle. Es war ein friedliches Bild, wie die Boote jetzt bei Ebbe leicht geneigt im flachen Wasser lagen, ein Bild, das sich wohl seit Jahrhunderten nicht verändert hatte. Luc liebte es.

Er hätte gerne verweilt, doch er musste weiter nach Süden laufen, aus der Stadt hinaus. Am Ende des Boulevard du Maréchal Leclerc begann der Tunnel, der unter den steilen Felswänden hindurch in den alten Teil der Stadt führte. Luc hielt sich weit rechts auf dem schmalen Fußgängerweg, er musste die paar Hundert Meter schnell bewältigen, denn wenn er hier auf ein Polizeiauto traf, war er gefangen. In dem alten Tunnel tropfte es von der Decke herab, es roch modrig. Luc atmete tief durch, als er nach Minuten wieder unter freiem Himmel stand. Dort, rechts, er machte diesen kleinen Umweg zur sagenumwobenen Brücke über den Felsen, weil er immer noch wie einer der anderen Urlauber aussehen wollte – kein schnelles Eilen irgendwohin, das wäre ein Fehler. Er ging die paar Schritte zu der alten Eisenbrücke mit ihren Holzbohlen, die kein Geringerer als Gustave Eiffel erdacht hatte, dem Paris sein Markenzeichen verdankte. Sie führte hinüber auf die schroffen Felsen mitten im Ozean, dann kam ein steinerner Tunnel, auf dem eine weiße Madonnenstatue stand. Luc beugte sich über die Brüstung und sah den Felsen, der von Jahrtausenden Sturm und Wellen geformt worden war – sie hatten ein riesiges Loch hineingearbeitet, sodass auch der Fels selbst eine Brücke war –, und die weiße Brandung, die an das Riff schlug. Ein ganz und gar magischer Ort.

Dann bemerkte er im Augenwinkel eine Person. Offenbar schien er selbst dem Mann mit der Schirmmütze schon vor einigen Sekunden aufgefallen zu sein, denn der griff gerade nach seinem Funkgerät, Luc fest im Blick. Der Commissaire scannte die uniformierte Gestalt. Keine Waffe am Gürtel. *Police municipale,* die städtische Polizei. Ein Glück. Luc entschied sich in Sekundenbruchteilen: Er rannte los. Ohne zurückzusehen.

Auf einmal schrillte eine Pfeife hinter ihm.

»Halt, Polizei!«, rief der Polizist, und Luc hörte seine Schritte auf dem Pflaster. »Ich habe den Flüchtigen entdeckt«, gab der Polizist per Funk weiter, »am Aquarium, ich brauche hier Verstärkung, beeilt euch.« Der Commissaire hörte die Antwort: »Vorsicht, er könnte bewaffnet sein.«

Luc hatte keine Zeit, darüber nachzudenken, wie sie darauf kamen – er hatte keine Waffe, sie hatten sie ihm abgenommen, warum also gaben sie ihn als eine Gefahr aus? Was war hier los?

Er beschleunigte. Doch er lief nicht stadtauswärts, er kannte die Gegend, dort war nur die steile Bergstraße, die auf der einen Seite von Villen wie der alten *Villa Belza* begrenzt war, eine echte Landmarke für die Stadt Biarritz, mit ihren Türmchen, die sie wie ein Geisterschloss wirken ließen. Auf der anderen Seite waren die steil abfallenden Klippen, die herabführten zum *Plage de la Côte des Basques*. Er hatte keine Chance, egal, ob sie ihn zu Fuß, auf dem Fahrrad oder mit dem Auto verfolgten. Es blieb ihm nur eine Möglichkeit, und die ergriff er: Er wetzte auf den Tunnel zu, das einzige Nadelöhr. Wenn er hier schnell war, dann könnte es gelingen. Er hörte immer noch die Schritte des Polizisten hinter sich, doch die Rufe »Bleiben Sie stehen, Polizei!« blieben immer weiter hinter ihm zurück. Luc hatte viel trainiert in den letzten Wochen, vielleicht zahlte sich das jetzt aus. Schon sah er das Licht am Ende des Tunnels, dann rannte er hinaus und nahm hinter den blühenden Hortensienbüschen die Treppe zu seiner Rechten, das alte Geländer aus verzierten Steinen, die Stufen führten ihn hinauf in die verwinkelte Altstadt.

Er drehte sich um, sah den Abhang und dahinter das Meer, hellblau und glänzend. Der junge Polizist war eben erst am Fuß der Treppe angelangt.

Die Passanten drehten sich nach ihm um, als er an ihnen vorbeirannte, er spürte ihre verwirrten und ärgerlichen Blicke im Rücken. Es war noch zu leer hier, zu viel freie Fläche, er war das perfekte Ziel, dachte er, als er an der alten Kirche *Notre Dame du Rocher* vorbeiflog, die langen Schatten der grauen Mauern fielen auf ihn, er drehte sich um, der junge Mann schien näherzukommen. Aus der Ferne hörte er Sirenen, die sich rasch näherten. Er hatte nicht mehr viel Zeit. Die Nacht in einer Zelle … Er durfte nicht nachlassen …

Er wandte sich nach rechts in die Rue Gambetta, auf einmal waren hier viel mehr Menschen, fein gewandete ältere Flaneure, die Arme mit Tüten behangen, dazu eine Gruppe junger Leute, die Surfbretter unter die Arme geklemmt hatten.

Noch zweihundert Meter. Er rannte nicht mehr auf dem Trottoir, weil dort einfach zu viel los war, sondern nahm die Straße, hinter ihm hupte ein Wagen, er drehte sich um, kein Polizeiauto, Gott sei Dank, aber sie kamen näher, keine Frage. Dort, vielleicht hundert Meter hinter ihm, wippte die Schirmmütze des Polizisten auf und ab, er rannte wie der Teufel.

Doch dann war Luc da, wo er sein wollte. Würde sein Vorsprung reichen? Die automatische Tür schwang auf, er rannte in die erste Halle, machte aber gleich darauf einen Schlenker und nahm die Seitentür wieder hinaus, an der Wand entlang und dann in die zweite Halle, die mit dem markanten Geruch. Er bremste ab, zwang sich zu einem gelassenen Schritt und ruhigerem Atem. Er wählte den rechten Gang, dort war am meisten los, es war bald Mittagszeit, ideal, um in der riesigen Markthalle unterzutauchen. Zu dieser Stunde kauften die Hausfrauen den *Poisson du jour* für den Abend, während die Touristen für einen feinen Imbiss aus Austern und Crevetten an der Theke des lokalen Austernzüchters anstanden.

Er war lange nicht mehr hier gewesen, sicher mehr als ein Jahrzehnt nicht, doch die Markthalle hatte sich überhaupt nicht verändert. Mit ihren roten Streben unter der weißen Decke und den rot-weiß-grünen Flaggen überall war sie wie eine Landmarke für das Baskenland. Sein Blick wanderte zu dem Eingang, durch den er gekommen war, doch noch war niemand hier. Sie würden hoffentlich zuerst die Markthalle nebenan absuchen, dort gab es Blumen, Obst, Gemüse und Fleisch. Und acht Ein- und Ausgänge. Genau wie hier, in der Fischhalle.

Luc tat so, als wäre er ein Tourist, ging langsam an den breiten Tischen vorbei, die unter ihrer Last aus Eis und frischen

Fischen beinahe zusammenbrachen. Er stand eine Weile da und bemühte sich, möglichst versunken zu wirken, versunken in den Anblick der Jakobsmuscheln, die zwischen Perlmutt und einem dunklen Rot changierten, den dicken Langusten, den Seezungen, die übereinanderlagen und deren Augen so klar in den Raum zu blicken schienen – beste Ware, am Morgen frisch am Hafen angelandet. Vor allem aber prüfte Luc mit möglichst beiläufigen Blicken die Lage an den Türen.

Wieder ging er einen Stand weiter, eine ältere Dame mit Einkaufstasche feilschte mit einer Fischverkäuferin in blutbeschmierter Schürze um den fairen Preis für *chipirons,* die winzigen Calamaretti, die sich so gut auf der *Plancha* machten.

»Und, Monsieur …? Der Wolfsbarsch ist der Hammer, gerade frisch reingekommen.«

Luc erschrak fast, er hatte den Fischer nicht kommen sehen, der nun neben ihm stand, in den Händen einen Fisch, der mit seinen glänzenden Schuppen wirklich sehr fein aussah.

»*Merci, Monsieur*«, antwortete Luc, »aber ich bin nur auf der Durchreise, ich habe derzeit nicht wirklich Zeit zum Kochen und …«

Er sah den Polizisten, bevor der ihn erblickte, er kam eben zu der Tür herein, die der zweiten Markthalle am nächsten war. Luc drehte sich um und sah von weiter hinten eine andere Uniformierte eintreten, die sich den linken Gang vornahm.

»Schönen Tag, Monsieur.«

Luc löste sich, der junge Polizist steuerte nun den rechten Gang an, doch er kam nicht gut voran, weil eine Gruppe deutscher Touristen den Weg versperrte, sie bestellten gerade recht umständlich Austern und Weißwein, und das verschaffte Luc die entscheidenden fünf Sekunden. Er ging betont langsam zur Mitte der Halle, warf einen kurzen Blick zum Haupteingang, dann einen Blick zurück, sie hatten ihn immer noch nicht entdeckt, und schon schlüpfte er durch die automatische Schiebetür und sah den blauen Himmel über sich. Die beiden Polizeiwagen standen mit eingeschaltetem Blaulicht auf der Rue Gambetta und blockierten den Weg, doch es saß niemand darin. Die Beamten waren in der Markthalle. Luc beschleunigte seinen Schritt. Er war entkommen.

Doch das Gefühl der Freiheit wollte sich nicht einstellen.

Was – verdammt – war hier los?

Bootsanleger, Avenue des Mimosas, Hendaye
Mardi 30 mai, 17:30

In der Schlange, die am Hafen wartete, herrschte ein Stimmgewirr, dass Luc ganz schwindlig wurde. Die Menschen sprachen Französisch, lautes Spanisch, sogar Baskisch hörte er heraus, Englisch, Deutsch, auch eine chinesische Reisegruppe wartete auf die Überfahrt.

Lucs Plan war aufgegangen – hier würde er nicht auffallen, das Chaos war so groß, dass er einfach in der Masse unterging. Die kleine Fähre mit dem Namen *Bekalde* hatte eben abgelegt, doch er stand immer noch in der Schlange. Er zählte die Menschen vor sich, der quietschgelbe Kahn würde sicher noch zweimal hin- und herfahren müssen, bis er endlich mitkam. Auf die Fahrt in ein anderes Land.

Die Reise bis hierher, ins letzte Städtchen auf französischem Boden, war eine Odyssee, die ihn sich ein wenig fühlen ließ wie einen Jugendlichen auf einer Abenteuerreise. Nur war es kein Spaß, Luc war auf der Flucht.

Er hatte gewusst, dass er auf keinen Fall den Zug gen Süden nehmen durfte. Die Bahnhöfe würden bewacht werden, ebenso die einzige Buslinie, die Biarritz und die spanische Grenze verband. Deshalb war er immer an der Küste entlanggelaufen, schnell und ohne Pause zu machen, hatte gewechselt zwischen der Strandpromenade, dem Strand und den kleinen Wohnstraßen, die parallel zur Küste verliefen.

»*Merde*«, flüsterte er und schloss kurz die Augen. Er hatte so gehofft, endlich eine kleine Sicherheit zu haben. Gleichzeitig hatte er geahnt, was er nun bestätigt fand, als er an der Stelle ankam, an der sie ihn gestern verhaftet hatten: Seinen alten Jaguar hatten sie abgeschleppt. Vielleicht war es auch besser so: Eine Flucht mit seinem Auto wäre ohnehin nicht möglich gewesen. Der Oldtimer war zu auffällig – erst recht nachher an der Grenze.

Nach einer Stunde war er an der *Cité de l'Océan* angelangt, hinterm *Plage de la Milady*. Hier hatte er kurz ausgeruht, hatte sich auf die riesige Welle aus großen Steinen gesetzt, die dem Meeresmuseum seine futuristische Form gab, und versucht, seine Gedanken zu ordnen. Das war ihm nicht gelungen, deshalb war er zu dem großen Parkplatz dahinter gegangen. Er hatte seine Lederjacke ausgezogen und sich die Haare verwuschelt, dann hatte er die beiden jungen Leute angesprochen, ein Pärchen ganz offensichtlich, die eben dabei waren, ihre Surfbretter auf den hellblauen VW Bulli zu laden, der ein deutsches Kennzeichen trug, *WW*, er hatte keine Ahnung, welcher Ort das war.

»Hey, *sorry guys*«, hatte er auf Englisch gesagt. Er wusste, dass die Deutschen das im Allgemeinen besser sprachen als Französisch.

»*Yes?*«, hatte der junge Mann geantwortet, ein braun gebrannter Surfer mit langem Haar, seine Freundin und er sahen den Fremden überrascht, aber freundlich an.

»*I'm sorry*, aber ich bin auf dem Weg in den Süden«, fuhr Luc auf Englisch fort, »ich treffe ein paar Surffreunde in Spanien, aber der Zug fährt heute nicht, verdammter Streik, könntet ihr mich vielleicht ein Stück mitnehmen?«

Er fürchtete, sie wussten, dass der Bahnhof von Biarritz gänzlich woanders war und dass die Zugbediensteten seit einer – für französische Verhältnisse – ungewöhnlich langen Weile nicht mehr gestreikt hatten, doch sie schienen völlig arglos.

»*Sure*«, sagte der junge Mann, »wir fahren aber nur bis Hendaye, wir sind dort auf dem Zeltplatz. Passt dir das?«

Luc nickte. »*That's great.*«

»*Ok, jump in.*«

Zehn Minuten später fand sich Luc im Fond des dröhnenden Busses wieder, dessen Motor klang, als hätte sein letztes Stündlein geschlagen. Neben ihm lag ein schlafender schwarz-weißer Hund, der vorhin, als er eingestiegen war, nur kurz den Kopf gehoben, dann aber friedlich weitergeratzt hatte.

»*Thanks*«, sagte er, und seine Stimme schaffte es nur mühsam, den alten Diesel zu übertönen, »*that's really helpful, you know.*«

»*Well, you're welcome*«, sagte die junge Frau, gerade als sie das Ortsausgangsschild von Biarritz passierten. »*That's surfer style.*«

Sie hatte recht – und Luc wusste und liebte das: Surfer halfen sich untereinander, egal wo auf der Welt, sie fragten nicht viel nach und hatten immer ein Pflaster, eine Flasche Wasser, eine Mitfahrgelegenheit oder einen Schlafsack zur Hand, wenn jemand aus ihrer Gemeinschaft Hilfe brauchte. Luc hatte selbst oft genug auswärtigen Surfern geholfen, die am Strand von Carcans-Plage, seinem alten Surfrevier, zu lange in den Wellen waren und deshalb kein Quartier für die Nacht mehr fanden. Sein Vater hatte dann beim Abendessen immer ein paar Austern mehr auf den Teller gelegt und eine weitere Flasche Weißwein geöffnet – es waren tolle Abende gewesen.

So war die Landschaft vorbeigerollt, Luc hatte auf der alten Sitzbank voller Hundehaare gesessen, hinter ihm stapelten sich Küchengeschirr und Flaschen in der winzigen Kombüse des Bullis, alles klapperte unentwegt. Draußen veränderte sich die Gegend, der Fahrer hatte dankenswerterweise – ohne dass Luc ihn darum gebeten hätte – nicht die Autobahn genommen, denn dort gab es sicher Polizeikontrollen. Stattdessen röhrten sie mit mittlerer Geschwindigkeit über die herrliche Küstenstraße. Je weiter sie nach Süden kamen, desto bergiger wurde die Landschaft, erst kam Bidart, dann Guéthary; als sie in Saint-Jean-de-Luz über die Pont Charles de Gaulle fuhren, konnte Luc einen Blick auf den idyllischen Fischerhafen werfen. Die Basken sagten, dieser Hafen sei der schönste der Welt. Luc verstand sie. Er hatte als junger Mann einmal eine kurze Liaison mit einem Mädchen aus Saint-Jean-de-Luz gehabt – und diesen Ort wirklich geliebt, mit seinen träge schaukelnden Fischerbooten, den anmutigen Häusern an der Promenade und dem wilden Meer, das immerzu gegen die alten Mauern spritzte. Doch er durfte jetzt nicht träumen. Er musste seinen weiteren Weg planen, denn die bequeme Reise im deutschen Bulli würde gleich enden.

Die Straße führte sie noch über die Klippen von Hendaye, von wo sein Blick auf den Ozean fiel, der Horizont ein blauer Strich, an dem die Welt gut hätte zu Ende sein können.

Und dann bremste der Bus auf der Promenade von Hendaye.

»Wir fahren jetzt zu unserem Camping. Dir eine gute Zeit mit deinen Jungs beim Surfen.«

»*Merci*. Gute Zeit euch.«

Luc hätte so sehr gewollt, dass das die Wahrheit wäre. Sie klatschten sich ab, dann stieg er aus – und nun, anderthalb Stunden später, stand er also endlich auf der *Bekalde*, die gerade abgelegt hatte und hinüberfuhr nach Spanien. Es war nur ein kurzer Weg, die beiden Häfen lagen sich genau gegenüber – Hendaye und Hondarribia, nur getrennt durch den Fluss Bidasoa, der hier ins offene Meer überging.

Luc hielt Ausschau nach Blaulicht auf beiden Seiten, konnte aber keins entdecken. Auf der Fähre befanden sich offenbar ausschließlich Touristen und ältere französische Einheimische, die drüben in Spanien billige Zigaretten kaufen wollten.

Luc hatte lange überlegt, nun fasste er sich ein Herz und sprach die kleine alte Frau, die neben ihm saß und schweigend auf den Fluss sah, freundlich an.

»Entschuldigen Sie, Madame, ich habe mein Telefon zu Hause liegen lassen und müsste rasch meiner Frau Bescheid geben, dass es heute Abend später wird.«

Die alte Dame sah ihn kurz und missmutig an, als fühlte sie sich gestört, doch als sie seinen bittenden Blick sah, hellte sich ihre Miene auf. Sie wühlte in ihrer Kunstlederhandtasche und gab ihm ihr Telefon.

»Aber nur kurz, ja? Meine Tochter ärgert sich immer, wenn sie ständig mein Guthaben aufladen muss.«

»Ich kann Ihnen gerne Geld geben, Madame.«

»Ach bitte, Monsieur, was soll denn der Quatsch? Nun los, telefonieren Sie.«

Sie wandte sich ab, wohl damit er nicht das Gefühl hatte, sie belausche ihn. Er tippte schnell die Nummer von Anouks Telefon ein. Es klingelte. Einmal. Zweimal. Dreimal. Viermal. Sie nahm nicht ab. Verdammt. Er legte auf und probierte es mit dem Festnetzanschluss von Anouks Wohnung in Bordeaux. Wieder klingelte es. Nur einmal. Dann erklang auf dem Anrufbeantworter ihre Stimme.

»Salut, hier ist Anouk, ich bin nicht da, aber hinterlasst eine Nachricht, ich melde mich, sobald ich kann.«

Er prägte sich jedes gesprochene Wort ein. Ihre Fröhlichkeit, ihre Nonchalance, ihre Aversion gegen jede Förmlichkeit. Gerade wollte er ansetzen und ihr etwas aufs Band sprechen, doch dann hielt er inne, legte rasch auf und gab das Telefon zurück.

»Ist sie nicht da?«

»Wer?« Luc war in Gedanken.

»Na, Ihre Frau.«

»Ach, nein, leider nicht. Sie ist sicher einkaufen. Ich versuche es später noch mal.«

»Ein Glück«, sagte sie und stand auf, »wir sind da. Ich hasse diese Nussschale.«

Sie lachten gemeinsam, dann stand auch Luc von der alten Holzbank auf. Auf dem Weg zur kleinen Treppe sah er auf einer der anderen Bänke eine *Sud Ouest* liegen, die regionale Zeitung Aquitaniens. Aus Reflex griff er danach und ging von Bord. Er war in Spanien. Endlich.

Er hatte Anouk nicht in Gefahr bringen wollen, indem er ihr auf den Anrufbeantworter sprach. Sie suchten ihn – die französischen Behörden suchten ihn. Er fühlte sich, als wäre er ansteckend, giftig. Es war ein beschissenes Gefühl.

Wieder waren keine Polizisten zu sehen, nicht mal die Grenzpolizei. Er ging ein paar Schritte bis zur Station Foru Kalea, die letzte vor dem zentralen Busbahnhof. Die Häuschen in dieser Stadt waren alle im baskischen Stil gehalten, keines glich dem anderen, sie sahen aus wie gemalt, die Balkone, die Balken, alle in verschiedenen Farben, helles Blau, dunkles Grün, das tiefe baskische Rot. Und überhaupt war hier alles noch lebendiger als drüben in Frankreich, die Leute saßen zu dieser Stunde in der Bierbar an der Haltestelle, sie schauten ein Fußballspiel der zweiten spanischen Liga und diskutierten dabei unentwegt und so laut, dass von der Übertragung überhaupt nichts zu hören war.

Mit lautem Schnaufen hielt ein schlichter Linienbus vor Luc, und er stieg ein, kaufte ein Ticket beim Fahrer, der ihn nicht weiter beachtete, dann piepte es, und der Bus ratterte los, ins Land hinein, in die erste große Stadt Spaniens. San Sebastián.

Luc setzte sich in die letzte Bank und schlug die Zeitung auf. Auf der Titelseite ließen sie sich über den schlechten Zustand der Nationalstraße von Bayonne nach Hossegor aus. Darunter ein Bericht über die ungewöhnlich heftigen Stürme auf La Réunion. Er blätterte die Zeitung auf. Seite zwei: Politik. Seite drei: eine Reportage über die Ukraine. Doch auf Seite vier stutzte er. Strich die Zeitung glatt, eine Übersprunghandlung. Dann las er den kleinen Artikel, nur eine Nachricht, ganz unten auf der Seite.

Dealer in Pariser Vorstadt ermordet

Ein junger Nordafrikaner mit französischem Pass ist tot an einem Strand nördlich von Biarritz aufgefunden worden. Die Obduktion ergab, dass er schon vor mehreren Tagen gestorben ist, vermutlich an den Folgen schwerer Messerstiche. Der Mann aus der Pariser Vorstadt Nanterre galt seit Wochen als vermisst. Der polizeibekannte Mann wohnte in der berüchtigten Cité von Nanterre, er war wegen Drogenhandels und wegen Bandenkriminalität mehrfach vorbestraft. Zuletzt soll er in einem Fall von Körperverletzung in Arcachon verdächtig gewesen sein. Die Polizei in Paris gibt bisher keine Einzelheiten zu dem Fall bekannt. Im Commissariat von Bayonne aber gibt es Gerüchte, wonach der Mann einem Racheakt zum Opfer gefallen ist. Der Tote soll bestialisch ermordet worden sein, Gerüchten zufolge ist ihm die Kehle durchgeschnitten worden. Nun ermitteln die Behörden in Bayonne in dem Mordfall.

Luc starrte auf die Zeilen. Dort stand es. Schwarz auf weiß. Er fühlte sich auf einmal so müde. Er saß genau über dem Motor, er spürte die Hitze unter sich und das gleichmäßige Rattern, und gerade, als er anfangen wollte, über diese ganze Katastrophe nachzudenken – und über das, was er in San Sebastián zu tun hatte –, schlief er ein.

Brücke über den Urumea-Fluss,
San Sebastián, Spanien
Mardi 30 mai, 21:40

Er war erst im Busbahnhof der Stadt wieder erwacht, in einer Halle ohne Tageslicht, vom Dröhnen der Dieselmotoren und vom Lärm der anderen Fahrgäste, die geräuschvoll ihre Koffer aus dem Bus gewuchtet hatten. Der Weg hinauf, die vielen Menschen um ihn herum, die andere Sprache, kehlig, laut, ohne dass er ein Wort verstand. Er hätte vorhin so gern direkt mit Anouk gesprochen.

Nun stand er auf der Brücke über den Fluss, allmählich schwand das Licht, es war nur noch ein Schein aus Nordwesten, der Himmel zwischen hellrot und dunkelblau, rechts leuchtete der Kursaal in bunten Farben, es gab wohl irgendein Festival in diesem modernen Bau, ein Würfel, der genau am Strand lag. Links war die Altstadt und darüber schwebten, wie ein Teppich, die Klänge von Tausenden von Stimmen. Vor ihm aber, dort, wo der Fluss endete, begann das Meer, schlug der Ozean in tosenden Wellen an die Felsen.

Als junger Mann war er oft in San Sebastián gewesen, an Wochenenden, an denen er dem Austern-Bassin irgendwie entkommen war, mit einer Notlüge oder weil sein Vater, Alain, wirklich mal freigemacht hatte. Dann war er mit Freunden hierhergefahren, ein- oder zweimal sogar mit Hélène, bevor sie den Unfall auf dem Roller hatte. Er erinnerte sich an wilde Partys in der Altstadt, an viel zu viel Bier und an Ozeanbäder morgens um drei, gänzlich nackt. Alles war leicht und wild gewesen. Er hätte in diesem Moment viel gegeben für diese Leichtigkeit.

Er ging langsam los in Richtung Innenstadt. War es hier auf der Brücke noch menschenleer, so füllte sich die Straße zusehends, als er an der alten Markthalle vorbeiging, auf der breiten Promenade, auf der auch die Autos und Busse vorbeidonnerten.

Er wusste nicht, wo er anfangen sollte. Er hatte nicht mal einen winzigen Hinweis. In aller Ruhe überlegen, zwang er sich, immer der Reihe nach. Von vorne.

Es war knapp ein Jahr her, dass er in Bordeaux angekommen war. Er war Leiter der zweiten Pariser Mordkommission gewesen, doch als ihn die Nachricht erreichte, dass sein Vater schwer erkrankt war – Bauchspeicheldrüsenkrebs –, hatte er sich zurückversetzen lassen in die alte Heimat. Sein erster Fall: das tote Mädchen am Strand von Lacanau Océan. Es war normale Ermittlungsarbeit gewesen. Er hatte Anouk kennengelernt und sich verliebt. Das war die einzige Besonderheit gewesen.

Und die Karte. Die Postkarte. Eine Postkarte, die vor seiner Tür lag, am Morgen, nachdem er den Fall aufgeklärt hatte. Die Handschrift auf der Rückseite kunstvoll, auf der Vorderseite mehrere Panoramen der Stadt, in der er jetzt war. San Sebastián.

Dann, drei Monate später, der Fall des toten Winzers aus Saint-Émilion. Der auf dem berühmtesten Marathon der Welt, dem Marathon du Médoc, ermordet worden war. Dem Marathon, bei dem die Läufer während des Laufens Wein trinken konnten. Viel Wein.

Während der Ermittlungen hatte sich Anouk von ihm zurückgezogen. Er hatte zuerst nicht verstanden, warum. Später hatte sie es ihm gesagt. Sie hatte eine Postkarte bekommen, die sie vor Luc gewarnt hatte. Er sei korrupt – und ein schlechter Mensch. Die Handschrift auf der Postkarte wieder kunstvoll. Sie stammte aus: San Sebastián.

Und dann der Einbruch. In die Cabane seines Vaters. Alain war in La Baule zur Kur gewesen. Luc hatte zu der Zeit in der Hütte gewohnt, war aber unterwegs gewesen. Jemand hatte das kleine Holzhaus aufgebrochen und nach etwas gesucht. Als Gaston, der alte Wirt von Carcans-Plage, nach dem Rechten sehen wollte, wurde er niedergeschlagen und schwer am Kopf verletzt. Gott sei Dank hatte der alte Mann, den Luc so sehr liebte, überlebt. Erst in der Nacht war ihm aufgefallen, was fehlte: eine Haarbürste. Seine Haarbürste. Der Vaterschaftstest war mit Haaren von dieser Bürste gemacht worden. Daran bestand kein Zweifel. Die Karte zum Vaterschaftstest kam: eben, aus San Sebastián. Die Schrift darauf war unverkennbar.

Und doch hatte er keinen Hinweis, wen oder was er in dieser Stadt suchen sollte. Er wusste, wen er finden wollte: seine alte Freundin, Aurore. Und ihre gemeinsame Tochter. Lea. Von der er erst vor drei Tagen erfahren hatte. Er hatte ein Kind. Seit vielen Jahren. Und er hatte nichts davon gewusst.

Immer mehr Menschen kamen ihm entgegen. Gut angezogene ältere Herrschaften, die offensichtlich aus den Restaurants der Altstadt kamen. Und Nachtschwärmer, junge Leute in kurzen Kleidern und bunten Hosen, die den Bars der Stadt entgegenströmten.

Luc konnte all diese Menschen nicht ertragen. Er musste nachdenken. Es gelang ihm nicht, es war zu laut. Er bahnte sich einen Weg durch die Menge, ging immer weiter, vorbei an einem lang gezogenen alten Palast, links stand ein Karussell – und dann musste er auf einmal bremsen, weil der Weg zu Ende war und weil er mit diesem Anblick nicht gerechnet hatte.

Entlang eines weißen Geländers zog sich die Promenade linker Hand entlang zu den feinen Gebäuden in der alten baskischen Bäderarchitektur, doch genau vor ihm breitete sich das Meer aus, der Strand von La Concha, diese Sichelbucht, die es so nur hier gab, von Gott erdacht, es konnte nicht anders sein, sie war perfekt, eine runde Bucht, die den Ozean und die Wellen direkt auf die Stadt zurollen ließ, in einem Halbkreis, die Wellen formten wirklich einen halben Kreis, der einmal quer um die Bucht herumlief, und dazu die Lichter der Stadt, die machten, dass es eigentlich zwei Städte waren, die aufrechte, wirkliche – und die, die im sanft bewegten Wasser gespiegelt auf dem Kopf stand. Und dann diese Insel, mittendrin in der Bucht, als hätte ein Riese in der Mitte der Bucht einen Stein fallen lassen. Im Halbdunkel lag sie, jetzt, da langsam die Nacht über die baskische Küste fiel, steil aufragende Felsen mit kleinen Booten davor, ein Anleger, einige Bäume. Dahinter begann das offene Meer. Wenn die Wellen dort hochschlugen, waren sie mörderisch.

San Sebastián, zumindest dieser Teil der Stadt, lag eingefasst in diesem geschützten Halbkreis, ein Paradies, eine Stadt am Meer, doch Luc kam auch mit diesem Bild vor Augen nicht zur Ruhe, also suchte er sich einen Ort für die Nacht. Dort hinten leuchtete in großen roten Lettern ein Schriftzug am herrschaftlichsten aller Gebäude der Promenade, *Hotel de Londres y de Inglaterra*. Es sah renommiert aus, teuer.

Er hatte sein Portemonnaie, seine Kreditkarte. Aber natürlich würden sie ihn finden, sobald er damit am Empfang sein Zimmer bezahlt hätte. Er hätte keine Chance mehr, das Rätsel zu lösen. Sein Rätsel. Es ging nicht. Er drehte sich um und ging durch das dunkle Stadttor in die Altstadt. Nach wenigen Metern blieb sein Blick an einem Schild hängen. Einige Buchstaben waren kaputt, trotzdem konnte er die Wörter erkennen, *Pensión*

El Puerto stand da, ein altes Haus, eingefasst von alten Bars, die typisch für San Sebastián waren, ein Ort mittendrin, ein Ort, an dem man ihn nicht suchen würde, ein Ort für verlorene Seelen, er brauchte nicht weiterzugehen, er klingelte, einige Sekunden später surrte die Tür auf, und er stieg die Treppen empor. Es war nicht sehr sauber, nicht sehr neu, die Tür im ersten Stock stand offen, er trat ein. Der Mann hinter dem Holztresen trug ein speckiges Karohemd, sein graues Haar stand ihm wirr vom Kopf ab, und er rauchte. Er sah nicht mal richtig auf. Der Ort war ideal.

»*Kaixo*«, sagte er heiser, rauchig, »hallo«, hieß das, Luc wusste es noch von früher.

»Guten Abend«, sagte Luc auf Französisch. »Ich brauche ein Zimmer.«

Irgendwas musste in seinem Ton gewesen sein, jedenfalls sah der Mann ihn jetzt doch an und wirkte gar nicht so matt, die winzigen Augen sahen listig zu ihm auf.

»Ein Zimmer? Für wie lange?« Sein Französisch war fast akzentfrei.

»Zwei Nächte. Vielleicht drei.«

»Sie zahlen bar?«

Luc nickte.

»Es kostet hundert, wenn Sie es ohne Papiere wollen. Ich werde nicht nachfragen, ich sehe es. Sie zahlen jetzt. Sie kriegen den Schlüssel. Aber eins sollten Sie wissen: Ich will hier keine Probleme. Wenn die Bullen kommen, dann weiß ich von nichts. Verstanden?«

Luc nickte wieder. Wenn der Mann wüsste … Er reichte ihm zweihundert Euro über den Tresen. Nun hatte er nur noch fünfzig. Der Mann steckte das Geld in seine Hemdtasche und gab ihm den Schlüssel. Zimmer zehn.

Zimmer zehn lag am Ende des dunklen Flurs, doch als Luc die Tür aufschloss, war es in dem kleinen Raum taghell, ohne dass er das Licht eingeschaltet hätte. Er brauchte einen Moment, um zu verstehen: Eine Neonreklame leuchtete von draußen ins Fenster. Die Gardine war zu kurz und zu durchsichtig, um das Licht zu bannen. Er überlegte, zu reklamieren, aber die Vorstellung vom listigen Gesicht des Mannes brachte ihn davon ab.

In dem Zimmer standen ein Bett und eine kleine Kommode, mehr hätte auch nicht hineingepasst. Durch die dünnen Scheiben waren die Stimmen der Nachtschwärmer zu hören. Nebenan war ein winziges Bad, genauer gesagt eine Dusche, die so nah neben der Toilette angebracht war, dass man auch beides zugleich nutzen konnte.

Luc legte sich aufs Bett und schloss die Augen. Der modrige Geruch, das helle Licht – in seinem Kopf drehte sich alles. Was um Himmels willen hatte Schneider ihm sagen wollen? Er schlug die Augen wieder auf. Sein Magen revoltierte, ihm war kalt. Er hob die Beine aus dem Bett und versuchte tief durchzuatmen, sich zu beruhigen. Dann stand er auf und tigerte im Zimmer herum. Eine Minute, noch eine. Unten auf der Straße waren Menschen, die von der Laterne als Schatten in seinen Raum geworfen wurden. Er sah auf seine Uhr. Kurz nach Mitternacht. Er ging zur Tür, öffnete sie und trat auf den stillen Flur. Er schlich an der Rezeption vorbei, wo der Fernseher lief. Auf dem Bildschirm wälzte sich eine junge Frau auf dem Boden. Luc spürte die Blicke des Spaniers in seinem Rücken. Eine Treppe später stand er auf der Straße. Hatte er vorhin schon gedacht, dass es voll sei, war die Menschenmenge nun undurchdringlich. Sie wälzte sich durch die engen und autofreien Gassen mit dem alten Pflaster, die von den vierstöckigen Wohnhäusern eingefasst waren. In fast allen war im Erdgeschoss eine Bar oder ein Restaurant, und das Geschiebe wurde vom steten Strom derer durchbrochen, die in eine Lokalität hineingingen oder aus ihr herauskamen. Luc reihte sich ein in diese Menge, lauter junge und gut gelaunte Menschen, die lachten und schwatzten, einige hielten große Biergläser in den Händen. Er hörte viele spanische Wörter, aber auch französische. Er überlegte, ob er besser mit einer Mütze sein Gesicht hätte verdecken sollen. Verdammt, jetzt wurde er schon paranoid. Wer sollte ihn denn erkennen?

Er musste gar nicht recht die Füße bewegen, die Feierwütigen strömten ganz und gar einmütig vorwärts, dass er durch diese kleine Straße, die den Namen *Portu Kalea* trug, quasi geschoben wurde. Die Bars hatten alte Theken und Mobiliar aus dunklem Holz, und die Schilder an den Eingangstüren waren traditionell in der spitzen baskischen Schrift gehalten. Jede einzelne sah einladend aus, wie gerne hätte Luc jetzt mit Anouk in einer dieser Bars gesessen, wobei er sich andererseits gerade nicht vorstellen konnte, auch nur einen Moment stillzustehen. Weiter. Weiter vorwärts.

Die Menge schob ihn an einer Seitenstraße vorbei und auf Arkadengänge zu, die Menschen schienen auseinanderzustieben, und dann wurde er selber auf den breiten Platz getragen, ein prachtvolles Ensemble wie die *Place des Vosges* in Paris, auf der einen Seite ein Gebäude, das aussah wie das Rathaus, und dann an drei Seiten neoklassizistische Bürgerhäuser, die einander glichen wie ein Ei dem anderen, das Erdgeschoss war zurückgesetzt, davor befanden sich die Arkadengänge und die Tische der Cafés, darüber drei Etagen mit weißen Fassaden, grauen Fensterläden, bodentiefe Fenster, gelb eingefasst, davor schmiedeeiserne Balkone. Der Strom der Flaneure versiegte, weil sie sich in die verschiedenen Bars verteilten, und so konnte Luc stehen bleiben. Als er genauer hinsah, erinnerte er sich an seinen ersten Besuch hier. Auch da hatte er die Nummern über allen Balkonen schon gesehen, schwarze Ziffern auf gelbem Grund, dort oben war die *Eins*, dann nach rechts ging es weiter in der dritten Etage von *Zwei* über *Drei* und so weiter, in der zweiten Etage begann es mit der *Fünfzig*, in der ersten Etage dann die *Einhunderteins*, und so zog es sich um den ganzen Platz herum, jeder dieser Balkone war nummeriert. Warum war das noch mal so? Er konnte sich nicht erinnern. Auf einmal zuckte er zusammen. Wie war das? Was hatte er gesagt? *Commissaire Schneider?* In seinem Auto. Der seine Hände hob und etwas zeigte. *Fünf. Zwei. Sieben.* Sollte das ...? Eigentlich unmöglich. Es war doch kein dummes Spiel. Andererseits ...

Luc hob den Kopf und suchte die Balkone ab, nach wenigen Sekunden fand er die Nummer sieben. Die Fensterläden waren geöffnet, die Fenster selbst geschlossen. Einige Fenster in der dritten Etage waren hell erleuchtet, auf einem Balkon saßen vier Leute und hielten Weingläser in den Händen. Hinter dem Balkonfenster der Nummer sieben aber war kein Licht zu sehen, es war vollständig dunkel.

Luc musste es wissen, er brauchte Sicherheit. Er ging zu den Arkadengängen auf der linken Seite des Platzes, vorbei an den feiernden Leuten auf der Caféterrasse, er wunderte sich kurz, wie die Menschen in diesen Häusern überhaupt schlafen konnten bei dieser Lärmkulisse, ärgerte sich dann aber gleichzeitig über seinen Gedanken, war er echt so ein Spießer geworden? Ein paar Schritte noch unter die Arkaden, sofort umgab ihn das Dunkel. Er suchte die Türen ab, die Klingelschilder, auch sie nummeriert. Er drückte gegen die große Tür, sie war natürlich verschlossen. Er sah hinauf zu der Turmuhr, halb eins. Er konnte nicht mehr klingeln. Stattdessen nahm er alle Kraft zusammen und trat einmal mit voller Wucht unten an den Türbeschlag, ein alter Trick aus seiner Pariser Zeit. Sofort gab es einen Knack, und das Türschloss hakte aus. Er trat hinein. Im dunklen Flur roch es nach Bohnerwachs und altem Holz.

Er ging zu der Treppe mit dem goldenen Geländer und stieg leise die drei Etagen hinauf. Das Haus schien menschenleer, die Türen waren offenbar gut isoliert. Er schlich durch den schmalen Flur, drückte sich an der Wand entlang. Auch hier standen Nummern über den Türen. Vor der Sieben blieb er stehen und lauschte. Drinnen war nichts zu hören.

Er drückte den Kopf gegen das Holz. Nichts. Kein Laut.

Er nahm das Portemonnaie aus seiner Hosentasche und öffnete das Geheimfach, das den Polizisten bei der Durchsuchung verborgen geblieben war. Der kleine Draht war zurechtgebogen für die alten Pariser Türen, er funktionierte in Bordeaux perfekt – und er würde auch hier funktionieren. Luc bückte sich und fingerte in dem Schloss herum, es war schwieriger, als er angenommen hatte, es klackte und klickte mehrfach, dabei hatte er jeden Lärm vermeiden wollen. Doch dann, nach vielleicht einer halben Minute, sprang die Tür endlich auf. Luc schlüpfte hindurch. Er stand direkt in einem Wohnzimmer, dessen Fenster hinausgingen auf die *Constitución Plaza*. Er dankte insgeheim den Feiernden, dass der Platz so hell erleuchtet war, so war es auch hier drinnen in der Wohnung nicht dunkel. In dem kleinen Wohnzimmer stand ein Sessel vor einem Fernsehtisch, daneben ein kleiner Esstisch mit zwei Stühlen. Wer wohnte hier? Ein Single? Ein Ehepaar? Alles war sehr übersichtlich, es gab keine Kunst an den Wänden, keine Stehlampe, nur eine nackte Glühbirne an der Decke.

Vom Wohnzimmer ging eine weitere Tür ab, doch er ging erst mal nach vorne zum Esstisch, auf dem einige Papiere lagen. Er griff danach und beugte sich darüber, spanische Papiere, er verstand wenig, das eine war wohl eine Stromrechnung, das darunter ein Brief von irgendeiner städtischen Behörde. Der Name des Adressaten war spanisch, *Miguel de la Peña*, er kannte ihn nicht.

Er hörte den Mann nicht, aber plötzlich sah er im Spiegel des Fensters einen schwarzen Schatten, und so blieb ihm genug Zeit, sich anzuspannen, seine Arme vorzubereiten, gleichzeitig seinen Nacken zu lockern, bevor ihn der Schlag traf. Knapp am Kopf vorbei sauste der Kerzenleuchter auf seine Schulter, er wandte sich in diesem Moment um, riss den Arm herauf, der Leuchter flog in die Luft und knallte dann krachend auf den Boden, der Schmerz durchfuhr Luc, als hätte ihn ein Messer getroffen, doch er berappelte sich. Die Gestalt vor ihm war groß und dunkel, ein Mann in Jeans und Lederjacke, *wie ich selbst*, dachte er, dann stürzte er auf ihn zu, der andere wollte noch mal zuschlagen, aber Luc ging in den Nahkampf, und es wurde ein Ringen. Der Fremde stieß Luc von sich, dann schlug er ihn mit der Faust und traf auch, ein Haken ans Kinn, Luc taumelte, konnte sich gerade eben auf den Beinen halten. Der andere, massiv und schwer, griff wieder an, seine Hand griff Luc, als wäre er federleicht, hob ihn an, die Finger fest um seinen Hals, der Commissaire atmete schwer, *mon dieu*, dachte er, wirklich, *mon dieu*, er sollte sich noch lange daran erinnern; dann trat er wild um sich, zwei-, dreimal ins Leere, aber dann traf er, er traf ihn in die Eingeweide, der Mann ließ los, kurz bevor Luc das Bewusstsein verloren hätte. Nun standen sie dicht voreinander, Luc blickte auf das Gesicht, die große Nase, die unsaubere Haut des anderen, den Schweiß, und da war noch etwas: War es Angst? Der Mann schnaubte und griff wieder an, er schlug Luc in den Bauch, dass ihm die Luft wegblieb, diesmal fiel er auf den Esstisch, der zusammenbrach. Wenn in der Nachbarwohnung noch jemand schlief, dann war er schwerhörig, sicher kam gleich die Polizei, der andere rannte wieder auf ihn zu, doch Luc hob das Bein, griff gleichzeitig nach dem Stuhl, der Gott sei Dank sehr leicht war, dann trat er und schlug gleichzeitig mit dem Sitzmöbel zu, er traf den anderen am Oberkörper, der machte einen Schritt zurück, nur einen, dann kam er wieder, aber Luc war wendiger, er wich einem neuen Schlag in die Rippen aus, löste sich, stieß den anderen weg, dann griff er nach dem Arm des Mannes und schleuderte ihn auf den Fußboden, war sofort über ihm und schlug ihm ins Gesicht, wieder und wieder, der andere wehrte sich noch, dann aber schützte er nur noch sein Gesicht mit den Händen. Luc war nun außer sich, er hieb noch einmal zu, dann war der Mann still, kein Laut mehr. Luc kniete sich hin, schützte sich aber immer noch, er atmete schwer, spürte, wie das Blut aus seiner Lippe sickerte, er schmeckte das Eisen in seinem Mund, auch sein Brustkorb tat weh, und doch fühlte er erst mal nach dem Puls des anderen, er war da, er lebte, so weit, so gut. Jetzt musste er schnell sein.

Eilig sah Luc die Papiere durch, die nun auf dem Boden lagen. Es war nichts Interessantes dabei. Er ging zu der Tür, die in ein Nebenzimmer führte, ein schmaler Raum, links eine kleine Pantry-Küche, rechts ein Schreibtisch, eine merkwürdige Raumaufteilung, auch hier nur eine Glühbirne an der Decke. Auf dem Tisch eine Karte – und er erkannte sofort, dass sie für ihn bestimmt war, sein Herz schlug schneller –, keine Postkarte diesmal, eine weiße Karte aus feinem Büttenpapier, handgeschöpft. Luc nahm das schwere Papier, es musste sehr teuer sein, auf der Vorderseite stand nur *Pour Luc Verlain*, die Handschrift so kunstvoll, er hätte sie unter Tausenden erkannt. Er drehte die Karte um, die auf der Rückseite dicht und eng beschrieben war, dieselbe Schrift, zehn Zeilen, die sein Leben schon wieder verändern sollten.

Monsieur, ich wusste, dass Sie herkommen würden, Sie sind schlau, Sie finden eine Sieben, wenn wir Ihnen ein bisschen helfen. Und da Sie dies jetzt lesen, haben Sie auch den ersten Hüter meiner Identität überwunden. Ich hoffe, er hat Ihnen nicht zu sehr zugesetzt,

ein echter Rummelboxer ist dieser Mann, aber so sind sie, die Russen.
Sie sind hergekommen, weil Sie suchen, was ich habe: Sie suchen Ihre gerade erst neu gewonnene Tochter. Und die Frau, die sie Ihnen schenkte, ohne dass Sie davon wussten. Sie sind beide bei mir.
In Sicherheit. Wenn man so sagen will. Besser: für den Moment in Sicherheit.
Wir spielen nun ein Spiel. Sie lösen Aufgaben. Und kommen den beiden, die Sie suchen, mit jeder gelösten Aufgabe ein Stück näher. Das hier war Aufgabe eins. Dafür sichere ich Ihnen zu, dass Frau und Tochter in dieser Stadt sind und dass es ihnen gut geht. Die nächste Aufgabe erhalten Sie morgen Abend. Wo? Das erfahren Sie bald. Suchen Sie nicht nach mir. Ich werde Sie finden.
Ich wünschte, ich dürfte Ihnen schon verraten, wer ich bin. Ich würde Ihnen gerne schon heute Abend in die Augen sehen. Aber ich habe gelernt zu warten. Nun schaffe ich die letzten Tage auch noch. Ihre letzten Tage.
¡Buenas tardes! in San Sebastián.
PS: Das mit Lucien tut mir leid.

Luc las die Karte zweimal. Und warf sie dann wütend auf den Boden.

Er verstand kein Wort mehr. Doch er hatte keinen Zweifel, dass es sich um einen Mann handelte, der sein Leben aus den Angeln hob. Wo war Aurore? Wo war seine Tochter?

Seine Tochter. Wie das klang. Er hatte sich noch nicht mal daran gewöhnt, dass er mit Anouk eine Tochter haben würde – und nun hatte er eine, die schon ein richtiges Mädchen war. Und sie war in großer Gefahr, daran hatte Luc keinen Zweifel.

Mercredi – Mittwoch

HEFTIGE BRANDUNG

Constitución Plaza, San Sebastián
Mercredi 31 mai, 1:30

Luc trat aus dem Haus, den Kragen seiner Lederjacke hatte er hochgeschlagen, obwohl er sich damit reichlich bescheuert vorkam, er war doch kein Filmbösewicht. Dennoch hielt er sich erst mal unter den Arkadenbögen und suchte mit den Augen den Platz ab. Niemand schien nach ihm Ausschau zu halten, keine Polizeisirene war zu hören. Was bemerkenswert war bei dem Krach, den sie in der Wohnung veranstaltet hatten. Er – und der Mann, der dort jetzt lag. Er würde gleich die Ambulanz rufen. Hoffentlich verstanden die Französisch.

Als er sicher war, dass wirklich niemand nach ihm suchte, ging er die Portu Kalea hinab und bog dann auf die noch belebtere Calle Mayor. Über der alten Straße lag ein Klangteppich wie auf dem Pariser Gare du Nord. Der Weg führte hinauf zu der alten Basilika Santa María del Coro mit ihren gewaltigen Fresken über dem hochherrschaftlichen Portal und den zwei Glockentürmen, die die Altstadt überragten. Das Gotteshaus war in goldenes Licht getaucht.

Luc ging nicht bis dorthin, noch nicht, er betrat die erstbeste Bar auf der Ecke, *Casa Vergara* hieß sie. Sie schien einer der beliebtesten Orte in der Straße zu sein, sowohl draußen als auch drinnen vorm Tresen ballten sich die Nachtschwärmer. Die jüngeren Sebastiáner hatten sich Bier- oder Weinflaschen mitgebracht und saßen auf den steinernen Treppenstufen vor der Basilika. Es wurde gelacht, gequatscht, ein Paar tanzte sogar zur Musik, die aus irgendeiner nahen Gasse kam. Er ging hinein. Ein ideales Versteck. Sehen und nicht gesehen werden.

Luc hatte vergessen, wofür San Sebastián stand, er war das letzte Mal ja als junger Mann hier gewesen. Erinnerte sich, in so einer Bar ein Fußballspiel gesehen zu haben. Frankreich gegen Spanien. Beides Feinde, für die Basken zumindest. Bei der französischen Hymne hatten sie den Ton abgestellt, bei Toren für Spanien gleich den kompletten Röhrenfernseher. Damals hatte Luc gastronomisch noch wenig Ahnung gehabt. Deshalb hatte er auch fast vergessen, was in dieser Stadt so besonders unwiderstehlich war. Er blieb vor Aufregung wie angewurzelt stehen. Was er sah, lenkte ihn für einen Augenblick sogar von der Schlägerei ab, die er eben für sich entschieden hatte – und von all dem Schrecklichen, das ihn hierhergeführt hatte.

Es war die Theke, die ihn überwältigte, ein Anblick, der sich einbrennen sollte – ein Wunder, dass der hölzerne Tresen unter dieser Last überhaupt hielt und nicht gleich zerbarst, dachte Luc einen völlig unsinnigen Gedanken.

Jeder Zentimeter der Theke war vollgestellt, mit großen Tellern und silbernen Platten, vielstöckigen Etageren sogar, und das um halb zwei in der Nacht. Da standen frische Baguettes, belegt mit dem berühmten Pata Negra, dem schwarzen spanischen Knochenschinken. Es gab ofenfrische Tortillas mit Kartoffeln und scharfen Paprika aus Espelette. Mit Thunfischcreme bestrichene Brote, auf denen ein gegrilltes Stück Pulpo obenauf saß. Baguettes mit Ziegenkäse, Honig und Feigen. Kleine Burger gefüllt mit rotem Rindersteak und frisch gebratener Chorizo. Daneben lagen frische Garnelen – und direkt nebenan auf einer Platte halbierte Seeigel, die man mit einem Löffel essen konnte, garniert mit rosafarbenem Kaviar. Alles war so wild, ja ungestüm angerichtet und präsentiert, dass es wie Chaos wirkte – doch es war das bestgeplante Chaos, das es in der kulinarischen Welt überhaupt gab: weil alles seinen Platz fand und dazu noch unerbittlich lecker aussah. Eben reichte der Wirt einem Gast einen Teller Pimientos de Padrón aus der Küche, die grünen gebratenen Paprika, die mit grobem Fleur de Sel serviert wurden.

Luc erinnerte sich schwach, als junger Mann von diesem Anblick auch derart gefesselt worden zu sein, obwohl die Tresen damals längst nicht so voll – und vor allem nicht so kreativ gefüllt gewesen waren wie heute.

Pintxos hießen diese Happen, sie waren die baskischen Tapas und die Stars der Küche hier im Norden des Landes. Es war der gute Brauch jedes Samstagabends. Man zog von Bar zu Bar, trank hier eine Caña, also ein kleines Bier, dort eine Copa, also ein kleines Glas Wein, aß ein oder zwei Häppchen und zog dann in die nächste Bar, um das Ritual zu wiederholen. Am Ende des Reigens war jeder Besucher, ob Baske oder Tourist, wahnsinnig satt und betrunken, doch durch die ständige Bewegung und den Wechsel der Lokalitäten war es ein ganz und gar wohliges Gefühl, das einen bei der Tour durch die Bars von San Sebastián befiel.

Und nun stand er mal wieder vor einem Pintxos-Tresen – und was für einem. Er erschrak plötzlich, weil der Wirt ihn fixierte und etwas grummelte. Luc blickte ihn fragend an, und der Mann sagte auf Französisch: »Ich frag dich nun seit einer Minute, was du trinken willst.«

Luc schlug sich an die Stirn und lächelte.

»*Una caña, por favor.*«

Nun war der Wirt zufrieden, ging zu dem Zapfhahn, auf

dem *Estrella Galicia* stand, und zapfte ein perfektes eiskaltes Bier mit herrlicher Schaumkrone, wie sie nur die wenigsten französischen Gastronomen zaubern konnten.

»*Pintxos?*«, fragte er, als er das Bier vor Luc abstellte.

Luc nickte. Er hatte den Tag über nichts gegessen und spürte jetzt, wie hungrig er war. Der Mann gab Luc einen Teller, damit er sich nehmen konnte, was er wollte. Erst am Ende des Abends wurde bezahlt. Auch so ein herrliches Ritual. Würde er irgendwann wohl mal mit Anouk herkommen, um es richtig zu genießen? Er hoffte es so sehr – aber ehrlich gesagt: Nach diesem Tag stand das in den Sternen.

Er griff nach einem Schinkenbaguette und nach einem Teller mit Sardellen und gegrilltem Gemüse.

Dann stellte er sich an eines der Holzbretter, die an den Wänden angebracht waren, damit die Gäste ihre Teller abstellen konnten, und genoss das helle Brot mit dem kräftigen Schinken, den es so nur in Spanien gab. Die kleine Speise tat ihm gut, und auch das Bier beruhigte seinen Puls. Er konnte nun hier ankommen, sich umsehen, den Touristen zuschauen, die am Tresen standen und sich die verschiedenen Pintxos ansahen – oder dem verliebten Paar im hinteren Bereich des Lokals, das Händchen hielt, lachend legte die Frau ihren Kopf auf die Schulter des Mannes, dass ihre dunklen Locken in sein Gesicht fielen. In der winzigen Küche stand eine kleine Frau an der offenen Durchreiche und briet gerade die baskische Blutwurst, eigentlich unvorstellbar, dass sie auf diesen winzigen zwei Quadratmetern all das zauberte, was hier auf dem zehn Meter langen Tresen auf hungrige Besucher wartete. Die Frau mit der weißen Haube musste eine Zauberin sein. Die Musik im Lokal war laut, draußen standen sie und unterhielten sich noch lauter, und der Lärm setzte sich vor der Kirche fort. Luc fürchtete, dass er ein Polizeiauto gar nicht hören würde, selbst wenn es direkt vor dem Laden hielte. Er aß noch die Sardellen und das Gemüse, gelbe Paprika, auf einer Plancha gegrillte Zucchini, dünn aufgeschnittenen Fenchel, dann bezahlte er und ging hinaus, auf einmal wollte er diesem Trubel entkommen. Er sah die Straße hinab, dort ging es zu seiner Unterkunft, doch was war das? Da war wirklich ein blau-weißes Auto, ein Seat, er sah das blaue Licht auf dem Dach, die Aufschrift *Ertzaintza* – die baskische Polizei. Ob sie ihn suchten? Der Weg war jedenfalls versperrt. Er schlug den Weg nach Norden ein, ging die Stufen hinauf, stieg über die ausgestreckten Beine der jungen Leute, die gerade mit ihren Gläsern anstießen, dann öffnete er die hölzerne Tür und trat ein. Sofort war die Stille vollkommen. Er hörte nur noch seine Schritte auf dem Steinboden, über ihm wölbte sich das Schiff der Basilika, welch Unterschied in der Stimmung: die Hektik, die Feierstimmung dort draußen, die Größe, die Erhabenheit hier drin. Das Licht der Straße fiel nur schwach durch die großen bunten Fenster hinein, stattdessen waren es Kerzen, die den riesigen Raum beleuchteten. Die hellen Säulen, die das Kirchenschiff abstützten, darauf die Statuen von Heiligen, die Seitenschiffe, prächtig verziert, die hölzernen Bänke für die Gläubigen, so karg und ernst, wie die Gebete derer, die in ihnen knieten. Er ging nach vorne, außer ihm war niemand hier, er kniete sich in die einzige rot bespannte Bank, die in der ersten Reihe, faltete die Hände, sah den Altar an, den Jesus auf dem Bild, das Kreuz, dann betete er, er betete zu Gott, dass dieser Albtraum enden möge, dieser Albtraum, der ihn aus allem gerissen hatte, was ihn ausmachte. Bis vor drei Tagen war alles vollständig gewesen, er hatte sich vollkommen gefühlt, vielleicht zum ersten Mal in seinem Leben. Seit drei Tagen gab es hingegen keine Gewissheiten mehr.

Er schloss die Augen, weil er die Tränen nicht spüren wollte.

Langsam ließen das Zittern und die Angst nach. So kniete er dort, minutenlang, ganz still, ganz eins. Er hörte das Knarzen der Tür, doch er wandte sich nicht um. Erst als die Schritte näher kamen, sehr nah, öffnete er die Augen. Er wandte sich langsam um. Es war der junge Mann aus der Bar. Die Frau sah er auch, sie saß hinten auf einer Bank, der Mann aber stand hinter ihm. Luc machte sich bereit. Das hier war eine Kirche. Aber er würde sich verteidigen. Der junge Mann griff in seine Tasche und hielt ihm ein Handy hin. In gebrochenem Französisch sagte er leise: »Ich soll Ihnen sagen, dass wir immer wissen, wo Sie sind. Hier, Sie werden morgen am späten Nachmittag angerufen. Bis dahin verhalten Sie sich still. Und suchen Sie nicht nach uns. Sonst passieren schlimme Dinge. Guten Abend, Monsieur Verlain.«

Er wandte sich um und ging zu der Frau, die aufstand und seine Hand ergriff, dann verließen sie die Kirche.

Luc war wieder allein. Er stand auf und bekreuzigte sich, dann ging er hinaus und stand wieder inmitten der Menge. Er betrachtete das Handy. Ein altes Modell, kein Internet, nur Telefon und SMS. Er schaltete es ein und sah, als es endlich hochgefahren war, im Speicher nach. Kein einziger Kontakt. *Sonst passieren schlimme Dinge.* Er zitterte wieder. Sie hatten gewusst, wo er hinging, in die Bar, in die Kirche. Es schien, als wären sie wirklich überall.

Strand von La Concha, San Sebastián
Mercredi 31 mai, 8:40

Die großen Wellen umhüllten ihn, immer wieder schwappten sie über seinen Kopf hinweg, und er tauchte unter, zog sich mit kräftigen Zügen vorwärts, das Licht drang nur noch ganz schwach durch die Wasserschichten, hier unten war alles blau und still. Immer mehr Körperstellen meldeten sich, die Prügelei der Nacht hatte ihre Spuren hinterlassen. Er tauchte immer weiter, hielt die Luft an, sicher mehr als eine Minute, dann öffnete er den Mund, ließ die restliche Luft in kleinen Blasen nach oben strömen, erst dann tauchte er auf, stieß durch die Wasseroberfläche und atmete gierig ein. Immer noch fielen die Tropfen, erstaunlich warmer Regen, der auf seinen Kopf prasselte. Er schwamm noch ein Stück, die Regentropfen schlugen um ihn herum auf der Wasseroberfläche ein, kleine Kreise, die auseinanderstoben, immer größere Kreise zogen, ein bizarres Bild, ein Meer im Meer.

Es hatte zu regnen begonnen, als er vorhin von seinem Hotel zum Strand gegangen war. Das Pflaster war nass und rutschig gewesen, der Alderdi-Eder-Park menschenleer. Auch am Strand waren nur zwei oder drei Spaziergänger mit Hunden unterwegs, er war der Einzige gewesen, der sich auszog und eine Weile an der Wasserkante stehen blieb. Er hatte das Panorama betrachtet: die Bucht mit ihren gewaltigen Ausmaßen, mittendrin die fast runde Insel mit ihrem steilen Felsen, grün und voller Bäume, nur in der Mitte stand ein großes Haus, am Rande der Insel lag ein Boot, an einem Anleger festgemacht. Links und rechts der Bucht die Felsen des Festlands, links hoch und steil, obenauf ein Luxushotel, rechts die Ausläufer der Altstadt, das Aquarium, die Promenade, dort hinten am Fischerhafen waren die besten Fischrestaurants der Stadt, all die Doraden, Seezungen, auch die Hummer wurden hier abgeliefert und dann im La Rampa frisch zubereitet, mit jeder Menge Knoblauch. Auch das eine Erinnerung an ein Wochenende hier. Dahinter kamen dann nur noch die Felsen, an die die Wellen krachten, dass es hinaufspritzte bis zu den schauenden Touristen, die dann jauchzten und wegrannten, denn wer nicht aufpasste, wurde einfach von den Beinen geholt. Es waren hohe dunkelblaue Berge, die hineinrauschten und mit weißem Schaum an die Felsen spritzten. Es war ein Wunder, wie die Wellen selbst in so einer geschützten Bucht mit dieser Kraft ankommen konnten.

Hinter ihm saßen die Menschen im *Hotel de Londres y de Inglaterra* nach einer erholsamen Nacht beim Frühstück. Er hatte keine Ruhe gefunden, weil draußen vor dem Fenster der Pension die jungen Leute weitergefeiert hatten, es war bereits vier Uhr gewesen, als es endlich ruhiger geworden war. Die Neonreklame hatte die ganze Zeit zum Fenster hineingeschienen. Um acht war er schon wieder wach, verfroren und wie gerädert. So war er an den Strand gekommen.

Nun drehte er sich auf den Rücken, dass der Regen auf sein Gesicht fiel, und ließ sich auf der Wasseroberfläche treiben. Mal abgesehen vom Plätschern der Tropfen war es vollkommen still hier draußen. Doch sein Kopf arbeitete unermüdlich.

Noch hatte er keine Nachricht auf das Handy bekommen, das, in seiner Hose versteckt, am Strand lag. Wann würden sie sich melden? Was würden sie ihm sagen? Und wer – zur Hölle noch mal! – waren *sie*?

Der Regen wurde stärker, er musste die Augen schließen, weil die dicken Tropfen auf sein Gesicht einprasselten, schließlich drehte er sich wieder auf den Bauch. Er sah, wie weit er abgetrieben war, er war ein gutes Stück hinter der Plattform gelandet, von der die Kinder im Hochsommer ins Wasser sprangen, der Atlantik hatte auch hier tückische Strömungen. Ganz in der Nähe lagen die Fischerboote der harten Männer von San Sebastián, die alltäglich, noch in tiefer Nacht, hinausfuhren auf dieses wilde Meer, um Doraden, Seezungen, Langusten und Schwertfische zu fangen. Die Stege begrenzten die Altstadt, vom Boot kamen die Fische direkt in die Restaurants am Hafen. Direkt daneben lagen die Yachten der oberen Zehntausend.

Er schwamm los, ging ins Kraulen über und brauchte dennoch bestimmt fünfzehn Minuten, bis er wieder festen Boden unter den Füßen hatte. Dann stand er am Strand und spürte, wie er zitterte. Er nahm das dünne, fast fadenscheinige Handtuch, das er aus dem Hotel mitgenommen hatte, und trocknete sich ab. Ein Blick aufs Handy. Nichts. Er hatte keinen Moment daran gezweifelt, dass sie sich – wie es der Mann in der Kirche gesagt hatte – erst am Nachmittag melden würden. Dennoch musste er nachschauen. Er fühlte sich wie ein Getriebener. Er hasste das.

Sie hatten befohlen, dass er nicht nach den Hintermännern suchen durfte.

Suchen Sie nicht nach uns. Sie hatten nichts von Aurore und seiner Tochter gesagt. Er nahm die Treppe, die hinauf auf die Strandpromenade führte. Der weiße Zaun erstreckte sich mit der Promenade über die ganzen drei Kilometer westwärts, immer an diesem Strand entlang, gegenüber der Straße lagen alte und moderne Hotels und Wohnungen mit großen Fensterfronten zum Meer für die, die es sich leisten konnten. Wer hier wohnte, hatte den Ozean im Wohnzimmer.

Im Sommer liefen auf der breiten Promenade Tausende Menschen entlang, sie joggten, fuhren Fahrrad, nahmen diese merkwürdigen Roller, mit denen man sich gegenseitig umbrachte. Heute war hier niemand. Was für ein Wetter. Das war das Baskenland. In Frankreich wurde immer behauptet, nirgendwo regne es so häufig wie in der Bretagne. Jeder, der das sagte, war noch nie im Baskenland.

Die Wolken, die sich noch gerade so über die Pyrenäen gekämpft hatten, setzten sich hier hinter den Bergen fest und blieben – manchmal wochenlang. Das war der Preis, den man zahlte, wenn man in einer der schönsten Städte der Welt wohnte, die San Sebastián zweifelsohne war – man wurde relativ häufig nass. Dafür war es hier wie im Landesinnern das ganze Jahr über grün, und es gab stets das beste Obst und Gemüse des ganzen Landes – und sehr guten Wein.

Er nahm jetzt den Weg nach Osten, ging an der Mauer entlang, vorbei an dem modernen Bau, der einem Boot glich, und in dem nachts die *jeunesse dorée* hoch oben über dem Meer feierte. Weiter hinten kam die Rampe, die den Hafen einfasste und an der die Boote ankerten.

Durch das Stadttor ging er wieder hinein in die kleinen und verwinkelten Gassen. Wäre er nicht ganz sicher gewesen, dass es dieselben Straßen waren wie in der Nacht zuvor, er hätte es niemals geglaubt. In der Nacht voller Menschen, alle Bars geöffnet, laute Musik, noch lautere Gespräche – doch nun, am Morgen, wie ausgestorben. Lucs Schritte hallten auf dem nassen Pflaster. Eine einsame Straßenkehrmaschine beseitigte die Spuren der Nacht, der Fahrer rauchte aus dem offenen Führerhäuschen.

Die Besitzerin des Tabakladens zog gerade den Rollladen hoch. Die Bars und Restaurants waren noch geschlossen. Bis auf eines, links auf der Portu Kalea. Das Santa Lucía war den ganzen Tag über geöffnet, Luc trat ein. Es schien der Stammladen für die arbeitenden Basken zu sein, die auf ein kleines Frühstück vorbeischauten. Da saßen Müllfahrer, ein Postbote hatte sein Wägelchen in die Ecke gestellt, zwei Fischer tranken das erste Bier des Tages, der für sie fast beendet war, während er für die meisten Bewohner noch nicht richtig begonnen hatte. Sie alle saßen auf harten Holzbänken im Neonlicht, der Ort verströmte den Charme einer alten Bahnhofshalle.

Luc bestellte am Tresen beim Wirt einen Kaffee und ein süßes Gebäck. Als der alte Mann die Tasse vor ihn stellte, sah Luc ihn fragend an.

»*Oui?*« Er fragte tatsächlich auf Französisch. War ihm seine Nationalität auf die Stirn gezeichnet?

»Entschuldigen Sie. Ich suche jemanden.«

»Hmm …«

Der Alte hatte die Stimme von einem, der täglich mehr als eine Schachtel Zigaretten rauchte. Deutlich mehr. Die Furchen auf seiner Stirn waren regelrechte Canyons.

»Ich suche eine junge Frau und ein Mädchen. Franzosen. Mit Nachnamen heißen sie Poulain.«

»Hmm …« Der Mann sagte das wegwerfend, als wäre es eine ganz und gar abenteuerliche Sache, in einer großen Stadt nach zwei einzelnen Menschen zu suchen. Und doch hätte Luc wetten können, dass in seinem Gesicht etwas passiert war. Als wenn er seine Augen ein Stück weiter geöffnet hätte.

»Nein?«, fragte Luc, diesmal noch vorsichtiger. Doch der Alte antwortete nicht mehr, er stand hinter der Pfanne und schlug zwei Eier hinein. Unfreundlicher Kerl. Der Commissaire zuckte mit den Schultern, ließ sich auf eine Bank fallen und trank seinen furchtbar starken und viel zu malzig schmeckenden Kaffee.

Er wusste nicht, wann er sich das letzte Mal derart allein gefühlt hatte.

Pension El Puerto, San Sebastián
Mercredi 31 mai, 16:30

Das Klingeln weckte ihn erst beim vierten oder fünften Mal. Er kannte es nicht, also erkannte er es nicht. Als er aber verstand, dass es sein Handy war, saß er aufrecht im Bett und griff nach dem leuchtenden Ding, das auf dem Nachttisch lag.

»Ja?«

Eine elektronisch verzerrte Stimme. Luc hörte genau hin. Ein Mann, ganz sicher. Vielleicht vierzig Jahre? Schwer zu sagen. Nicht jünger als vierzig in jedem Fall.

»*Guten Tag, Monsieur Verlain. Dies ist eine automatische Ansage, es gibt keine Wiederholung, also passen Sie gut auf: Sie können treffen, wen Sie so dringend treffen wollen. Sie haben ja auch echt was nachzuholen. So viele Jahre hat Ihre Tochter schon ohne Sie verbringen müssen. Nun sind es aber erst einmal noch drei Schritte, die Sie gehen müssen. Der erste geschieht heute in der Dämmerung. Am Strand von Zurriola. Es ist nicht ganz ungefährlich – also passen Sie gut auf. Alles, was Sie brauchen, erhalten Sie hinter Tür Nummer 49. Machen Sie bitte nicht wieder das Schloss kaputt. Der Schlüssel liegt unter der Matte. Und keine Sorge, heute gibt es keinen Kampf mit einem Gorilla. Ihr eigentlicher Kampf wird später stattfinden. Diesmal ein Kampf auf Leben und Tod. Schönen Abend, Monsieur Verlain.*«

Es piepte im Hörer, dann war das Gespräch beendet. Luc war hellwach, dennoch musste er sich die Augen reiben, weil er stundenlang geschlafen hatte wie ein Toter. Er war direkt nach dem Restaurant wieder ins Bett gegangen und offenbar sofort weg gewesen. Nun schwang er sich hoch.

Tür 49. Die *Constitución Plaza*. Er würde schon wieder in eine Wohnung einbrechen müssen.

Was erwartete ihn hinter der Tür? Er konnte es sich nicht vorstellen. Es hatte mit dem Strand zu tun und mit dem Ozean. Das Wasser war sein Element. Und dennoch: Was wollten sie von ihm?

Er überlegte, Anouk mit dem Handy anzurufen. Sie würden es abhören. Dann wäre sie in Gefahr. Er verwarf den Gedanken.

Verdammt. Er vermisste sie, wie er noch nie einen Menschen vermisst hatte.

49. Die Zahl prangte über dem Fenster der Wohnung ganz links, diesmal in der zweiten Etage. Luc stand auf dem Platz und beobachtete den Balkon. Wieder war niemand zu sehen.

Während Lucs langem Schlaf hatten sich die Wolken und der Regen über der Stadt verzogen, und die Sonne beschien das noch feuchte Pflaster. Der Platz war leerer als in der Nacht, nur ein paar Cafégäste saßen auf den Terrassen, eine Touristengruppe schoss Fotos von den ungewöhnlichen Nummern über den Wohnungen. Den Nummern, mit deren Hilfe ein ungutes Spiel mit ihm gespielt wurde.

Er zuckte mit den Schultern und ging zu der großen Haustür, die sich ausgerechnet in dieser Sekunde öffnete. Zwei Kinder kamen heraus, kleine Jungs, der eine hielt einen Fußball in Händen, der andere trug das blau-weiße Trikot von Real Sociedad, der lokalen Mannschaft, die dieses Jahr sogar mit Real Madrid und dem FC Barcelona mithalten konnte. Luc hielt die Tür auf und sah ihnen lange und versonnen nach, dann betrat er das Gebäude. Wie schon in der Nacht stieg er leise zwei Etagen höher und ging den Flur entlang, wieder auf jedes Geräusch lauschend.

Am Ende des Flurs war er angekommen. 49.

Er bückte sich und hob die hellbraune Fußmatte hoch. Darunter lag tatsächlich ein Schlüssel. Luc nahm ihn, die Fingerabdrücke waren eh nicht mehr sicherzustellen. Er schloss auf, leise und vorsichtig. Kein Gorilla würde auf ihn warten, hatten sie geschrieben. Aber er wusste, dass sie nicht fair spielten. Er drückte die Tür hinter sich zu und drehte den Schlüssel um, dann ging er in den Raum hinein, der taghell war, die Gardinen waren offen, der Platz, auf dem er eben noch gestanden hatte, lag draußen vor den Sprossenfenstern im Sonnenschein.

Die Wohnung war genauso geschnitten wie die Nummer sieben, aber sie war nicht leer. Sie war vielmehr wohnlich eingerichtet, Esstisch, Stühle, Couch, Schränke mit Büchern. Als wenn der Besitzer jeden Moment nach Hause kommen könnte, nach einem langen Arbeitstag.

Er musste aber nicht lange suchen. Es stand an die Couch gelehnt. Ein Surfbrett. Ein Shortboard, vielleicht sechs Fuß lang. Schlank geschnitten, aus hellem Holz mit einer wunderschönen Maserung. Es war perfekt aufbereitet, das sah Luc auf den ersten Blick, es glänzte wie neu.

Daneben stand eine dunkle Reisetasche, der Reißverschluss war nicht zugezogen. Er wandte sich noch einmal um und ging in den anderen Raum. Da war niemand.

Er ging zurück, kniete sich hin und sah hinein. Er stockte. Das war …

Die quadratischen Pakete, in schwarze Folie gewickelt, er berührte eines ganz vorsichtig, es war schwer und dicht gepresst, er nahm es heraus, da waren noch drei, nein, sechs, nein, es waren neun, neun Pakete. Die Pakete glichen haargenau denen, die am Strand von Hourtin angespült worden waren – die Pakete, deren Inhalt einen kleinen Jungen ins Koma befördert hatte.

Das hier war Kokain. Kein Zweifel. Eine Reisetasche voller Kokain. Er wog das Paket in der Hand. Neun Päckchen à fünfhundert Gramm, also viereinhalb Kilogramm. Er überschlug die Schwarzmarktpreise, die er aus Paris kannte. Wenn die Reinheit so war, wie bei dem Stoff am Atlantikstrand, dann waren das hier hundertfünfzigtausend Euro. In einer Reisetasche.

Er spürte, wie die Ader an seinem Hals zu puckern begann. In seinem Kopf raste die Wut. Er wünschte, es würde doch ein Gorilla auftauchen, dann …

Er nahm die Pakete aus der Tasche, sie waren alle gleich verpackt. Darunter lag der Zettel, den er erwartet hatte. Dieselbe Handschrift.

Monsieur Verlain, hier ist Ihre zweite Aufgabe:
Sie sind doch Surfer – jedes Mal, wenn ich Sie beobachtet habe, im Verborgenen auf der Düne hinter Ihrem Haus, mit meinem wunderbaren Fernglas, dann musste ich zugeben, dass Sie auf Ihrem Brett eine gute Figur machen. Das brachte mich auf eine Idee.
Wir haben bei Ebbe manchmal Probleme, die Fracht an Bord unserer Boote zu bringen. Die baskischen Polizisten sind noch nicht ganz gewiss darüber, was wir an ihrer Küste treiben, und ich will auch nicht, dass sich das schnell ändert. Deshalb suche ich nach neuen Möglichkeiten, meine wunderbaren Produkte in hoher Qualität auf den Weg in den Norden zu schicken. Die lokalen Experten sagen mir, es sei quasi unmöglich, mit einem Surfbrett um die Felsen vor Zurriola herumzufahren. Zu hohe Wellen, zu viel Brandung.
Was mich an dieser Einschätzung stört, ist das Wörtchen »quasi«. Ich frage mich dann, ob es nicht vielleicht doch möglich ist. Und wer könnte das besser ausprobieren als Sie, Verlain, wo Sie doch sowieso bald ein toter Mann sind.

Surfen Sie heute um Mitternacht hinaus hinter die Felsen von Monpas östlich von Zurriola Beach. Dort wartet mein Boot. Übergeben Sie die Tasche dort. Scheitern Sie, enden Sie dort, wo Sie ohnehin enden werden. Schaffen Sie es, werden wir uns bald sehen. Ach, und wenn Sie auf die Idee kommen, es nicht zu versuchen – oder zu anderen unlauteren Mitteln greifen, um mich zu finden –, dann wird das sehr schlecht ausgehen, und zwar nicht nur für Sie, sondern auch für Ihre Tochter und für Aurore.
Also, Verlain, einen guten Abend-Surf!

Er ließ das Papier sinken. Er war ein Mann mit jeder Menge innerer Ruhe und mit einem großen Bedürfnis nach Harmonie. Und nun? Er verspürte Mordlust. Auf diesen Mann, der ihn an der Nase herumführte. Der ihn in Gefahr brachte. Der ihn einen toten Mann nannte.

Er sah das Kokain an. Würde er dabei mithelfen, dass es nach Nordeuropa kam? Er? Der Polizist? Würde er dabei mithelfen, Jugendliche abhängig zu machen? Andererseits: Das Koks würde wahrscheinlich auf dem Meeresboden enden, genau wie er.

Er war ein guter Surfer gewesen, in seiner Jugend. Das schon. Aber die Zeiten waren lange her. Er surfte heute nur noch zum Spaß, ein- oder zweimal in der Woche. Und die langen weißen Sandstrände von Carcans-Plage mit ihren gerade laufenden Wellen waren etwas gänzlich anderes als die Felsenbucht von San Sebastián mit ihren kreuz und quer laufenden Brechern und den gefährlichen und spitzen Felsen, die über und unter der Wasseroberfläche lauerten. Die Haare an seinen Armen stellten sich auf, seine kalten Hände griffen nach der Tasche.

Er musste es versuchen. Für Lea. Für Aurore. Um diesem Mann gegenüberzustehen. Und ihn für immer aus dem Weg zu räumen.

Strand von Zurriola, San Sebastián
Mercredi 31 mai, 23:50

Es war Irrsinn. Absoluter Irrsinn. Der volle Mond, der die Szenerie beleuchtete, machte es für Luc umso deutlicher.

Schon auf dem Weg hierher hatten ihn die Menschen angesehen wie einen Außerirdischen. Das lag nicht am Surfbrett, mit dem Luc auf dem Boulevard in den Bus der Linie 31 gestiegen war, nein, es gehörte zum Charme dieser Stadt, dass die Surfer hier einfach den Bus benutzten, das Surfbrett lässig unter den Arm geklemmt. Aber aus ihren Sitzbänken heraus musterten sie ihn, und einer hatte ihn angesprochen, auf Spanisch, Luc hatte kein Wort verstanden, am Ende hatte der Mann kopfschüttelnd aufgegeben. *Armer Irrer,* hatte sein Blick gesagt, *Selbstmörder.*

Nun stand Luc am Strand von Zurriola und wusste genau, was sie meinten, mehr noch: Mit ziemlicher Sicherheit hätte er in seinem Surfrevier jeden, der zu dieser Stunde mit einem Brett am Strand stand, sofort gestoppt. Dabei war Carcans-Plage im Gegensatz zu diesem Strand eine gemütliche Spielwiese.

Hier, in der felsigen Bucht, gab es ein Gesetz: Nachts surfte man nicht – und erst recht nicht bei diesem Sturm, der am Abend aufgezogen war.

Er zweifelte keinen Augenblick daran, dass die Hintermänner gewusst hatten, dass das Wetter umschlagen würde.

Luc beobachtete den gewaltigen Wellen-Swell, der in die Bucht drückte. Zurriola war ein herrlicher Strand, goldener Sand, flach abfallend. Hinter ihm schliefen die Bürger der Stadt in ihren ausladenden Wohnungen, rechts stiegen sanft bewaldete Hügel an, die weiter hinten zu einer schroffen Felsenküste anwuchsen. Es war ein magischer Ort, an dem an Frühsommerabenden normalerweise Hunderte Paare saßen und die Wellen betrachteten, sich küssten, die Nacht genossen. Heute war hier außer Luc niemand. Und das sagte alles, was er wissen musste. Blitzten sonst kleine weiße Schaumkronen auf den Wellen, war heute das ganze Meer weiß, eine einzige Brandung, die Wellen rasten kreuz und quer durch die Bucht. Draußen, auf dem offenen Meer, auch das vom Mond gut beleuchtet, ging es noch wilder zu. Die schwarzen Wellenkolosse waren sicher *double overhead,* also deutlich über drei Meter hoch. Das hier war Kamikaze.

Er spürte das Gewicht der Reisetasche auf seinem Rücken, er hatte sie über den Wetsuit geschnallt und mit mehreren Riemen gesichert. Links lag der Monte Urgull, ein hoher Berg, der mitten in der Altstadt begann, und auf dessen Spitze eine Jesusstatue stand, angestrahlt von gelben Scheinwerfern. Luc schloss die Augen, dann bekreuzigte er sich, schnallte sich das Brett mit dem Klettband um den rechten Fuß, nahm dann das zweite Klettband, das er wenige Stunden zuvor extra gekauft hatte, und befestigte es am linken. Er wollte überleben.

Mit dem ersten Schritt ins Meer empfing ihn die Kälte, trotz des Neoprenanzugs, das Wasser schien ihn regelrecht fesseln zu wollen. Er hatte sich ganz bewusst gegen Surfschuhe entschieden, für diese Aufgabe brauchte er Gefühl.

Schnell stand er brusthoch im Wasser, und die ersten

Wellen griffen nach ihm, er spürte ihre Wucht, er glitt bäuchlings auf das Brett, das ziemlich kurz war, dafür aber auch pfeilschnell, er hatte es noch gut gewachst, nun fand er Halt und legte los, pflügte mit den Armen durch das Wasser und spürte, wie das Board immer weiter beschleunigte, auch gegen den Wind.

Um ihn war nun wirklich Nacht, Wolken hatten sich vor den Mond geschoben, doch Luc blickte nur noch nach vorn und paddelte wie ein Besessener. Hier im Weißwasser ging das noch ganz gut, er kam voran, die Wellenberge konnte er mit Schwung überpaddeln, er spürte, wie das Brett angehoben wurde, dann senkte es sich wieder, und er nahm das Tempo mit für die nächsten hundert Meter. Doch schon nach kurzer Zeit wurden die Wellen, die auf ihn zukamen, deutlich höher.

Er sah sich um. Er war allein. Gänzlich allein. Die Lektion seines Surflehrers viele, viele Jahre zuvor hallte in seinen Ohren:

Surfe niemals allein. Sicher, in Carcans ging er auch mal alleine ins Wasser, allerdings am helllichten Tag. Und dann war da auch immer jemand anders, der gleichzeitig im Ozean war – wenn es ein Problem gab, würde derjenige Hilfe holen können. Hier aber, in tiefer Nacht, war niemand.

Luc blickte wieder nach vorne, einer der ersten richtig großen Brecher kam auf ihn zu, er paddelte das Monster an, doch es warf ihn zurück, hob sein Brett an und warf es auf den Rücken, als wäre es ein Spielzeug, Luc konnte noch mit der Hand seinen Kopf schützen, das Brett schlug knapp neben ihm ein. Er griff nach dem Board und zog sich wieder hinauf, er orientierte sich, er hatte bestimmt zweihundert Meter verloren, weil die Welle ihn zurückgespült hatte. Weiter. Er musste weiter.

Er zog wieder an, dort vorne rollte die nächste Wellenwand an. Luc holte tief Luft, dann legte er sich mit seinem Oberkörper auf die Nase des Brettes, stützte sich mit dem rechten Knie auf der Mitte ab, umklammerte das Brett mit ausgestreckten Armen und drückte es genau in dem Moment unter Wasser, in dem die Welle noch ungebrochen genau vor ihm war. Er tauchte ein in diesen dunklen Ozean, seine Augen hielt er ganz weit aufgerissen, er atmete langsam und kontrolliert aus, für einen langen Moment sah er die Welle von unten, während sie über ihn hinwegdonnerte. Er spürte ihre gewaltige Kraft, aber hier in ihrem Wassertunnel war er davor geschützt, er nutzte das Tempo, dann tauchte er wieder auf, paddelte über Wasser schnell weiter, der *Duckdive* hatte geklappt, so nannten sie das Manöver, das *Ententauchen,* doch dort vorne kam schon die nächste Welle, er beschleunigte wieder, das gleiche Manöver, abstützen, Brett runterdrücken, untertauchen, der Mond war wieder hervorgekommen, deshalb glänzte das Wasser, als er unter der Oberfläche war, seidig und klar, all die weißen Bläschen um ihn herum, er konnte nicht anders, er musste lächeln. Wieder auftauchen, die Entfernungen abschätzen, er musste weit nach Osten, dort vorne ragten die schwarzen Felsen auf, Schatten nur. Er war wieder in einem Wellental, deshalb hätte er das Boot nicht sehen können, selbst wenn es schon da wäre.

Würde es überhaupt da sein? Er konnte sich nicht zu lange mit dieser Frage beschäftigen, schon musste er die nächste Welle durchtauchen, doch nun hatte er seinen Rhythmus gefunden und beschleunigte immer weiter, er wandte sich um, der Strand war längst weit hinter ihm, er hatte die halbe Strecke zu den Felsen hinter sich gebracht.

Luc begann das Brett zu mögen, das so kurz und schnittig war, spitz zulaufend, der Körper aus gutem blanken Holz, er spürte, wie die Wellen nachgaben, er kam gut voran, doch in seinem Gesicht hatte die Kälte ihre Spuren hinterlassen, er fror, er fror wirklich, der stürmische Atlantik zehrte an ihm.

Als er die Bucht verließ, kam das offene Meer trotz allem unerwartet, die Wellen nahmen an Kraft zu, und sie hatten die Richtung geändert, ein winziges Stück nur, aber sie kamen nun in einem Winkel aus Westen, den Luc nicht vorhergesehen hatte. Er war schon nah an den Felsen, er beobachtete den Horizont, er versuchte es zumindest, doch das Meer war zu unruhig, als dass er seinen Blick hätte fokussieren können – immer wieder wurde er angehoben und herabgeworfen, ein Spielball der Elemente.

Er sah sich in diesem Moment von oben, ein schneller Pfeil und dennoch winzig klein im riesigen Schwarz des Ozeans.

War das ein Licht dort vorne? Luc sah genauer hin. Vielleicht hundert Meter entfernt tauchten rechter Hand die ersten Felsen auf. Darüber verpasste Luc die erste Welle der neuen Sequenz, sie war riesig, ein Berg aus Schaum, gänzlich unerwartet, sie hob das Brett an und warf es wieder herunter, ohne dass er sich hätte dagegen wehren können, auf einmal war er unter Wasser und nicht mehr auf seinem Board, sondern darunter, es tanzte über ihm, er sah es mit offenen Augen, die Spitze durfte ihn nicht treffen, bloß nicht, er hielt die Luft an, die Waschmaschine begann, des Surfers Albtraum, dabei kam er direkt in den Strudel der sich entladenden Welle, und die warf ihn unter Wasser herum. Er musste seinen Atem kontrollieren, es konnte sein, dass er durch die Kraft des Sturms über sich für mindestens eine Minute nicht mehr an die Luft kam, er spürte, wie das Brett an seinem Fuß zerrte, spürte, wie ihn die Tasche weiter nach unten zog, irgendwann rollte er sich zusammen wie ein Embryo und überließ sich dem Spiel der Welle, ein Krachen und Donnern, bis sie und auch die nächste Welle vorbeigezogen waren, es waren sicher zwei Minuten gewesen, endlich tauchte er auf, sein Brett wurde durch das Band neben ihm gehalten, er schmiss sich darauf, doch diesmal war er geistesgegenwärtig genug. Da kam der nächste schwarze Brecher, zu spät für einen *Duckdive*, er hielt sich am Brett fest, umklammerte es mit Armen und Beinen, dann drehte er sich damit auf den Rücken, das Brett wie eine Geliebte über ihm, die *Eskimorolle*, wenn nichts anderes mehr ging, ging sie noch, ein Schutz von oben, er drückte von unten, und die Welle überrollte ihn, er überstand auch sie und tauchte auf, da war der Mond über ihm, und auf einmal war das Meer ruhiger – und … Doch was war das? Er spürte die Leichtigkeit, und sie war falsch, er griff auf seinen Rücken. Die Tasche, verdammt.

Die Riemen mussten sich in der ersten Welle gelöst haben und dann in der Eskimorolle vollends aufgegangen sein, er blickte hinab ins Dunkel, er schüttelte den Kopf, murmelte, schrie *Merde, Merde, Merde* – keine Zeit, er sah hinab, er durfte nicht, niemals, aber … Er musste es tun.

Er löste die Leinen von seinen Füßen, die ihn mit dem Brett verbanden. Er trennte damit seine Lebensversicherung. Ein Surfer trennte niemals die Leash von dem Gegenstand, der ihn im Zweifel über Wasser hielt, aber es gab keine andere Möglichkeit. Das Salzwasser verklebte seine Augen.

Luc sprang vom Brett und tauchte unter, keine Ahnung, wie tief der Ozean hier war. Er tauchte und tauchte, dankbar für das Mondlicht, wenigstens das. Er sah das schwarze Etwas erst nach einer Weile, doch, da war sie, es sah aus, als schwebte sie, er beschleunigte, die Arme stießen nach unten, seine Lunge war fast leer, er griff nach der Tasche, einmal rutschte er ab, aber dann hatte er sie und zog sie mit sich, die verdammte Tasche mit dem verdammten Kokain, wie gerne hätte er sie hier unten gelassen, in der Ewigkeit des Meeres, doch es ging nicht, er musste seine Tochter retten, er tauchte auf, da war schon das nächste Ungetüm direkt über ihm, die Wellenlippe schlug genau neben seinem Kopf ein, in seinem Ohr fiepte es, und er wurde unter Wasser gedrückt. Zu spät sah er den Felsen, er war zu nah herangetrieben, spitz ragte er unter ihm auf, die Küste hatte ihre Verlängerung unter Wasser, ein Schlag, ein Riss, er spürte den stechenden Schmerz sofort, in seinem Neoprenanzug wurde es warm und kalt zugleich, er schrie auf, dann kam das Adrenalin, und er tauchte wieder auf, kraulte mit einem Arm zu dem Brett, das ein paar Meter weitertrieb, zog sich darauf, zerrte sich die Tasche über die Schulter und setzte sich auf, dann endlich betrachtete er seinen rechten Arm und sah, was ein schlechtes Zeichen war: Der spitze Felsen hatte erst den Neoprenanzug aufgeschnitten und dann auch seinen Arm, unterhalb der Schulter, der Oberarm, der Bizeps, ein großer Schnitt, der gehörig blutete. Die Wunde ging tief ins Fleisch, Gott sei Dank nicht bis auf den Knochen, er beugte sich ins Wasser und hielt den Arm hinein, es brannte wie Feuer, doch die Kälte stoppte den Blutfluss, er hatte nicht mehr viel Zeit, er sah wieder auf, dort vorne waren die Positionslichter. Leise tuckerte ein ganzes Stück entfernt der Motor des Bootes. Mit seinem gesunden Arm paddelte er wieder los, den anderen versuchte er, ruhig zu halten. Zu seiner Rechten ragte das Ende der Küste auf, eine steile Klippe, die sie Monpas nannten. Er zog daran vorbei, dann konnte er das Boot aus der Nähe sehen: Es war eine schwarze Yacht, ein Luxus von einem Boot, er hielt darauf zu, noch hundert Meter, noch fünfzig, er hielt sich im Schatten des Bootes, das ihn vor weiteren Wellen schützte.

Eines der Bootsfenster war erleuchtet, er paddelte darauf zu, wollte einen Blick hineinwerfen. Doch da trat oben an Deck ein Mann ins Licht. Er erkannte ihn sofort. Der Mann trug eine Waffe in der Hand, einen Revolver. Er sah grimmig zu Luc hinunter, der sich auf seinem Brett aufgesetzt hatte. Der Mann richtete die Waffe auf ihn. Der Commissaire schloss die Augen. Sollte es so enden?

»Los«, sagte der Mann, sein Akzent osteuropäisch.

Luc sah ihn an.

»Tasche …« Er wies mit seinem Kopf zu der Tasche, die Luc über der Schulter trug. Unter Schmerzen warf er sie an Bord.

»*Gracias*«, sagte der Mann, der ohne Zweifel der Gorilla war, den Luc in der Nacht zuvor verprügelt hatte. Sein Blick sprach Bände. Er hob die Waffe wieder, Luc machte sich auf seinem Board ganz klein. Er schoss. Die Kugel spritzte einen Meter neben dem Commissaire ins Wasser. Luc hob die Hände hoch.

»Was …«

Der Mann zielte wieder, doch dann erklang aus den Eingeweiden des Bootes eine Stimme, die Luc selbst durch das Wellengetöse hörte. Sie sagte ein Wort, ein klares und deutliches »Nein«.

Der Gorilla sah wütend drein, doch dann zuckte er die breiten Schultern, wandte sich um und ging zum Steuerrad. Er legte den Gashebel um, und das Boot machte einen Satz vorwärts.

Die Stimme … Er hatte sie schon mal gehört. Kein Zweifel. Das Boot zog an ihm vorbei, Luc gelang es, doch noch in das Fenster zu schauen. Es war nicht mal eine Sekunde, in der er stutzte, versuchte, genauer hinzusehen, hatte er sich getäuscht? Nein, das konnte nicht sein. Er sah noch den Namen des Bootes hinten auf dem Heck, dann verschwand es in der Dunkelheit, und Luc war wieder den Unbilden des Meeres ausgeliefert.

Der Name aber hatte sich auf seiner Netzhaut eingebrannt. *Christine.*

Es tat einen Knall in seinem Kopf, als wäre etwas explodiert. Eine Welle schob ihn von hinten an. Er verdrängte den Gedanken. Er musste überleben. Darum ging es jetzt.

Er zuckte zusammen, spürte den Schmerz in seinem Arm wieder. Wie sollte das gehen? Surfen, mit einem Arm?

Er studierte den Horizont, das Boot war verschwunden. Dort hinten kamen Wellen. Er brauchte nicht irgendeine Welle. Er brauchte eine große, tragende. Er brauchte *seine* Welle.

Er ließ einige kleinere Exemplare unter sich durchrauschen, ließ sich anheben und wieder von der Welle schieben.

Da, dort draußen, waren große Wellen, eine Sequenz, die funktionieren konnte. In der Ferne sahen die Erhebungen noch klein aus, aber Luc wusste, wie das täuschte, dass sie sich noch aufbauen würden. Er legte sich auf sein Brett, Vorbereitung war alles, er war leichter ohne die Tasche, er sah nach hinten, die Welle wuchs an, er musste schnell sein, schneller als jetzt in jedem Fall. Die Welle strebte nach Westen, in Richtung Strand, er paddelte wie ein Verrückter, erst nur mit dem funktionierenden Arm, dann schnaubte er, steckte den anderen auch ins Wasser, egal der stechende Schmerz und das Brennen, er paddelte und paddelte, nahm Tempo auf, und dann war die Welle genau hinter ihm, er hörte ihr Dröhnen, er sprang in dem Moment auf, als sie ihn anschob, sie griff nach dem Brett, doch nun war sie Lucs Element, er hatte keine Angst mehr, er musste nur tun, was er konnte, er lenkte nach rechts, sauste den Wellenberg hinab, und dann ließ er sich schieben, er durfte nicht herabfallen, nicht hier, so weit draußen, im offenen Meer, aber es gelang. Immer wieder surfte er hinein in die hohe Welle, die sich zu seiner Rechten aufbäumte wie ein Berg, ja, sie war zweimal so groß wie er, also deutlich über dreieinhalb Meter, aber noch brach sie nicht, das Meer war hier noch zu tief, er wurde geschoben und geschoben, in einem Wahnsinnstempo, er hatte ewig gebraucht, um hinauszupaddeln, vielleicht eine halbe Stunde, das hier aber war eine Sache von zwei Minuten. Und mitten in dieser wilden Fahrt begriff er, was er da gesehen hatte in dem Boot, er begriff es mitten in der Welle, und er schrie, schrie seine Angst und Wut heraus, er würde diesen Wahnsinn überleben, diese Hölle, diesen Mann, diesen Mörder, er, Luc Verlain. *Merde!*

Er sah die Mole aus Steinen wie eine dunkle Wand, sie begrenzte den Strand an seiner Westseite, er dürfte nicht darauf zurasen, doch die Welle entließ ihn nicht, zu viel Tempo, er wollte nicht an diese Steine geschmettert werden, er verlagerte das Gewicht auf die Spitze des Bretts, setzte sich wieder in die Spitze der Welle, sauste den Abhang hinunter, noch schneller, er bremste und lenkte gleichzeitig, es war eine Frage von zehn Metern, keine Ahnung, ob es auch Steine unter Wasser gab, er riss das Brett herum, und dann sauste er rechts an der Mole vorbei, so knapp, dass er die Steine hätte berühren können, und dann war er wo? Er war wirklich in der Mündung des Flusses Urumea, und die Welle schob ihn immer noch, mit verminderter Geschwindigkeit natürlich, aber es reichte, er war aus dem Meer zurückgekommen, jetzt trieb ihn diese Welle in den engen Strom, und er ließ sich ausrollen, riss die Arme hoch, er hatte es geschafft, er trieb unter der Brücke am Kursaal durch, dann löste er die Leash von seine Füßen, sah sich noch einmal um, sprang und landete unter Wasser und ließ das Brett auf dem Fluss allein weiterfahren. Er wollte es nie wiedersehen.

Einige Minuten später stieg Luc die Treppe zur Brücke hoch, auf der einige Nachtschwärmer unterwegs waren, und sah auf das nächtliche Meer und die beleuchtete Stadt zu seiner Linken. Niemand schenkte ihm Beachtung. Er wusste jetzt mehr als vorher. Vielleicht wusste er schon alles. Und: Er hatte überlebt.

Quai des Orfèvres
14 Jahre früher, Mai 2002

»Telefon, Commissaire.«

Luc sah auf. Yacine Zitounas Blick war ernst, er hielt den Hörer fest umklammert. Luc Verlain hatte seinen jüngsten Neuzugang noch nie so angespannt gesehen. Vor einem Vierteljahr hatte er ihn direkt von der Polizeischule in seine Abteilung geholt. Der Weg war vorgezeichnet gewesen, war es doch Luc, der den jungen Mann aus einer harten Pariser Vorstadt herausgeholt und höchstpersönlich auf die Aufnahmeprüfung der Akademie vorbereitet hatte. Wäre er nicht gewesen, die Chancen hätten gut gestanden, dass aus Monsieur Zitouna ein kleiner Dealer wurde – oder Schlimmeres. Der Mann hatte eine harte Jugend in der Cité von Aulnay-sous-Bois gehabt, den warf so leicht nichts um. Luc machte sich also auf einiges gefasst, als er das Büro durchquerte und den Hörer in die Hand nahm.

»Verlain?«

»*Oui*, Commissaire, ich verbinde mit dem Büro des Präfekten.«

»Ach du je«, entfuhr es Luc. Das war nun wirklich nicht alltäglich. Der Mann am anderen Ende hatte nicht mal eine Antwort abgewartet, bevor er die Verbindung herstellte.

»Commissaire Verlain? Hier spricht Präfekt Bollinger. Hören Sie, es ist eine Angelegenheit von höchster Dringlichkeit, die aber absoluter Vertraulichkeit bedarf. Haben Sie verstanden?«

»Monsieur le Préfet, es ist immer schwierig, absolute Vertraulichkeit zuzusichern, wenn es um eine polizeiliche Angelegenheit geht, noch dazu, wenn ich schlicht gar nichts darüber weiß.«

Der Präfekt schnaufte genervt.

»Ich habe schon gehört, dass Sie ein aufmüpfiger Kerl sind, Commissaire, aber gut, der Polizeidirektor wollte Sie ja unbedingt auf diesem Posten, da kann ich nichts machen. Also, ich sag es Ihnen: Ein Mord ist geschehen, ein Mord im Privathaus eines sehr einflussreichen Mannes. Sie werden ihn kennen: Franck Le Pagardier.«

Luc hatte tatsächlich von dem Mann gehört, ein Unternehmer, der sich anschickte, eine politische Karriere hinzulegen. Er schwieg dennoch, und der Präfekt redete ungebremst weiter.

»Monsieur Le Pagardier kandidiert für die nächste Nationalversammlung, er investiert Millionen in seinen Wahlkampf, er ist ein guter Bekannter des Innenministers. Deshalb ist es sehr wichtig, dass die Sache diskret behandelt wird.«

So langsam wurde Luc der Andeutungen des Präfekten ein wenig überdrüssig.

»*Die Sache* ist der Mord an Monsieur Le Pagardier?«

»Nein, Commissaire. An seiner Frau. Madame Le Pagardier. Eine schreckliche Sache. Bisher ist nur ein Streifenwagen der Police municipale vor Ort. Ich habe angewiesen, dass das so bleibt, bis Sie am Tatort erschienen sind. Es muss ein Schlachtfeld sein, Le Pagardiers Gattin soll die Kehle durchgeschnitten worden sein. Ich habe eben mit dem jungen Beamten vor Ort gesprochen, er klang, als würde er gleich umkippen. Sie müssen sich beeilen. Herrgott, ich hätte ja Commissaire Lacroix geschickt, aber wenn man ihn mal braucht, ist mein bester Beamter in seinem Ferienhaus in der Normandie.«

Lacroix war die Legende der Pariser Polizei. Derart schwierige Mordfälle wurden traditionell ihm zugeteilt – und er löste sie absolut zuverlässig.

»Wir fahren sofort zum Tatort«, sagte Luc.

»Hören Sie, es ist nahe dem Bois de Boulogne in der Avenue Molière. Le Pagardier erwartet Sie dort. Er ist außer sich, die Frau war seine große Liebe. Ich habe die beiden erst neulich auf einem Empfang in der Wirtschaftskammer kennengelernt. Ein hinreißendes Paar. Ich habe ihn noch nicht sprechen können, aber der Beamte sagte, Le Pagardier rede die ganze Zeit von einem Einbrecher, der ins Haus eingedrungen sei. Ein Einbrecher, er sage es unentwegt. Also, Commissaire Verlain, suchen und finden Sie diesen Einbrecher. Es ist eine Sache von nationalem Interesse.«

»Ich werde mein Bestes tun«, sagte Luc und verabschiedete sich. Bevor er den Hörer auflegte, hörte er den Präfekten noch sagen: »Na, hoffentlich reicht das.«

»Yacine«, sagte Luc leise durch den Raum. Er duzte den jungen Algerier, während Brigadier Zitouna ihn aus tiefem Respekt noch immer siezte. Luc war vor etwas über einem Jahr zum Leiter der zweiten Pariser Mordkommission berufen worden, als jüngster Commissaire divisionnaire in der Geschichte des Quai d'Orfèvres. »Wir müssen sofort los. Das wird wirklich unerfreulich.«

Sie gingen in den Hof des alten Polizeihauptquartiers, das hinter trutzigen Mauern auf der Île de la Cité untergebracht war, einen Steinwurf von der Kathedrale Notre-Dame entfernt – einst ermittelte hier die Romanfigur Commissaire Maigret, genau wie die echten altehrwürdigen Polizisten der

Pariser Police judiciaire. Luc stieg auf der Beifahrerseite des Renault Mégane ein, den seine Einheit als Dienstwagen hatte, Brigadier Zitouna setzte sich ans Steuer. »Eilt es?« Luc nickte. Stolz setzte sein Untergebener die blaue Rundumleuchte aufs Dach und klappte die Polizeisonnenblende herunter. Noch immer konnte er es augenscheinlich nicht fassen, nun einen echten Polizeiwagen zu lenken. Und noch immer bevorzugte er den Fahrstil der Jungen aus den Banlieues, was Luc sehr zupass kam, besonders heute. Yacine nahm die Kurven von der Île de la Cité mit quietschenden Reifen, dann raste er den Quai des Grands Augustins in Richtung Westen entlang, der Wagen schien förmlich abzuheben, vor dem Blaulicht und der Sirene stoben die Autos auseinander. Erst am Eiffelturm wechselten sie die Seineseite, fuhren am Trocadéro in Richtung Passy und erreichten nur zehn Minuten später den Bois de Boulogne. Luc stieg aus, der Abrieb der Bremsen des Kleinwagens war deutlich zu riechen, Yacine hätte auch bei einem Formel-1-Grand-Prix gute Chancen. Vor dem Haus Nummer drei stand ein Wagen der regionalen Beamten der Stadtpolizei, die eigentlich nur dazu da waren, den Verkehr zu regeln und bei Nachbarschaftsstreitigkeiten zu vermitteln. Ein Mord gehörte wirklich nicht zu ihren Aufgaben.

Das »Haus« war vielmehr eine Villa – so wie jede Immobilie, die in den Straßen nahe dem größten Pariser Park stand. Unweit lagen die Pferderennbahn, das Stadion Parc des Princes, in dem der Fußballklub Paris Saint-Germain seine Heimspiele austrug, und die Tennisanlage Roland Garros, auf deren Sandplätzen die traditionellen French Open ausgetragen wurden. Wer hier wohnte, der hatte es geschafft.

Luc wollte eben die Klingel an dem großen Metallzaun betätigen, doch das Tor schwang in diesem Moment von selbst auf. Die Kamera darüber hatte ihr Kommen angekündigt.

Vor ihnen eröffnete sich das bourgeoise Paris: ein Garten mit Kiesflächen, fein säuberlich getrimmtem Rasen, der einem englischen Gärtner Ehre gemacht hätte, und akkurat geschnittenen Buchsbäumen, die zu Statuen gestutzt worden waren. Die Villa mit dem roten Flachdach hatte am Portal zwei große griechische Säulen, dahinter eine riesige Fensterfront, die hinaussah in den Park.

Luc hatte das Gefühl, von innen beobachtet zu werden. Sie gingen auf das Portal zu, und eine junge Polizistin in der Uniform der Pariser Stadtpolizei trat hinaus. Sie konnte Luc nicht in die Augen sehen, nervös blickte sie im Park umher.

»Endlich sind Sie da«, sagte sie leise, »es ist wirklich ein schrecklicher Anblick. Ich habe so was noch nie gesehen. Wir haben jetzt so lange gewartet, es war furchtbar. Wir wissen ja nicht, ob sich der Mörder hier noch irgendwo versteckt hält.«

»Machen Sie sich keine Sorgen, warum sollte er hier ausharren? Wahrscheinlich ist er über alle Berge«, sagte Luc beruhigend, dennoch sondierte er mit kühlem Blick die Umgebung.

»Es ist dort drinnen, hinten in der Küche«, sie zeigte auf die Tür und senkte erneut den Blick. »Macht es Ihnen was aus, wenn ich hier draußen warte? Der Geruch macht mich fertig.«

»Bitte, Mademoiselle, bleiben Sie hier, atmen Sie durch.«

Sofort wühlte die junge Frau in ihrer Hosentasche und steckte sich mit zitternden Händen eine Zigarette an.

Sie gingen durch das Portal, die gläserne Terrassentür war nur angelehnt. Die Vorhänge wehten im plötzlichen Durchzug. Drinnen war es dunkler, als Luc erwartet hatte. Beinahe schummrig. Er roch sofort, was die Frau gemeint hatte. Der schwere Geruch von Eisen hing in der Luft, an diesem Ort musste sehr viel Blut geflossen sein.

Luc und Yacine gingen langsam durch den großen Wohnraum. Er war so spärlich möbliert, wie es die Neureichen mochten: ein weißes Ledersofa, ein minimalistischer Sessel mit Blick in den Park, ein Tisch, der einem Designerkatalog entsprungen sein musste, kühles Glas, kaltes Metall, alles in allem eine geschmacklose Mischung. Es war kühl hier drinnen, sicher gab es eine Klimaanlage. Das war gut, es würde den Gerichtsmedizinern helfen.

Weiter vorne stand der andere Beamte, ein junger Mann, auch er in einer blauen Uniform. Erleichtert winkte er sie heran.

»Endlich …«, sagte er, und Blässe umspielte seine sanften Züge. »Ich habe auf die Uhr gesehen, es war nur eine halbe Stunde, aber es hat sich angefühlt wie eine Ewigkeit.«

Er wies auf den Boden vor der offenen Küche. »Dort, sehen Sie, dahinter …«

Auf dem Fliesenboden war eine Lache zu sehen, ein roter See, und eine verwischte Spur, die sich um die Ecke des Küchencounters wand und dahinter weiterging. Er war ein abgehärteter Mann – Paris war kein leichtes Pflaster für einen Kriminalbeamten –, dennoch ging er sehr langsam auf die Küche zu, atmete noch einmal durch, bevor er um die Ecke bog und dahintersah, und musste dann kurz stehen bleiben, um zu glauben, was er sah, um all den Schrecken und das Unheil anzunehmen, bevor er sich näher damit beschäftigen konnte.

Sie hatte die Augen aufgerissen, weit geöffnet, als wäre sie sprichwörtlich zu Tode erschrocken, in dem Moment, in dem das Leben sie verlassen hatte.

Ihr Körper lag verkrampft auf dem weißen Boden, die langen Beine waren nackt, der weiße Morgenmantel aus Seide war verrutscht und gab ihren schlanken Bauch frei. Das Blut war überall auf der Seide verteilt, es war aus den zwei oder drei breiten Schnitten am Hals gelaufen, die Kehle war weit offen, sie klaffte, der Anblick durchfuhr ihn. Nein, so etwas hatte er noch nie gesehen.

»Putain, c'est l'enfer«, sagte Yacine laut und erschrocken, als er neben ihn getreten war, und Luc, der die Ausdrucksweise seines jungen Kollegen oft nicht teilte, konnte sie hier ohne Umschweife unterschreiben. Es war wirklich ein höllischer Tod.

Luc war, als hörte er irgendwo im Haus Musik. Er trat einen Schritt näher und beugte sich vorsichtig zu der Frau hinab, um die Schnitte genauer zu betrachten, sich aber gleichzeitig weit genug entfernt zu halten, um keine Spuren zu verwischen. Ihr Gesicht sah jung und schön aus, sie hatte eine helle Porzellanhaut, doch das konnte natürlich auch an ihrem starken Blutverlust liegen. Ihr langes schwarzes Haar fiel ihr wild ins Gesicht. Neben ihr und um sie herum lagen Scherben inmitten roter Flecken, die kein Blut waren, sondern von einer Flasche Rotwein stammten. Vielleicht hatte sie die Flasche bei ihrem Sturz zu Boden von der Kochinsel heruntergerissen. Luc besah sich wieder die Schnitte, konnten sie von einer Scherbe herrühren? Es wurde Zeit, dass sich der Gerichtsmediziner der Sache annahm. Luc drehte sich um und fing den Blick des jungen Polizisten auf, der wie angewurzelt noch immer dort stand, wo sie ihn angetroffen hatten.

»Wo ist der Ehemann?«, fragte der Commissaire.

»Er sitzt oben in der Bibliothek«, entgegnete der junge Mann förmlich, »er hat gesagt, dass Sie zu ihm kommen sollen.«

Luc sah Yacine an und zuckte mit den Schultern. »Na, dann machen wir das doch.«

Sie stiegen die breite Treppe mit den offenen Stufen hinauf, im oberen Flur ging ein riesiges Fenster hinaus in den Garten und auf die kleine Straße, in der Ferne konnte der Commissaire das Dach des Parc des Princes erahnen. Auch in der ersten

Etage blieb die Einrichtung karg, bis auf eine große Marmorskulptur, die genau in der Mitte des Zimmers stand: eine junge Frau mit nackten Brüsten, deren lange Haare über ihren steinernen Rücken fielen.

Dort, hinter einer Tür, sah Luc hohe Bücherregale aus dunklem Holz, also ging er in diese Richtung, Yacine folgte ihm. Die Musik wurde lauter. Der Commissaire musste sich erst einmal in dem Raum orientieren, so groß war er, an jeder Wand standen Regale voller Bücher, die sich fein säuberlich Einband an Einband reihten, aber Luc erkannte auf den ersten Blick, dass es keine gewöhnliche Bibliothek war mit Büchern zum Lesen, es waren alles alte Originalausgaben, dunkelrote Einbände, die aussahen, als wären sie seit Jahrzehnten nicht mehr bewegt worden. Luc lauschte für einen Augenblick der Sinfonie, die aus zwei schwarzen Boxen kam, das Stück kam ihm bekannt vor, aber er kam nicht drauf, was es war.

Franck Le Pagardier saß abgewandt in einem modernen Schwingsessel in der Mitte des Raumes und sah aus dem Fenster. Luc trat näher heran und räusperte sich.

»Monsieur le Commissaire.« Die Stimme, die er nie wieder vergessen würde.

»Ja, ganz richtig, Monsieur Le Pagardier, ich bin Luc Verlain von der Police judiciaire, zweite Mordkommission. Das ist mein Kollege Yacine Zitouna. Wir möchten Ihnen unser Mitgefühl aussprechen.«

Der Mann stand nicht auf, sondern betrachtete Lucs Gesicht mit unverhohlenem Interesse.

»Danke, Commissaire.«

Er bot ihnen keinen Sitzplatz an, es hätte allerdings auch keinen gegeben, in diesem Raum stand nur der einsame Sessel. Der Mann darin war lang und hager. Er trug einen anthrazitfarbenen Anzug mit einer schwarzen Krawatte, die Füße steckten in dunkelbraunen Lederschuhen. Es sah merkwürdig aus, dieser Aufzug in diesem Heim. Immer noch sah er zu Luc auf, dann sprach er wieder mit dieser wohlklingenden Stimme.

»Haben Sie den Mann schon gefunden?«

»Sie meinen den Einbrecher?«

»Den Mörder, wenn ich das im juristischen Sinne klarstellen darf.«

»Natürlich, Monsieur Le Pagardier. Bitte, ich weiß, dass das sicher nicht leicht ist, aber können Sie uns vielleicht erst mal schildern, was hier heute passiert ist?«

»Ich werde es versuchen, auch wenn ich fürchte, dass ich Ihnen keine große Hilfe sein werde – was mich schmerzt. Ich hatte einen Termin in der Assemblée, eine Vorbereitungsbesprechung mit meinem Schattenteam, wenn man so sagt, Sie wissen, meine Wahl ist so gut wie sicher, ich habe also schon eine Équipe zusammengestellt, damit wir gleich nach meiner Wahl anfangen können – die Bürger haben ein Recht darauf.«

Er fing Lucs Blick auf und räusperte sich. »Nun gut, ich schweife ab. Ich hatte also diese Besprechung von neun bis nach elf Uhr, danach hat mich ein Chauffeur der Nationalversammlung hierhergefahren. Es muss also kurz vor zwölf gewesen sein, als ich ankam. Ich war mit Christine zum Déjeuner verabredet, wir wollten im *Pré Catelan* essen.«

Drei Michelin-Sterne zum Mittag. Luc staunte nicht schlecht.

»Ich habe die Tür aufgeschlossen, der Alarm war nicht an, kein Wunder, Christine war ja daheim. Es war irgendwie Durchzug, das hat mich gewundert. Ich habe nach Christine gerufen, aber sie hat nicht geantwortet. Dann habe ich den Schatten gesehen, eine schnelle Bewegung, und dann rannte der Mann durch die offene Terrassentür in den Garten und kletterte wie ein Hase über die Mauer. Es ging blitzschnell. Ich …« Er brach kurz ab, als wollte er sich richtig erinnern. »Ich habe ihm nur nachgesehen, aber ich wusste, dass er weg war, dass es keinen Sinn gehabt hätte, ihm zu folgen. Stattdessen habe ich Christine gesucht, und dann sah ich sie da liegen. Sie haben sie ja gesehen. Es war …«

»Das muss furchtbar sein, Monsieur. Haben Sie Ihre Frau angefasst?«

»Ich wollte ihren Puls fühlen, Sie haben recht, Monsieur le Commissaire, aber bei all den Schnitten und all dem Blut … Ich habe gerechnet, wie viel Blut ein Mensch hat, fünf Liter sind es, oder? Das waren fünf Liter da auf dem Fußboden, Sie haben es ja gesehen. Ich musste sie nicht mehr berühren. Ich wusste, dass sie tot war.«

»Und dann haben Sie uns sofort gerufen?«

»Ich habe sogleich den Sicherheitsdienst der Assemblée angerufen, ich wusste, dass von dort aus der Präfekt verständigt wird.«

»Warum haben Sie nicht einfach die 17 gewählt? Wäre es nicht naheliegender gewesen, gleich die Polizei zu rufen?«

»Monsieur le Commissaire, bei allem Respekt: Ich weiß nicht, ob Sie die Lage überblicken. Ich dachte sofort an einen Einbrecher, aber warum sollte er hier einbrechen, am helllichten Tag. Es ging um mich, denke ich. Um meine Ambitionen. Mir war klar: Es gilt absolute Diskretion zu wahren, außerdem geht es um unser aller Sicherheit. Ich werde bald dieses Amt bekleiden, und ich wusste, wie vorzugehen war. Das sollten Sie mir nicht zum Nachteil auslegen.«

Luc lauschte der merkwürdig wohltuenden Stimme des Mannes, der sich durch nichts aus der Ruhe bringen ließ, so schien es. Diesen Klang würde er von nun an aus hunderttausenden Stimmen heraushören. Doch der Anblick des Mannes wiederum – es gab nichts, keine Auffälligkeit, keine Besonderheit, keine markante Attitüde, die an ihn erinnern würde. Er hatte ein absolutes Allerweltsgesicht, auch wenn seine Statur groß und schlank war. Die Augen waren matt und grau, seine Nase war weder groß noch klein, Luc hätte, da er gerade aus dem Fenster sah, nach ein paar Sekunden nicht mehr sagen können, ob der Mann einen Bart trug. Nichts an ihm war auffällig. Seltsam, dachte Luc.

»Darf ich Ihnen noch einige kurze Fragen zu Ihrer Frau stellen?«

»Natürlich, Commissaire. Wenn Sie meinen, dass das die Lage klären kann.«

Wieder diese Distinguiertheit, beinahe Arroganz.

»War Ihre Frau am Vormittag mit jemandem verabredet?«

Er hasste es, dieses Verhör führen zu müssen, während im Hintergrund klassische Musik lief. Seine Armhaare stellten sich auf.

»Nein, der Vormittag gehörte immer ganz ihr, mit dem Déjeuner mit mir begann ihr Tag. Meine Frau hatte ohnehin keine Termine – nun gut, außer dem Friseur und der Kosmetik.«

»War Ihre Frau in letzter Zeit irgendwie merkwürdig?«

»In keinster Weise«, sagte Le Pagardier. »Sie war liebenswürdig wie eh und je. Sie war eine Frau, die mich immer unterstützt hat, in allem, was ich tat. Und ich habe das geschätzt.«

»Ich weiß«, Luc senkte die Stimme, »dass das sicher keine erfreuliche Frage ist, aber ich muss sie dennoch stellen: Hatte Ihre Frau möglicherweise einen Liebhaber?«

Le Pagardiers Miene veränderte sich nicht, sie blieb starr und freundlich. Er zögerte keine Sekunde.

»Wissen Sie, Commissaire, ich kenne ja die Frauen dieser Stadt, und ich weiß, dass hier allen alles nachgesagt wird. Das ist auch schön und gut. Aber es gilt nicht für mich und nicht in diesem Haus. Hier ist die *amour à volonté* nicht gang und gäbe. Nein, meine Frau war mir treu – und ich füge hinzu: auch treu ergeben. Wir hatten ein gemeinsames Ziel: dass ich es bis weit hinaufschaffe, wenn möglich ganz nach oben. Nun«, und zum ersten Mal sah er traurig drein, »muss ich es allein dorthin schaffen.«

Lucs Blick war abgeschweift, während Le Pagardier gesprochen hatte, hinaus aus dem Fenster, auf das runde Weit des Stadions dort draußen, das Grün des Parks, das über den niedrigen Dächern strahlte.

»Gut, Monsieur Le Pagardier, wir danken Ihnen für Ihre Zeit. Es ist unumgänglich, dass wir Sie noch einmal kontaktieren. Planen Sie längere Reisen?«

»Nur innerhalb Frankreichs. Ich werde mich mit meinem Team beraten, wie wir in diesem Fall mit dem Wahlkampf umgehen. Sicher werde ich ihn für ein oder zwei Tage aussetzen.«

»Wir melden uns.«

»Auf Wiedersehen«, fügte Yacine hinzu, der bis dahin stumm neben Luc gestanden hatte.

Doch Le Pagardier sah weiterhin nur Luc an, als hätte er den Algerier gar nicht gehört.

Sie gingen hinaus aus dem Raum, die Treppe hinunter, und als sie draußen im Garten standen, griffen beide gleichzeitig in ihre Taschen, Luc gab Yacine Feuer.

»Das sind also die Leute, die uns regieren. Dachte immer, wenn wir in der Banlieue drüber gesprochen haben, das sei übertrieben. Doch er war wirklich so eiskalt, wie wir uns das immer vorgestellt haben.«

Sie gingen zum Wagen, diesmal setzte sich Luc ans Steuer und fuhr wortlos an, sie nahmen die Avenue Foch, in der Ferne strahlte der Triumphbogen. Gerade als sie in den wilden Kreisverkehr einfuhren, rief Luc: »Er war es.«

»Was?« Yacine sah ihn von der Seite überrascht an.

Luc nickte. »Ich bin mir sicher.«

»Wie kannst du das sagen, Luc? Wieso sollte er seine Frau umbringen? Die er offensichtlich geliebt hat. Und dann noch mit dieser Methode – ihr die Kehle durchzuschneiden, das ist doch …«

»Richtig. Du hast recht. Aber ich frage dich: Welcher Einbrecher schneidet einer Frau so brutal die Kehle durch? Warum?«

Er schüttelte den Kopf.

»Diese Distinguiertheit, dieser Stil in jeder Faser. Ich schwöre dir, Yacine, hinter dieser Fassade spüre ich eine absolute Brutalität. Ich habe nicht den blassesten Schimmer, was sein Motiv ist. Aber er war es.«

Jeudi – Donnerstag

GRENZERFAHRUNG

Altstadt von San Sebastián
Jeudi 1er juin, 1:20

Die kleine Gasse parallel zu seiner Pension war genauso voll wie in der Nacht zuvor, vielleicht waren sogar noch mehr Menschen auf ihr unterwegs. Es ging aufs Wochenende zu.

Er hatte den Arm in seinem Zimmer verbunden, es war wirklich nur eine Fleischwunde, eine sehr tiefe und sehr schmerzhafte, aber eben nur eine Fleischwunde. Wäre er mit dem Kopf auf dem Felsen gelandet, wäre er nie wieder an Land gekommen. Er hatte sich umgezogen, eine Jeans, schwarzes Hemd, sich endlich wieder wie ein Mensch fühlen.

Nun ging er die Gasse entlang, er hatte großen Hunger. Er sehnte sich nach *pintxos* und noch mehr nach einem Bier. Die modernen Ausgaben der Tapas-Bars ließ er links liegen, er hatte keine Lust auf viele junge Leute, vor allem wollte er keine Franzosen treffen. Er hatte den ganzen Tag keine französische Zeitung zu Gesicht bekommen und wusste nicht, ob sie mit einem Foto nach ihm fahndeten.

Stattdessen ging er in eine der traditionellen Bars, ins *Bartolo Etxea.* Alte Holztische standen eng an eng, in den Bankreihen saßen alte Basken, Ehepaare, die sich schick gemacht hatten für einen abendlichen Ausgang, eine Männergruppe, die wohl vorher das Fußballspiel im Stadion gesehen hatte. Sie trugen noch die Schals von Real Sociedad. Luc aber stellte sich wieder an den Tresen. Eine alte Holztheke, wic es sie in Paris nur noch selten gab. An der Decke hing ein Ventilator, der sich nur müßig drehte und deshalb gegen die stickige Luft im Lokal nichts ausrichten konnte. Im Fernseher lief die Nachberichterstattung zum Spiel, von der Decke baumelten dicke luftgetrocknete Würste, die dem Commissaire das Wasser im Mund zusammenlaufen ließen.

Er bestellte bei der Wirtin ein Bier, das Sekunden später vor ihm stand. Er trank das Glas in drei Zügen aus, genoss die Kälte und die Würze, dann bestellte er noch eins, das er langsamer trank, während er sich mit einem Teller den Tabletts näherte, die voller Leckerbissen waren. Er suchte sich einen Tintenfischsalat aus, dazu eine Tortilla, die mit Steinpilzen gefüllt war, eine frittierte *Croqueta,* gefüllt mit Schinken und Käse, und ein Baguette mit der scharfen Chorizo-Salami, für die Spanien berühmt war. Er reichte den Teller der Wirtin, die die einzelnen Speisen erwärmen würde, die Salami wurde in der Küche auf einer Plancha-Platte gegrillt, der heißen Feuerplatte, auf der sie hier auch den Fisch fettsparend und geschmackvoll zubereiteten. Gedankenverloren sah er der Wirtin nach, während er einen weiteren Schluck von seinem Bier nahm.

»Sie suchen jemanden.«

Eine leise Stimme, Französisch mit scharfem baskischem Akzent.

Nicht noch eine Überraschung. Luc schloss kurz die Augen, machte sich auf alles gefasst, dann wandte er sich langsam um. Neben ihm stand ein Mann in den Fünfzigern, er hatte eine Zigarette im Mundwinkel, die nicht brannte. Sein graues Haar fiel ihm locker in die Stirn, er trug ein Sakko aus altem Tweed und eine dunkle Jeans. Die Augen lagen tief in den Höhlen, so als wäre er unglaublich müde.

»Wer sind Sie?«

»Erst mal sagen *Sie* mir, wer Sie sind, Monsieur. Wenn Sie in die Stadt reinschneien und in meiner Stammkneipe nach Menschen fragen, nach denen auch ich suche, werde ich leicht nervös.«

Luc erinnerte sich an den Besuch in der alten Frühstücksbar am Morgen. Die Regung im Gesicht des Wirtes. Er hatte sich doch nicht getäuscht.

»Ich suche nach Aurore und Lea Poulain. Eine Frau und ihre kleine Tochter.«

Der Mann nickte.

»Sie suchen auch nach ihnen?«, fragte Luc.

»Ich glaube zu wissen, wo sie sind«, sagte der Mann.

»Wer sind Sie, Señor?«

Sie wurden unterbrochen von der Wirtin, die Luc den Teller reichte und zu strahlen begann, als sie den Neuankömmling bemerkte.

»Bixente. Schön dich zu sehen. Hast du Nachtdienst? Ich dachte, die alten Kommissare müssten so spät nicht arbeiten?«

Luc bemerkte, wie der Mann ihr mit den Augen noch bedeuten wollte zu schweigen, aber es war zu spät. Das sah auch *Bixente* ein.

»Danke, Clara. Gib mir einen *Tinto*.«

Sie schenkte ihm ein Glas Rotwein ein.

»Etwas essen?«

»Sehe ich aus, als würde ich vom Fleisch fallen? Nein, lass mal, nicht nach Mitternacht.« Er lachte bitter. »Das gilt natürlich nicht für Sie, Monsieur.«

Luc nickte und biss in sein Chorizo-Baguette. Die Wurst

schmeckte scharf und würzig und machte ihm sofort ein warmes Gefühl.

»Gut, dann sind die Fronten ja geklärt. Mein Name ist Bixente Udaletxea, ich bin Kommissar bei der baskischen Polizei.«

»Der *Ertzaintza?*«

Der Mann nickte. »Wie Sie das fragen«, sagte er, und es klang verächtlich. »Als würden Sie sogar in Frankreich denken, dass wir alle Terroristen sind.« Er nahm einen großen Schluck von seinem Rotwein.

Luc kannte die Geschichten, die sich um die baskische Autonomiepolizei namens *Ertzaintza* rankten. Dass die Beamten in früheren Jahren eine große Nähe zur baskischen Untergrundorganisation ETA gehabt hatten, war wohl nicht zu leugnen. Es gab offene Sympathien für die Terroristen, und es hieß, so mancher Radikale sei zugleich Polizist gewesen. Auch die Waffen, die bei Anschlägen verwendet wurden, ließen sich manches Mal zu den Sicherheitsbehörden zurückverfolgen.

Und nun? War die ETA längst Geschichte, doch das Misstrauen saß tief. Die staatliche Polizei Spaniens begegnete den baskischen Kollegen unverhohlen argwöhnisch und verweigerte ihnen zeitweise sogar die Einsicht in Interpolakten. Und wenn es wichtige Festnahmen gab, schickte das Innenministerium einfach Truppen aus Madrid. So fuhren durch die Straßen San Sebastiáns neben den blau-weißen Fahrzeugen der *Ertzaintza* stets auch die grün-weißen Autos der Guardia Civil. Und in den Gassen patrouillierte nicht nur die baskische Polizei in ihren blau-roten Uniformen mit der roten Baskenmütze – quasi als Aufpasser aus Madrid war auch immer die spanische Polizei zugegen. Ein Verwirrspiel, fand Luc, der schon die ständige Konkurrenzsituation zwischen Police und Gendarmerie in seiner Heimat schwierig fand.

»Hier in Spanien dürfen Sie wenigstens existieren, während

in meinem Land die Basken zwar die Straßenschilder in ihrer Sprache bedrucken dürfen, der Staat aber eine eigene Polizei immer verhindert hat.«

Der Mann im Tweedsakko zuckte mit den Schultern.

»Ich mach den Job jetzt seit fünfundzwanzig Jahren – ich bin mir gar nicht mehr sicher, ob Sie da drüben nicht recht haben.«

Er bekam ein weiteres Glas Tinto von der strahlenden Wirtin, die offenbar ein Auge auf ihn geworfen hatte.

»Ich weiß übrigens auch, wer Sie sind, Commissaire Verlain. Aber ich will das nicht hier drinnen besprechen. Los, nehmen Sie den Teller mit raus. Ich will rauchen.«

Sie stellten sich in der Gasse an einen der Stehtische. Die Nachtschwärmer waren so laut, dass der Baske Luc näher heranwinkte.

»So ist es besser. Da drinnen haben die Wände Ohren. Hier … Daher weiß ich, wer Sie sind.«

Aus der Innentasche seines Sakkos zog er ein zusammengefaltetes Blatt Papier und reichte es Luc. Der entfaltete es und machte große Augen. Es war ein Fahndungsplakat, wie er selbst schon Hunderte erstellt hatte. Doch es war keine Phantomzeichnung auf dem Plakat, sondern ein glasklares Foto. Ein Foto aus der Personalakte der Pariser Polizei. Sein Foto. Und darüber stand in großen Buchstaben:

GESUCHT! ACHTUNG – GEFÄHRLICH

Die Police nationale d'Aquitaine sucht:
Luc Verlain, 39 Jahre, 1 Meter 88 groß, dunkelbraune Haare, braune Augen, sportliche Statur.
Der Polizeibeamte wird gesucht wegen des Verdachts auf Drogenschmuggel, Drogenhandel, Entführung und Körperverletzung mit Todesfolge. Er hat sich zudem des

Angriffs auf einen Polizeibeamten schuldig gemacht und ist aus der Haft geflohen. Der Mann hat die Waffe des Beamten gestohlen und trägt sie vermutlich bei sich. Er hält sich höchstwahrscheinlich im spanisch-französischen Grenzgebiet auf.
Sollten Sie Luc Verlain sehen, spielen Sie nicht den Helden, sondern melden Sie Ihre Hinweise unverzüglich der Polizei von Bayonne.

Luc betrachtete sich auf dem Foto, dann ließ er das Blatt kraftlos sinken.

»Na, Sie haben ja richtig was auf dem Kerbholz«, sagte der Baske und sah Luc dabei prüfend an.

»Es ist doch …«, begann Luc, doch der Polizist unterbrach ihn.

»Hören Sie, ich habe diesen Zettel gestern Abend aus dem Fax gefischt. Wenn ich Sie zufällig in der Altstadt erwischt hätte, dann würden Sie jetzt gefesselt auf dem Fußboden liegen, und ich würde auf die Kollegen warten, die Sie ins Gefängnis von Bilbao bringen. Aber es war ja etwas anders: Sie waren in meiner liebsten Bar, heute Morgen, und haben ausgerechnet meinen alten Freund Miguel nach zwei Menschen gefragt, auf die ich ein echtes Auge geworfen habe – wovon lieber nicht allzu viele Leute Wind bekommen sollten. Als Sie raus waren, hat er mich sofort angerufen. Ich bin zu ihm gegangen, und dann hat er mir die Bilder seiner Überwachungskamera gezeigt. Ich habe nicht schlecht gestaunt, als ich erkannte, dass Sie der Mann auf dem Fahndungsfoto sind.«

»Ich habe nichts von dem getan, was mir da vorgeworfen wird. Ich würde zu gern wissen, was hier gespielt wird. Obwohl ich seit heute Abend ein bisschen klüger bin, wie es scheint.«

Bixente Udaletxea hatte sich in den letzten Minuten mehrfach in der Gasse umgesehen, er schien nervös zu sein. Er warf seine Zigarette auf den Boden.

»Hören Sie, Monsieur Verlain. Wir sollten besser nicht zusammen gesehen werden. Wir treffen uns dort oben, in einer Stunde.« Er wies auf den Monte Urgull, der über ihnen in den Nachthimmel ragte. »Dort ist jetzt niemand mehr, außer ein paar Pärchen, die auf Voyeure stehen. Und dann erzählen Sie mir alles, was Sie wissen. Einverstanden?«

Luc nickte. Er war so erschöpft, nach dem Tag, dem unfreiwilligen Surfabenteuer, dem Blick ins Boot – das Adrenalin hatte ihn verlassen. Aber: Er fühlte, dass er nun vielleicht endlich Antworten bekommen würde.

»Ich werde da sein.«

»Das rate ich Ihnen. Ansonsten komm ich in Ihre kleine, miese Pension und bringe die französischen Kollegen gleich mit. Also, wir sehen uns.«

Er hatte die letzten Worte noch nicht zu Ende gesprochen, da hatte er sich schon in den Menschenstrom gemischt und war verschwunden.

Monte Urgull, San Sebastián
Jeudi 1er juin, 2:45

Der Weg hinauf war nur spärlich beleuchtet, und Luc war wirklich keiner Menschenseele begegnet, die ganzen zwanzig Minuten steiler Treppen und aufgeweichter Wege bis hier herauf.

Der baskische Polizist war ein Genie. Niemand würde sie unentdeckt verfolgen oder belauschen können, weil sie von der Plattform unter der riesigen Jesusstatue einen freien Blick auf den einzigen Zugang zum Berg hätten, auf der anderen Seite war nur der Abhang hinunter zum offenen Meer. Ein Park auf einem Berg mitten in einer Stadt – San Sebastián war einfach einmalig.

Er sah den Basken sofort, er stand rauchend am Geländer und blickte in die Dunkelheit.

»Dreiundsechzig Minuten, na, ich will mal nicht so sein«, sagte er, kaum dass Luc hinter ihm stand. Umständlich fischte der französische Commissaire die Zigarettenpackung aus seiner Hosentasche. Udaletxea gab ihm Feuer und schirmte die Flamme mit seiner Hand ab. Unten knallten immer noch die Wellen an die Mauern, doch es war nur der weiße Schaum, vom Mond beleuchtet, der von hier oben zu sehen war.

»Was haben Sie am Arm?«, fragte er.

»Kleiner Unfall auf dem Meer«, sagte Luc und atmete den Rauch aus.

»Tut weh?«

»Kann man sagen.«

»Los, Monsieur Verlain, spannen Sie mich nicht auf die Folter: Warum ist die gesamte Polizei des französischen Südwestens hinter Ihnen her – und warum haben Sie dann nichts Besseres zu tun, als hier in Bars nach einer Frau und einem Kind rumzufragen?«

Nun war es an Luc, etwas aus der Innentasche seiner Jacke zu ziehen. Der Baske entfaltete das Papier sorgfältig und las sehr genau, alle zehn Sekunden sah Luc die Kippe aufglühen, die in seinem Mund steckte.

»*Dios mio*«, sagte er, als er geendet hatte, »Ihre Tochter.«

»Und ich hatte keine Ahnung davon. Gar keine.«

»Nun, Sie werden wohl mit dieser Madame Poulain geschlafen haben, da passiert derlei …«

Luc fühlte sich für einen Moment ertappt.

»Hat Sie Ihnen den Brief geschickt?«

Luc betrachtete das Gesicht im Schatten mit ernster Miene. »Nein, es ist eine Aneinanderreihung von Dingen, mit denen ich hierhergelockt wurde. Es begann vor einem Jahr, als ich mich ins Aquitaine habe versetzen lassen. Ich habe vorher in Paris gearbeitet, wissen Sie? Aber mein Vater, er ist schwer krank, und ich wollte für ihn da sein. Als ich gerade meinen ersten Fall gelöst hatte, kam eine Karte. Eine Ansichtskarte … aus San Sebastián.«

»Eine Postkarte?«

»Ja, jemand gratulierte mir zu dem gelösten Fall. Jemand, der die Handschrift hatte, mit der auch dieser Brief geschrieben wurde.«

»Aber das war nur der erste Streich …«

»Ja, meine Freundin und Partnerin in Bordeaux, sie hat auch so eine Karte bekommen.«

»Mit einem Gruß?«

»Nein, der Verfasser hat sie davor gewarnt, sich mit mir einzulassen. Ich sei ein unehrlicher Betrüger, schrieb er. Ein Mann, der es mit den Gesetzen nicht so ernst nehme.«

»Sie sind sich sicher, dass es ein Mann ist?«

Luc nickte stumm.

»Wenig später ist jemand in meine Cabane eingebrochen, genauer gesagt in die Holzhütte meines Vaters in einem kleinen Strandort an der Küste. Es wurde nichts gestohlen außer Zigaretten … und einer Haarbürste.«

Der Baske betrachtete den Brief in seiner Hand.

»Es war Ihre Haarbürste. Und mit den Haaren darauf hat der Verfasser dann diesen Vaterschaftstest durchführen lassen.«

»Wenn es nicht so ernst wäre, würde ich Ihnen jetzt zu Ihren kriminalistischen Fertigkeiten gratulieren.«

»Sie sind und bleiben ein Franzose.«

»Im Ernst: Haben Sie eine Idee, wo die beiden stecken?«

»Oh ja, das habe ich.«

Der Mann sah aufs Meer, und erst wirkte es, als schaute er ziellos in die Dunkelheit, doch dann bemerkte Luc, dass seine Augen ein Ziel fixierten.

»Sagen Sie es mir«, sagte er drängend und trat einen Schritt auf den Polizisten zu.

Der drehte sich abrupt zu ihm um, und jetzt erst fiel Luc auf, wie groß und massiv dieser Mann war. Seine Miene hatte sich verändert, sie war nun misstrauisch, wie von einer alten inneren Kraft getrieben.

»Ich kann das nicht, Monsieur Verlain.« Er schwieg einen Moment, in dem Luc sich zur Ruhe mahnte. »Wenn alles stimmt, was Sie sagen, dann können Sie das nicht verstehen, weil Sie persönlich betroffen sind, aber glauben Sie mir: Ich bin auch persönlich betroffen. Ich würde Ihnen das alles gerne glauben, diese ganze Räuberpistole. Aber als Polizist im Baskenland fehlt mir vor allem eines: Vertrauen. Vertrauen in jegliche Obrigkeit – ob sie nun eine Trikolore oder rot-gelbe Streifen trägt. Hören Sie, ich werde das überprüfen. Ich werde alles überprüfen, was Sie mir erzählt haben. Vielleicht sind Sie das letzte Puzzleteil, das mir gefehlt hat, um jemanden für immer dort verschwinden zu lassen, wo er hingehört. Ich sehe an Ihrem Blick, dass Sie nicht warten können, weil Sie ein Getriebener sind, aber Sie werden warten müssen. Bis morgen Abend. Ich treffe Sie um neun, da ist es in der Altstadt am belebtesten. Wir treffen uns im *A Fuego Negro*. Wenn Sie da sind, werden Sie verstehen, warum dort.«

Luc entschied, dass es keinen Sinn ergab, diesen prinzipientreuen und erfahrenen Mann zu drängen.

»Gut. Lassen Sie mich Ihnen noch ein Detail erzählen.«

Der Baske sah auf die Uhr.

»Machen Sie schnell.«

»Wir haben viele Drogenpakete im Aquitaine gefunden, sie wurden an die Strände gespült, bis heute fast eine Tonne. Ein Junge ist ins Koma gefallen, weil er von dem Kokain probiert hat, ein kleiner Junge. Der Verfasser der Briefe hat geschrieben, dass ihm Lucien, so heißt der Kleine, leidtue.«

Der Baske nickte. »Ja, die Geschichte könnte passen. Obwohl ich nicht glauben kann, dass es ihm leidtut, wenn es der ist, um den sich hier alles dreht. Bis morgen, Monsieur Verlain.«

Er wandte sich um und schlug den Pfad ein, der den Berg hinabführte.

Luc rief ihm nach und hoffte, dass seine Stimme nicht zu weit trug. »Commissaire?«

Der Mann blieb stehen.

»Ich sage Ihnen noch zwei Namen. Gilen Etxeberria. Er ist mein Kollege – und er ist ein Freund geworden. Ich denke, Sie kennen ihn.«

»Ich kenne ihn gut«, sagte der Baske leise. »Und der andere Name?«

»Ich habe den Mann, den Sie sehr wahrscheinlich meinen, heute Nacht auf einem Boot gesehen. Einem Boot, das für Drogentransporte genutzt wird. Ich kenne diesen Mann schon lange. Er heißt …«

Als Luc den Namen genannt hatte, glaubte er zu erkennen, dass der Baske leicht nickte. Dann verschwand er endgültig in der Dunkelheit.

Pension El Puerto, San Sebastián
Jeudi 1er juin, 8:10

Luc erwachte aus einem merkwürdigen Traum, vielleicht war es auch nur ein Bauchgefühl, das ihn aus den Tiefen eines stillen Schlafes geholt hatte – aber das lag nicht daran, dass er ohne Sorgen war, er war einfach nur so erschöpft gewesen wie nie zuvor in seinem Leben.

In der Nacht hatte er die Wunde neu verbunden, der Oberarm sah nicht gut aus. Salzwasser war für eine frische Wunde die Pest, Luc wusste das, weil er oft genug als jugendlicher Surfer auf einen Seeigel getreten war oder sich die Finne des Brettes ins Bein gerammt hatte. Jetzt, am Morgen, schmerzte der Schnitt am Arm immer noch.

Er hob die Beine aus dem Bett und stand auf, nach dem Sturm war die Szenerie vor dem Fenster nun sanft und gefällig – die Sonne hatte die Stadt wieder ergriffen.

Sein Blick fiel auf seine Hose, aus deren Gesäßtasche das kleine alte Handy herausgerutscht war. *Verdammt.* Er griff danach, drückte eine Taste und erschrak. *6 Anrufe in Abwesenheit.* Er suchte im Menü nach den Uhrzeiten der Anrufe.

0.10 Uhr

0.40 Uhr

1.20 Uhr
1.50 Uhr
7.20 Uhr
7.50 Uhr

So eine Katastrophe. Er hatte vor dem Surf das Handy lautlos gestellt und dann wegen all des Adrenalins vergessen, es wieder laut zu stellen. Sie hatten die halbe Nacht versucht, ihn zu erreichen. Wenn sie nun in Panik gerieten – was würde das für Lea und Aurore bedeuten?

Andererseits: Er besah sich noch einmal die genauen Uhrzeiten der Anrufe. Es war jeweils auf die Minute angerufen worden. Das passte zu ihm. Zu diesem Mann. Dem Teufel.

Inzwischen war es 8.19 Uhr. Wenn es passte …

Er hatte den Gedanken kaum zu Ende gebracht, da blinkte das Handy lautlos. Er hob sofort ab. Es war eine automatische Ansage, die Stimme verstellt und tief, wie beim letzten Mal.

»Monsieur Verlain, ich möchte nicht, dass Sie mir noch einmal eine so schlaflose Nacht bereiten. Sie spielen nicht nach meinen Regeln. Das ist die letzte Warnung. Verstanden? Hören Sie: Wir sind sehr froh, dass Sie unser kleines Abenteuer auf dem Meer überstanden haben. Denn nun können Sie uns noch hilfreicher sein. Die Wohnungstür für diesen Tag ist die 77. Gehen Sie direkt dorthin. Verlieren Sie keine Zeit. Sollten Sie später als um zehn Uhr dort eintreffen, dann wird etwas sehr Schlimmes geschehen. Und zwar nicht nur Ihnen. Gute Fahrt, Monsieur Verlain, gute Fahrt.«

Luc war in Nullkommanichts angezogen, griff das Telefon und verließ sein Zimmer. Der Rezeptionist sah ihn an, einen Moment zu lang, wie Luc befand. Hatte er das Fax der Polizei auch bekommen? Die Fahndung nach ihm? Nun, dann würde er es nicht ändern können. Andererseits wirkte diese Herberge durchaus so, als würden hier dann und wann zwielichtige Gestalten absteigen. Er sprintete die Treppe hinunter. In der leeren

Gasse musste er sich kurz orientieren. Nach rechts, dort vorne leuchtete die *Constitución Plaza* in der Morgensonne. Er hätte gerne einen Kaffee getrunken, aber er verwarf diesen Gedanken. *Gute Fahrt.* Was sollte das nun wieder bedeuten?

Luc ging schnurstracks auf den Platz zu. Er wollte nicht rennen, nicht einer Polizeistreife auffallen, nicht jetzt, nicht so kurz vorm Ziel. Er spürte, dass er kurz vorm Ziel war. Die dritte Aufgabe. Sollte es wirklich die letzte sein?

Wieder ging er also die Nummern an den Balkonen durch, die Sonne stand in seinem Rücken, sie fiel ganz knapp über die Dachspitze des einstigen Rathauses und tauchte die blanken Bodenkacheln in ein diffuses Licht. Mitten auf dem Platz parkte eine schwarze Limousine, ein Mercedes. Merkwürdig. Luc hatte hier noch nie ein Auto stehen sehen.

Wohnung 77. Ein Balkon wie all die anderen. Er würde endlich jemanden fragen müssen, was es damit auf sich hatte.

Es war diesmal eine andere Eingangstür, nicht unter den Arkadenbögen, sondern im mittleren Gebäude des Platzes. Die Tür stand offen, weil gerade ein Müllfahrer zwei Tonnen auf einmal aus dem Eingang schob. Luc grüßte und schlüpfte hinein. Er stieg zwei Etagen hinauf und glaubte ein Déjà-vu zu haben. Es war bereits, als hätte er das schon hundertmal gemacht. Die Tür, eine blanke Holztür. Er sah sich um, nahm den Schlüssel unter der Matte hervor und steckte ihn ins Schloss. Dann sprang die Tür auf. Er trat hinein und wollte sofort wieder einen Schritt zurückmachen. Flucht – oder Kampf? schoss es durch seinen Kopf. Da saß der Mann, direkt hinter der Tür, auf einem Stuhl, er sah ihn an, mit einem leichten Lächeln auf dem Gesicht. Es war der Gorilla. Die Wunde auf seiner Stirn, die Beule daneben – beides Lucs Werk und beides immer noch deutlich zu sehen. Luc stand da wie angewurzelt. Der massige Typ mit der Glatze sagte: »Kommen Sie.«

Sein Akzent war wirklich osteuropäisch. Der Commissaire suchte ihn mit den Augen nach einer Waffe ab. Auf den ersten Blick war keine zu sehen.

»Los. Reinkommen.« Die Stimme war nun ernster, drängender. Luc trat ein.

»Tür zu.« Der Commissaire blickte zurück. Wenn er die Tür schloss, waren sie allein. Andererseits war ihm, mal abgesehen von dem Müllmann, in diesen Häusern noch niemand begegnet. Also zog er die Tür hinter sich zu.

»Setz dich.« Der Gorilla wies auf einen Stuhl am anderen Ende des Raumes. »Nein, ich stehe.«

»Mir egal. Wir werden eine Reise machen.«

»Wohin?«

»Der Chef sagt, du wirst dich freuen. Es geht nach Hause.«

»Mein Zuhause?«

Der Gorilla nickte. Was hieß das? Carcans-Plage? Bordeaux? Paris?

»Wann geht's los?«

»Jetzt.«

»Was machen wir dort?«

Der Typ zog einen Zettel aus der Tasche. Er gab ihn Luc, dabei ließ er ihn nicht aus den Augen, als erwartete er einen neuen Angriff. Der Commissaire faltete den Brief auseinander. Dieselbe Handschrift. Verdammt. Er hasste es. So viel Post hatte er zuletzt im Lycée bekommen, in der Phase, als die Mädchen die Jungs wöchentlich mit neuen poetischen Briefen bedachten.

»Monsieur Verlain, ist das nicht eine angenehme Reisebegleitung, die ich Ihnen da zugedacht habe? Sie haben sich ja schon so viel miteinander beschäftigt, jetzt können Sie mal einige Stunden nebeneinander verbringen. Sie lieben doch Roadtrips, Monsieur Verlain.

Ihre dritte Aufgabe ist nämlich ein Roadtrip.
Mein junger Angestellter, er heißt übrigens Iwan, ist ein freundlicher, allerdings etwas wortkarger Mann. Dafür habe ich Ihnen eine CD ins Auto gelegt. So haben Sie ein wenig Ablenkung.
Ich will, dass es keine bösen Überraschungen gibt, deshalb werde ich keine Geheimnisse vor Ihnen haben. Im Kofferraum der S-Klasse, die auf dem Platz auf Sie wartet, befinden sich rund hundert Kilogramm reinsten Kokains, verpackt in den Paketen, die Sie so gut kennen.
Gestern haben Sie uns ja schon geholfen, auf unserer gut studierten und bewährten Route Drogen an Bord zu bringen. Nun wollen wir mit Ihrer Hilfe aber noch etwas Neues ausprobieren.
Im Navigationssystem ist alles eingegeben, was Sie wissen müssen. Die Zielzeit ist 13.45 Uhr, keine Minute später. Denn die Hubbrücke über die Garonne öffnet um 13.30 Uhr. Iwan wird Ihnen erklären, was dann passiert.
Sollten Sie später sein oder sollte etwas schiefgehen, werde ich hier mein Werk vollenden – ein Werk, das Ihnen und Ihrer Tochter nicht gefallen wird.
Aber, Monsieur Verlain, das hat mich der gestrige Tag gelehrt: Ich traue Ihnen das zu. Sie haben jede Menge kriminelle Energie, wie es scheint. Sie werden das hinkriegen. Meine Empfehlung: Genießen Sie die Fahrt, die Umgebung, den Zielort. Es ist das letzte Mal, dass Sie diesen Weg fahren werden. Einmal noch die Heimat sehen. Zehren Sie davon.
Gestern waren wir uns schon ganz nah. Gelingt Ihnen heute Ihre Aufgabe, werden wir uns morgen begegnen.
Deshalb: viel Glück. Und bonne route.«

Luc zerknüllte das Schreiben, besann sich dann aber. Der Gorilla beobachtete ihn. Kokain. Fast einhundert Kilo. Marktwert mehr als zwei Millionen Euro. Über die Grenze schmuggeln. Er.

Der Commissaire schloss die Augen. Er atmete tief ein und aus. Dann ging er zur Tür und sagte: »Gehen wir.«

Autobahnzubringer San Sebastián
Jeudi 1er juin, 10:00

Das schwarze Ungetüm fuhr sich wie ein riesiges Schiff, es glitt schwer und seidig dahin, und dabei war es im Innenraum absolut still. Der Gorilla war von sich aus auf der Beifahrerseite eingestiegen, sodass Luc ans Steuer musste. Einen gründlicheren Blick in den Kofferraum hatte er lieber nicht geworfen. Er hatte Angst, dass er sich dagegen entscheiden würde loszufahren, wenn er das Zeug sah.

Nun fuhren sie, eben kamen die Ausläufer der Stadt in den Blick, die weniger romantisch waren als die Altstadt. Direkt neben der Schnellstraße mit ihren Brücken und Kurven standen die Wohnblöcke spanischer Bauart, nicht ganz so trostlos wie in den französischen Banlieues, aber nicht minder baufällig. Hier wohnten die, die sich die malerische Altstadt nicht leisten konnten. In der Ferne ragten die Bergkuppen der Pyrenäen auf. Lag da noch Schnee? Schwer vorstellbar, Mitte Mai. Immer noch waren nur Schäfchenwolken am Himmel.

Das Ziel war schon eingestellt, es war zweihundertelf Kilometer entfernt. Zwei Stunden und achtzehn Minuten. Luc traute sich nicht, genauer nachzusehen.

Ihm fiel der Brief wieder ein, und er drückte im Armaturenbrett den Knopf für die Soundanlage, wählte *CD* aus. Es dauerte eine Sekunde, dann war da ein Rauschen und dann … drei Takte, vier …

Luc stöhnte auf. Schnell schaltete er die Anlage wieder aus, so hektisch, dass er das Lenkrad verriss.

»Ey, was soll das? Pass auf, Idiot!«, herrschte ihn der Gorilla von der Seite an.

Luc schaffte es, den schweren Wagen wieder unter Kontrolle zu kriegen und scherte auf die Autobahn ein, die sie nach *Francia* bringen würde.

Es gelang ihm, sich wieder zu beruhigen. Er hatte das Stück sofort erkannt. Er hatte es schon einmal gehört, vor vielen Jahren, in einem edlen Salon – im Bois de Boulogne. Er würde diesen Mistkerl finden. Er würde …

Luc hielt sich exakt an das Tempolimit von 120. Er wollte nicht wegen einer Dummheit angehalten werden. Die Umgebung wurde grün und sehr verlassen, rechts die Berge, links in der Ferne einige verstreute Höfe.

Die Straße verlief kurvenreich, die Grenze kam rasch näher. Ein Seitenblick: Der Gorilla schien nervös zu sein. Seine Hand hinterließ einen feuchten Fleck auf dem schwarzen Ledersitz. Sie durchfuhren die erste Mautstelle, der Wagen hatte einen Badge, der es ihm erlaubte, die Spur ganz links zu nehmen, die Schranke öffnete sich, ohne dass Luc anhalten musste. Eine geniale Erfindung. Erst recht für Drogenkuriere.

Das Schild: *Francia 2000 m*. Die Grenze, in Sichtweite. Sie war am Übergang von Bidasoa verbunden mit einer Mautstation, die schon zu Frankreich gehörte. Die Autobahn wurde hier breiter, fast zwanzig Kassenhäuschen, automatische Bezahlstationen. Ein lang gezogener Gürtel. Luc wusste, dass hinter den Häuschen Männer von Police nationale und Douane standen, dem Zoll. Er hatte schon oft genug genaue

Kontrollen an diesem wichtigsten Übergang in Frankreichs Südwesten angeordnet.

»Fahr in Spur vierzehn«, sagte der Gorilla.

Luc lenkte ein Stück nach rechts. Spur vierzehn war eine Télépéage-Spur. Auch hier musste er dank des Badges nicht anhalten.

Er wurde langsamer, bremste den Wagen peu à peu ab, bis er die 30 einhielt, die er in dieser Spur fahren durfte. Er sah die Mautstelle näher kommen, dahinter standen blaue Wagen, Polizeiwagen. Alles wie immer.

Doch als sie noch näher kamen, er ihre Gesichter erkennen konnte, sah er, wie sie sein Auto fixierten. Sie wussten, dass er kam. Da standen Dutzende Beamte, in Uniform, kugelsicheren Westen.

»Wenn sie dich anhalten wollen, fahr weiter«, sagte der Gorilla.

»Wie?«, fragte Luc, und seine Stimme klang heller, als er gewollt hätte. Sein Herz klopfte. Eine Polizeisperre könnte er nicht durchbrechen.

Er steuerte auf die Spur vierzehn zu, nur noch wenige Hundert Meter, die Polizisten dahinter gingen in Stellung. War das … Das konnte doch nicht sein … Doch, er war es, Luc war sich beinahe sicher. Er durchfuhr die Spur mit Tempo 30, der Badge piepte, die Mautstrecke war damit bezahlt, die Schranke fuhr hoch, und er glitt darunter hindurch, da winkte der erste Polizist mit einer Kelle.

»Gib Gas«, knurrte der Gorilla, und Luc sondierte die Lage, links standen die Beamten des Zolls, rechts die der Police nationale, sie standen in Formation, und mittendrin Commissaire Schneider, ein Handy in der Hand. Filmte er? Das konnte doch nicht sein.

Luc bremste nicht, obwohl sie winkten, er beschleunigte

stattdessen. Er sah den Zollbeamten ganz links eine rot-blaue Stange auf die Straße werfen.

»Was ist das?«, schrie der Gorilla, und kurz bevor Luc darübergefahren wäre, lenkte er den Wagen ein kleines Stück nach links, wich aus, so als wäre die riesige Limousine ein wendiger Kleinwagen. Dann beschleunigte er weiter, 50, 70, 100, 140, 170 und sah im Rückspiegel, wie sie ihnen erst nachstarrten, dann nach elendig langen Sekunden zu ihren Motorrädern rannten.

»Was war das, dieser Stab?«

»Ein Stop-Stick«, sagte Luc. »Sind Spitzen drin, die den Reifen nicht sofort platzen lassen, sondern nur anpiken, und dann verliert er seine Luft langsam und kontrolliert. Man kann noch eine oder zwei Minuten weiterfahren, und dann ist Feierabend.«

Der Gorilla nickte.

»Sie werden uns folgen«, sagte Luc, »was soll ich tun?«

»Fahr weiter. Die kriegen uns nicht.«

»Wenn sie uns kriegen, dann sind wir am Arsch. Dann gehen wir …«

»Die kriegen uns nicht, verstanden?«

Aber die Stimme des riesigen Glatzkopfs klang weniger selbstsicher, als er es vermutlich gewollt hätte.

Luc hielt die 200 km/h, er raste vorbei an den Ausfahrten nach Urrugne, Saint-Jean-de-Luz und Bidart.

»Die Motorräder sind schnell«, versuchte es Luc erneut. Er dachte an das Kokain im Kofferraum. Die ganze Zeit. An Lea und Aurore. Und an Anouk und das Baby. Sollte er den Gorilla bitten, ihm sein Telefon zu leihen? Absurde Idee.

»Fahr«, sagte der Mann nur.

Luc fuhr an Biarritz vorbei, dann an der Kathedrale von Bayonne; sie überquerten den Adour-Fluss, und die Autobahn verließ das Baskenland, sie kamen in die Landes. Luc hatte noch weiter beschleunigt, 230 km/h, er flog über die linke Spur, alle vor ihm schienen unverzüglich Platz zu machen, sobald sie die schwarze Limousine im Rückspiegel erblickten.

»Dort vorne«, sagte der Gorilla. Luc sah das Schild der Raststätte. *Labenne Est.* Er setzte den Blinker, zog auf die Bremsspur und ließ den Wagen ausrollen.

»Hinten, bei den Lkw«, sagte der Beifahrer. Luc fuhr über den vollen Rastplatz, er stand voller Sattelschlepper, die A63 war eine der meistbefahrenen Routen für den Lastverkehr zwischen Nordeuropa, Frankreich, Spanien, Portugal und Marokko.

»Halt dort«, wies ihn der Mann an, und sie kamen hinter einem Kleinwagen zum Stehen. Ein Seat Ibiza. Französisches Kennzeichen.

»Los, mach schnell.« Der Gorilla stieg zuerst aus und ging zum Kofferraum. Er öffnete ihn und entnahm ihm eine dunkle Reisetasche, die genau wie die aussah, die Luc gestern übergeben hatte. Ein Nike-Logo in Weiß schmückte die Seite der Tasche.

»Nimm die andere«, befahl er. Luc tat, was der Mann sagte, und hievte die schwere Tasche aus dem Kofferraum des Mercedes in den Kofferraum des Seat.

»Einsteigen.«

Luc setzte sich wieder auf den Fahrersitz. Er wollte gerade den Motor anlassen, als es hinter ihnen hupte. Verdammt. Luc sah in den Rückspiegel. Das konnte doch nicht sein!

Er erwartete, dass der Gorilla neben ihm ausflippte, eine Waffe zog, doch er blieb ganz ruhig sitzen. Die hintere Tür öffnete sich, und der Mann, der aus dem Wagen hinter ihnen gestiegen war, nahm auf dem Rücksitz Platz. Er lächelte.

»Nun schauen Sie nicht so. Fahren Sie, Verlain.«

Luc ließ den Motor an und lenkte den Wagen auf die Autobahn. Stumm. Geschlagen. Wie viel Macht hatten diese Leute?

»Commissaire Schneider«, sagte er nach einer Weile.

»Sie sind ja ein richtiger Rallyefahrer«, gab der Mann zurück, der ihn erst hatte verhaften lassen – und ihn dann wieder auf freien Fuß gesetzt hatte. In Lucs Kopf raste es. Was war der Plan?

»Was soll das?«, schrie Luc und schlug auf das Lenkrad. »Was soll das alles? Sie sind ein *flic* wie ich. Was tun Sie hier?«

»Ach, nun seien Sie doch nicht so weinerlich, Verlain, Herrgott, das ist ja nicht zum Mitanhören. Ich habe Sie immerhin in Sicherheit gebracht, eben an der Grenze. Ich habe den Kollegen gesagt, sie sollen unbedingt in Biarritz von der Autobahn abfahren, Sie würden sich dort verstecken. Und alle haben auf mich gehört. Schade, dass sie nichts finden. Aber ich habe Sie ja immerhin gefunden. Nicht wahr, Iwan?«

Schneider und der Russe gaben sich die Hand.

»Gut, Sie wiederzusehen, Commissaire«, stammelte Iwan.

»Und nun haben wir noch sehr viel Zeit, um in dieser winzigen Paella-Schüssel an unser Ziel zu schaukeln. Mann, hätte der Chef nicht die Autos genau umgekehrt vergeben können? In dem Daimler hätten wir die längere Strecke viel entspannter zurückgelegt.«

»Kannst du bald Daimler kaufen, Commissaire«, sagte der Russe lachend.

»Stimmt auch wieder.«

»Was tun wir hier, Schneider?«, fragte Luc und kam sich selbst bescheuert vor.

»Der Chef hat mich gebeten, Ihnen nicht zu viele Details zu erzählen. Das will er morgen selber machen.«

»Der Chef … Wissen Sie, wer Ihr Chef ist?«

»Ach, kommen Sie. Wollen Sie mir jetzt sagen, mein Chef ist der Innenminister? Dieser Lappen? Sie können ja so leben,

Verlain. Aber ich will ein gutes Leben haben, ein sorgenfreies Leben. Nicht dieses knauserige Beamtenleben.«

Schneiders Gesicht war eine Fratze geworden.

»Aber mal im Ernst, Verlain, wir haben nun viel Zeit. Sie sollten mir erzählen, wo Sie die zwei Tage waren, nachdem Sie den Brief vom Chef erhalten haben. Wir dachten, Sie fahren direkt in den Süden, um Ihre Tochter zu finden. Stattdessen haben wir Sie verloren, direkt in Bordeaux – und wir haben etwas Sorge, dass Sie eine Dummheit begangen haben könnten.«

Luc spürte die Veränderung in Schneiders Stimme. Er entspannte sich und lenkte den Wagen in Richtung Norden, nun mit einem angemessenen Tempo von 130 km/h. Er sah in den Rückspiegel.

»Ich musste damit klarkommen, das ist doch logisch, oder? Ich hatte keine Ahnung von einer Tochter, gar keine, und dann bekomme ich so einen Brief. Da musste ich erst mal nachdenken. Ich bin in eine alte Anglerhütte von Freunden meines Vaters gefahren, sie ist genau an der Stadteinfahrt von Bordeaux – und da habe ich mir einen Wein aufgemacht und nachgedacht.«

»Und dann sind Sie in die Innenstadt gefahren und haben Cecilia Brückner entführt.«

»Was habe ich?«

»Sie haben Cecilia Brückner entführt. Ihre Affäre. Mit der Sie Anouk betrogen haben. Sie dachten, dass Sie nun aufräumen müssten.«

»Ich …«

»Sagen Sie, was passiert ist, verdammt.« Schneider war plötzlich aufgebracht, sein Kopf wurde regelrecht rot. »Sagen Sie es …«

»Ich habe keine Ahnung, was mit Cecilia passiert ist, Commissaire. Ehrlich. Ist ihr denn etwas passiert?«

»Sie ist verschwunden«, sagte Schneider knapp. »Man hat Blut gefunden …«

»Blut? Von Cecilia?«

»Stellen Sie sich doch nicht dumm, Verlain. Wir sind nicht doof.« Schneider legte den Arm auf Lucs Lehne. »Aber gut, machen Sie es, wie Sie wollen. Sie werden den Preis bezahlen.«

Danach war Ruhe. Niemand sprach mehr. Luc hatte sich in seinem Sitz zurückgelehnt, das Radio angestellt, *RTL2* spielte französischen Pop. Links und rechts rasten die Wälder der Landes vorbei, hohe grüne Seekiefern, so weit das Auge reichte. Ein braunes Schild wies auf die Strandorte hin, die links der Autobahn lagen, manchmal nur zehn, manchmal dreißig Kilometer entfernt.

Capbreton, Moliets-et-Maa, Vielle-Saint-Girons, Contis-les-Bains, Mimizan-Plage, Biscarrosse-Plage.

Luc kannte jeden dieser Orte. Kleine Ferienorte, in denen im Winter nur wenige wohnten, wie bei ihm daheim in Carcans-Plage. Im Sommer aber wuchs die Bewohnerzahl dieser Weiler am Ozean auf das Hundert-, manchmal gar das Tausendfache ihrer normalen Population an. Waren im Winter manchmal nur zwanzig Cabanes bewohnt, platzten die Ferienwohnungen, die Häuser, die Mobilhomes auf den Zeltplätzen im Sommer aus allen Nähten. Im Winter waren hier Sturm und Einsamkeit die Gebieter – und es brauchte schon eine Flasche guten Rotweines und ein knisterndes Kaminfeuer, um nicht depressiv zu werden. Im Sommer aber, der Zeit der ausgebuchten Unterkünfte, der stressenden Pariser, der durchreservierten Restaurants, sehnten die Bewohner der Strandorte den Winter herbei. Oder zumindest den Herbst – wenn sie noch im Meer surfen konnten, die Pariser aber schon wieder im Büro sitzen mussten.

Die Autobahn war schnurgerade, links und rechts hatte die Szenerie gewechselt, nun waren es Holzplantagen, riesige Ansammlungen von Baumstämmen, aus gigantischen Sprinkleranlagen wurde Wasser verspritzt, damit das Holz immer feucht blieb. Minuten später dann Mais, endlose Felder mit Mais, noch weit von der Ernte entfernt.

Luc begann die Fahrt zu genießen, er dachte an den Brief, der ihn dazu aufgefordert hatte, und entschied, dass er sie nicht deshalb genoss. Diese Gegend war sein Sehnsuchtsort. Und mit jedem weiteren Monat, den er hier verbracht hatte, war es ihm schwerer geworden zu verstehen, wie er es überhaupt in Paris ausgehalten hatte.

Die salzige Luft, die Weite, die endlosen Wälder, der Wein, die Leichtigkeit der Menschen – wo sonst in Frankreich, ach, auf der Welt, gab es das?

»Sagen Sie, Schneider«, fragte Luc, »was ist das eigentlich mit diesen Nummern über den Fenstern? In San Sebastián, meine ich. Auf dem Platz. Diese dämliche Schnitzeljagd, die Sie mit mir spielen, ich wusste es mal, aber kriege es nicht mehr zusammen.«

»Genial, oder?«, sagte Schneider und schien es wirklich ernst zu meinen. »War die Idee des Chefs. Diese Nummern … Die spinnen, die Basken. Bei uns im Elsass gibt es so etwas nicht. Ja, es ist eine herrliche Geschichte. Früher wurde die *Constitución Plaza* für Stierkämpfe benutzt. Es gab Karten zu kaufen – und zwar allen Ernstes für die Balkone ringsum, die schon damals zu Wohnungen gehörten. Damit man wusste, auf welchem Balkon der eigene Platz war, gab es an den Balkonen und auf den Karten übereinstimmende Nummern. Und der Besitzer der Wohnung musste den Billet-Inhaber durch die eigene Wohnung auf den Balkon lassen. Ist das nicht verrückt?«

»So verrückt wie Sie. Und Ihr Chef.«

»Diese Bitterkeit, Verlain. Sie passt nicht zu Ihnen.«

»Und Ihrem Chef gehören die Wohnungen?«

Schneider lachte.

»Dem gehören nicht nur diese drei Wohnungen. Dem gehört der halbe Platz – und darüber hinaus die halbe Stadt. Er ist ein durch und durch beeindruckender Mann.«

»Davon hab ich wohl eine Vorstellung.«

»Was meinen Sie damit?«, fragte Schneider misstrauisch. Aber Luc antwortete nicht.

Die Ausfahrt zur Autobahn 660 nach Arcachon wurde angezeigt. Arcachon. Der Fall im letzten Winter. Die toten Jungs, an die Pfähle gebunden, mitten im Bassin, die Pfähle, die die Grenzen der Austernzüchter zogen. Was für eine Tragödie. An deren Ende er erfahren hatte, dass Anouk schwanger war. Kurz vor Weihnachten.

Bordeaux kam rasend schnell näher. Er war jedes Mal auf dieser Strecke überrascht, wie schnell man von Spanien bis in seine Stadt gelangte. Wie schnell die Landschaften wechselten.

Auch in dem Seat hatten sie eine Navigation eingebaut. Das Ziel war voreingestellt worden. Noch vierzig Minuten bis zum Zielort. Neunundfünfzig Kilometer. Sie waren zu gut in der Zeit.

»Wir werden früher da sein – ist das in Ordnung?«, fragte Luc. Jean-Jacques Goldman sang gerade *Je te donne.*

»Nein, das ist nicht möglich«, hörte er Schneider vom Rücksitz blaffen, er schien immer noch übelster Laune. »Wir fahren durch die Stadt.«

Luc nickte und lenkte den Wagen rechts auf die Rocade, den Stadtring um Bordeaux. Er hatte auf diese Antwort gehofft. Im Stillen plante er etwas. Die Vororte flogen vorbei, Motels, Tankstellen, Hochhäuser. Dann Pessac, Talence, Bègles.

Er blickte auf die Uhr im Armaturenbrett. Kurz nach halb eins. Sie waren viel zu früh.

»Durch die Stadt also …«

»Hab ich doch gesagt, Verlain.«

Er fuhr vor dem Pont François Mitterrand von der Rocade ab und nahm dann den Zubringer, der sie am grauen Fluss entlang in die Innenstadt führte. War hier früher eine Industriebrache rund um den alten Schlachthof, hatte nun auch hier der Bordelaiser Bauboom zugeschlagen. Dutzende neue Hotels waren entstanden, futuristische Bürobauten, dazu das neue Museum für zeitgenössische Kunst, ein weißer Kubenbau, der die Bewohner der Stadt so begeisterte wie die Touristen. Wieder einmal dachte Luc, wie sehr sich diese Stadt verändert hatte: von der düsteren Schlafstadt, die Bordeaux zu seiner Kindheit gewesen war, zu einer Metropole, die in ihrer Anziehungskraft sogar Paris den Rang abzulaufen drohte, erst recht, seit der TGV die sechshundert Kilometer in die Hauptstadt in zwei Stunden bewältigte. Seitdem waren die Pariser wie wild auf der Suche nach Immobilien an der Garonne, so wild, dass sich mancher Bordelais den Schnellzug schon wieder fortwünschte. Bordeaux war in aller Munde – und auch Luc musste zugeben, dass er nach anfänglichen Zweifeln schnell eingesehen hatte, wie viel höher die Lebensqualität in Bordeaux war.

Es war wie ein Déjà-vu, diese Strecke, die er vor einem Jahr auch genommen hatte – bei seiner Retour in die Aquitaine. Damals hatte er Angst gehabt, dass er wieder in seiner alten Heimat feststecken blieb, in der vermeintlichen Langeweile der Provinz.

Jetzt, heute in diesem Auto, neben einem Verbrecher und einem Bullen, der offensichtlich Dreck am Stecken hatte, konnte er darüber nur müde lachen: Sollten sie ihre Drohung wahr machen, könnte dies wirklich seine letzte Fahrt durch Bordeaux sein.

Luc ließ den Bahnhof links liegen, nahm die breite Prachtmeile, die sie nach einer Weile bis zur Place de la Bourse bringen würde. Er räusperte sich.

»Was ist?«, fragte Schneider.

»Ich würde ungern mit dem Auto auf irgendeinem Parkplatz stehen und warten. Besser, wir bleiben in Bewegung. Kann ich durch die kleinen Gassen der Altstadt fahren?«

Der Mann im Fond überlegte.

»Ja, mach das, Verlain.«

Kurz vor dem Pont Pierre blinkte Luc an der Ampel und bog nach links ab, sofort wurde der Asphalt von altem Kopfsteinpflaster abgelöst. Der Wagen holperte hinein in die *vieille ville*, vor ihnen tauchte riesig und erhaben die Basilika Saint-Michel auf, der hohe Glockenturm, der getrennt von dem Kirchenschiff auf dem Platz thronte. Wie oft hatte er diese Kirche in den letzten Monaten gesehen, aus ihrem Fenster. In einem leichten Bogen fuhr er um die Kirche herum, sein Blick fest auf ein Ziel gerichtet. Er bremste und hielt rechts auf dem Seitenstreifen.

»Was machst du?«

»Muss schon seit einer Stunde pinkeln. Kann ich schnell in das Café?«

Er beobachtete, wie Schneider im Rückspiegel auf seine Uhr sah. »Los, beeil dich.«

»Soll ich mitgehen?«, fragte der Gorilla.

»Wo soll er denn hin?«, fragte Schneider voller Hohn, »er muss doch seinen Auftrag erfüllen, sonst …«

Luc ballte die Fäuste, dann stieg er aus und ging in die *Bar Saint Michel*, eine typische *Tabac*-Bar, rote Markise, Metalltische und Stühle vor der Tür, drinnen ein Wirrwarr von Stimmen und Gerüchen, das Zischen der Kaffeemaschine, man war irgendwo zwischen Mittagessen und Kaffeezeit.

Luc ging schnellen Schrittes die Treppe hinunter, schloss sich in der Kabine ein und legte den Kopf an die Wand. *Atme.*

Er hatte eine Ahnung, wie man unter Druck zum Mörder

werden konnte. Jetzt hatte er eine Ahnung. Er hätte alles dafür getan, dass dieser Albtraum endete und er sein Kind, seine Exfreundin, Anouk, sein ungeborenes Baby, all die Menschen, die er liebte, unbeschadet in Sicherheit wüsste.

Zwei Minuten später ging er wieder hinauf, und in dem Moment, in dem er in den Raum trat, traf ihn der Blick des jungen Wirtes, ein Vietnamese, den Luc gut kannte und mochte – schließlich saß er mit Anouk praktisch jeden Morgen vor dieser Bar für den ersten Kaffee.

Er ging dicht an den Tresen heran, und der Mann trat auf ihn zu, beugte sich vor, flüsterte: »Commissaire … Das sind Sie in der Zeitung, oder? Der Mann, nach dem alle suchen. Ich …«

»Hören Sie, Vinh, ich bitte Sie, mir zu glauben, ich habe mit all dem, was geschrieben wird, nichts zu tun. Ich bitte Sie, rufen Sie nicht die Polizei. Ich bin hergekommen, weil ich Sie fragen wollte, ob Sie Anouk gesehen haben. Ich muss sie finden.«

Vinh sah ihn traurig an. Luc wurde fast wahnsinnig vor Angst.

»Ich habe sie seit Tagen nicht gesehen«, sagte der Wirt schließlich, »sie ist … Ich weiß auch nicht. Sie war zuletzt mit Ihnen hier, letzten Freitag. Danach nicht mehr. Ich habe natürlich die Zeitung gelesen, wir alle hier sind besorgt, und ich habe danach immer wieder rübergesehen. Einmal war ich sogar drüben und habe geklingelt. Aber die Fensterläden sind zugeklappt, sehen Sie doch selbst …«

»O. k., danke. Hören Sie, wenn sie kommt, dann sagen Sie ihr, dass es mir gut geht. Sie muss sich keine Sorgen machen. Wir sehen uns bald wieder. Wenn Sie mir eine Nachricht hinterlassen will, dann soll sie sie Ihnen geben. Ich melde mich.«

Vinh nickte.

»*Merci. Merci beaucoup*, wirklich. Ich muss leider los.«

»Luc?«

Es war das erste Mal, dass ihn der Mann beim Vornamen nannte.

»Ja?«

»Niemals hätte ich geglaubt, was da steht.«

»Danke.«

Er ging hinaus, der Gorilla und Schneider betrachteten ihn prüfend. Als er wieder einstieg und den Motor anließ, sagte der Commissaire von hinten leise: »Sie ist nicht da, Verlain, Sie hätten uns einfach fragen können. Wir suchen doch auch nach ihr, Ihrer schwangeren Traumfrau.«

Luc war noch nicht angefahren, deswegen schlug er den Gang förmlich heraus, drehte sich um und brüllte: »Du Wichser, lass sie in Ruhe, ich warne dich, wenn ihr Anouk irgendwas antut, du und deine Schergen, dann bringe ich euch um. Alle.«

Er versuchte, nach dem Mann zu greifen, aber der Gorilla, der erst überrascht gewartet hatte, nahm nun seinen Arm und hielt ihn in einem Klammergriff.

»Schon gut, schon gut«, sagte Luc, aber als der Gorilla ihn losließ, setzte er hinzu: »Hast du das verstanden, Schneider?«

Doch der Polizist saß mit verschränkten Armen auf dem Rücksitz und grinste ihn an. »Der Commissaire der Herzen zeigt Nerven. Gut gebrüllt, Bulle. Ich sag mal so: Sie haben es in der Hand, dass niemandem etwas zustößt. Fast niemandem … Also, fahren Sie.«

Luc drehte sich wieder um, legte den Gang ein und fuhr über den Platz. Ein Blick nach links, das vierte Haus vor der Straßenecke, es war wie Vinh gesagt hatte, die Fensterläden waren geschlossen. Anouk war nicht zu Hause. Wo konnte sie nur sein?

Langsam ließ er den Wagen durch die kleinen Gassen rollen und fuhr dann am Stadttor Porte de Bourgogne vorbei, um gleich darauf auf die Quais abzubiegen.

Der Verkehr wurde dichter, Luc hoffte, dass sie nicht in einen Stau gerieten, dass sie nicht doch zu spät ihr Ziel erreichten. Links kam die Place de la Bourse in den Blick, ihre hochherrschaftlichen Bauten, die den Ruf Bordeaux' als Handelsmetropole von Weltrang einst begründet hatten. Da drüben tobten die Kinder auf dem Miroir d'Eau, dem größten Wasserspiegel der Welt, der alle halbe Stunde Fontänen von zerstäubtem Wasser ausstieß. Luc sah ihr Lachen, ihre Freude, wie gern würde er hier mit seiner Tochter hingehen, eines Tages, mit seinen Töchtern, er korrigierte sich in Gedanken. Das durfte einfach kein unerreichbarer Traum bleiben.

Er blickte schnell wieder auf die Straße, der Verkehr ging im Stop-and-go-Modus voran, sie passierten die alten Sandsteinhäuser des Quai des Chartrons, es war das Viertel, in dem es früher riesige Weinlager gegeben hatte, später hatten entlang des Flusses die Weingroßhändler Quartier genommen, stets darauf bedacht, ihren Reichtum nicht allzu auffällig zur Schau zu stellen. In Bordeaux war immer Geld gewesen, man zeigte es eben nur nicht.

Rechts passierten sie die zu modernen Einkaufszentren umgebauten alten Hafenhallen. Dann – er hatte es den ganzen Weg über geahnt, weil er spürte, dass all das von einem finsteren Genie geplant worden war – kam die Brücke zu ihrer Rechten, und tatsächlich, es war eine Minute vor halb zwei, und die Schranken waren schon heruntergelassen worden. Die Passage über die Garonne war auf diesem Weg nun für die nächsten anderthalb Stunden gesperrt. Der Brückenkörper des neuen Pont Jacques Chaban-Delmas, benannt nach dem früheren Premierminister und Bürgermeister der Stadt, begann eben, sich zu heben. Luc hatte das erst einmal aus der Nähe gesehen, ein gigantisches Hebewerk, eine der höchsten Hubbrücken der Welt, der ganze Mittelteil der Brücke wurde an vier futuristisch aussehenden Türmen in die Höhe gezogen, es dauerte gerade mal zwölf Minuten, die Brückentafel anzuheben.

»Los, wir sollten uns beeilen.«

Schneider.

»Wohin fahren wir?«

»Folgen Sie der Navigation, Verlain.«

»Wohin …«

»Fahren Sie.«

Luc betrachtete die Brücke noch einen Moment, dann blickte er auf die Zielanzeige. Noch vierzehn Minuten. Zehn Kilometer. Was hatten die vor? Und was hatte das mit der Brücke zu tun? Er trat aufs Gas, nun ging es einmal quer durchs Viertel von Bacalan, auch hier hatte man früher nachts die Türen des Autos verriegelt, heute war es eines der Shoppingviertel von Bordeaux, rechts stand das futuristische Weinmuseum, die Cité du Vin, die die Form eines Weindekanters hatte. Luc raste weiter, die Navigation schickte ihn bald nach links, an der alten U-Boot-Basis vorbei, dann nach rechts, erneut in Richtung Rocade. Er stutzte, als ihn das System tatsächlich wieder auf die Ringautobahn wies.

»Wirklich?«, fragte er. »Ich soll wieder auf die Rocade fahren?«

»Fahren Sie«, sagte Schneider nur. Luc spürte, wie angespannt die Stimmung im Auto war. Er bog auf die dreispurige Straße. Vor ihm lag eine starke Steigung, die Rampe zum Pont d'Aquitaine, neben der Hubbrücke eine der fünf Querungen der Garonne, die Brücke, über die die A630 ging.

»*In achthundert Metern haben Sie das Ziel erreicht*«, teilte das Navigationssystem mit.

»Aber das ist mitten auf der Brücke«, sagte Luc.

»Wissen wir«, sagte der Gorilla, der bisher weitgehend geschwiegen hatte.

»Wie soll ich da anhalten? Das hier ist eine Autobahn.«

»Du hältst.«

Sie waren schon ein gutes Stück auf der riesigen Brücke, die viel höher war als jene in der Stadt, genau dreiundfünfzig Meter. Auch Kreuzfahrtriesen sollten vom Atlantik bis in die Altstadt von Bordeaux gelangen können, was die Brücke gewährleistete. Noch dreihundert Meter. Luc fuhr auf die rechte äußere Spur. Zweihundert Meter. Rechts war das rote Geländer, unter ihnen der Fluss. Er senkte die Geschwindigkeit. Der Lkw hinter ihnen gab Lichthupe und setzte zum Überholen an. Einhundert Meter. Es war 13.42 Uhr.

»Sie sollten sehr genau sein«, sagte Schneider. Lucs Nerven waren zum Zerreißen gespannt. Das hier war mörderisch. Es gab keine Standspur. Als das System meldete: *»Sie haben das Ziel erreicht«*, bremste er den Wagen komplett ab und schaltete die Warnblinkanlage ein. Sie standen. Mitten auf der Brücke, auf einer vielbefahrenen Autobahn. Die Polizei würde in wenigen Minuten hier sein.

»Aussteigen«, befahl Schneider knapp. »In drei Minuten kommt das Schiff. Nehmen Sie die Taschen aus dem Kofferraum. Und dann runter damit.«

»Ich soll …«

»Sie haben es schon verstanden.«

Luc betrachtete den Verkehr im Rückspiegel. Immer mehr Lkw kamen auf sie zu, einer riss offensichtlich unangenehm überrascht das Lenkrad herum, als er das Auto dort stehen sah, das Hupen war ohrenbetäubend.

»Das ist …«, begann Luc, doch dann entriegelte er entschlossen den Kofferraum, riss die Tür auf und kletterte hinaus, den Blick immer auf den nachfolgenden Verkehr, er schaffte es knapp vor einem heranrasenden Auto hinten an den Kofferraum, öffnete ihn und entnahm ihm die beiden Taschen, sie waren schwer – und der Inhalt …

Er blickte wieder auf die Autobahn, dann stieg er mit dem Fuß auf die Brüstung, die die Fahrbahn vom schmalen Fahrradweg trennte. Er hievte die Taschen darüber und sprang hinterher. Auf dem Weg war niemand unterwegs, wenigstens etwas. Er blickte in die Tiefe. Dort. Dort vorne kam es. Ein Frachtschiff mit gewaltigen Ausmaßen, ein weißer Koloss, der wer weiß was geladen hatte. Es war im Gegenlicht, an Bord war niemand auszumachen. Das Schiff kam auf ihn zu, Luc sah auf die Uhr. Noch eine Minute. Er versuchte den Namen des Schiffes zu erkennen, doch er war zu weit oben. Die Fahne war auch noch nicht zu sehen. Aber gut, er könnte es jederzeit herausfinden, die Kommandantur des Hafens führte Buch über alle Ein- und Ausfahrten. Wenn er jemals wieder Polizist sein könnte …

Noch zweihundert Meter. Einhundert. Das Schiff war gleich direkt unter ihm. Nun sah er es: ein Frachter, der helle Steine geladen hatte, Kiesel vielleicht.

Er hörte, wie jemand rief: »Zähl bis zehn, dann runter damit.«

Es war Schneider, der das Autofenster geöffnet hatte.

Zehn, neun, acht, Luc hievte die schwere Tasche aufs Geländer, sieben, sechs, fünf, er spürte, wie seine Hände zitterten, vier, drei, zwei, eins, dann warf er die erste Tasche in die Tiefe, hob schnell die andere an und ließ sie folgen, sie sauste hinunter. Er beugte sich über die Brücke, aber die Taschen waren nicht mehr zu sehen. Sicher waren sie in Sekundenbruchteilen auf dem Schiff aufgeschlagen.

Er drehte sich schnell um, kletterte wieder über die Brüstung, wartete, bis ihn der nächste Lkw passiert hatte, dann rannte er zum Wagen, stieg ein, schaltete – und raste los.

»Teufelskerl«, sagte Schneider. »Aber der Chef wusste, dass Sie gut sind.«

»Mir wäre es deutlich lieber gewesen, wenn ein Sattelschlepper Sie zermalmt hätte«, sagte Luc und blickte in den Rückspiegel. Doch die Anspannung war aus Schneiders Gesicht verschwunden, er lächelte ihn an.

»Wir fahren jetzt zurück. Den Weg kennen Sie ja. Mich lassen Sie in Bayonne raus. Und jetzt Ruhe bitte. Ich bin müde.«

Luc war es recht. Seine Hände beruhigten sich langsam. Er hatte eben Kokain auf ein Schiff geworfen, sehr viel Kokain. Es würde Tausende Jugendliche noch abhängiger machen, vielleicht würde es manche von ihnen töten. Es war nicht mehr zu ändern. Diese Feststellung brachte ihn beinahe um den Verstand. War es richtig, für seine Liebe all das zu tun? Nein. Seine Aufgabe wäre es, das hier aufzuhalten. Das alles. Und den Mann, der hinter ihm saß. Aber der Tag würde kommen, an dem er Schneider richten könnte. Und denjenigen, dessen Marionette er war. Hoffentlich.

Pintxos-Bar A Fuego Negro, Altstadt von San Sebastián Jeudi 1er juin, 21:10

Er durfte nicht zu spät sein. Bloß nicht. Luc betrat die Bar und sah sich schnell um. Er hoffte, dass der andere noch da war. Erst bekam er keinen Überblick in dem ganzen Gewusel, die Kellner in ihren Schürzen noch jünger als die Gäste, er sah Jungs ohne Socken in weißen Turnschuhen, Mädchen mit sehr bunten Kleidern oder hüfthohen Jeans, es war kein Ort, an dem er den Mann erwartet hätte, den er suchte.

Doch. Da stand er, ganz hinten in der Ecke, der Blick mürrisch, irgendwie schicksalsergeben. Ein Glück. Er winkte ihm zu und bahnte sich einen Weg durch den völlig überfüllten Raum. Das Licht war zu hell für Lucs Geschmack.

Sie waren kurz vor Bayonne in einen Stau gekommen, ein Lkw hatte sich auf der Autobahn quer gestellt. Über eine Stunde standen sie da, in einer Schlange von Wohnmobilen, genervten Pendlern, Tomaten-Lkw, die leer zurück nach Spanien fuhren.

Als der Stau sich endlich auflöste, hatte Schneider einen Anruf bekommen. Der Anrufer hatte leise gesprochen, aber Luc hatte zumindest hören können, dass es sich um einen Mann handelte. Nachdem er aufgelegt hatte, war Schneider noch mürrischer, dann sagte er: »Es gibt wohl starke Kontrollen. Ich bringe euch über die Grenze.« Auf dem letzten Rastplatz vor der spanischen Grenze hatten sie die Plätze getauscht, Schneider hatte das Steuer übernommen. Sie waren überaus gut informiert: Die Straßensperre fand in der Mautstelle statt. Da standen Panzerfahrzeuge der Gendarmerie, drüben die Guardia Civil. Sie filzten ausnahmslos jedes Auto. Schneider aber hielt seinen Ausweis hoch, und die Beamten lächelten ihm zu, bevor sie ihn passieren ließen. Einfach so. Am Bahnhof von Irún war Schneider in den Zug gestiegen, der zurück nach Bayonne fuhr. Sie aber waren weitergefahren nach San Sebastián, hatten in einem Parkhaus unter La Concha geparkt, dann hatte der Gorilla gesagt: »Der Chef meldet sich.« Und das war's. Luc war gerannt, hatte in der Pension schnell geduscht, dann war er hergekommen, eine halbe Stunde später.

»Dass die Franzosen noch unpünktlicher als die Spanier sind, habe ich schon gehört, aber ich habe es nicht geglaubt. Und nun treffe ich Sie.«

»Verzeihen Sie, Commissaire. Es gab einige Probleme, ich war den ganzen Tag unterwegs.«

»Sie? Sie werden europaweit gesucht. Wo waren Sie denn?«

»In Bordeaux.«

»In Bordeaux?«

»Ja.«

»Wie sind Sie über die Grenze gekommen?«

Luc zuckte die Schultern.

»Was haben Sie in Bordeaux gemacht?«

»Wenn ich Ihnen das jetzt sage, dann müssen Sie mich in jedem Fall verhaften.«

»Gut, dann behalten Sie es besser erst mal für sich. Ich brauche Sie auf freiem Fuß – noch. Bier? Es gibt hier *Estrella Galicia*. Auf der ganzen Welt finden Sie kein besseres.«

»Gerne«, sagte Luc, der hungrig und durstig war. Auf dem Bartresen selbst standen nur wenige Häppchen, was er schade fand. Dafür schleppten die Kellner reihenweise kleine Teller und Brettchen zu den Stehtischen der Gäste, ein Gemisch aus Düften erfüllte die Luft. »Warum treffen wir uns ausgerechnet an diesem Ort? Die Bar gestern passte doch viel besser zu Ihnen.«

»Genau«, sagte der andere, »und deshalb treffen wir uns hier. Weil mich niemand an so einem Ort suchen würde. Es gibt in San Sebastián einige dieser Gastro-Pubs, die schnell öffnen und genauso schnell wieder schließen. Junge Basken versuchen die alte Pintxos-Tradition neu zu interpretieren. Ich finde es ganz scheußlich, aber die Leute sagen, es schmecke phantastisch. Nun können wir heute Abend das Angenehme mit dem Nützlichen verbinden. Hören Sie, Commissaire, ich habe alles überprüft, was ich über Sie finden konnte. Alles, was Sie gestern erzählt haben, klingt für mich schlüssig. Auch wenn ein Restrisiko bleibt, dass Sie ein verwirrter Serienmörder und Drogenschmuggler sind – ich vertraue Ihnen.«

Er brach ab, denn ein Kellner trat heran, und der Polizist bestellte auf Baskisch. Der junge Mann schaute verwirrt drein. Offenbar sprach er kein Baskisch. Also wiederholte Udaletxea alles noch einmal auf Spanisch. Der Kellner nickte und verschwand.

»Es geht alles vor die Hunde«, sagte der Baske. »Irgendwann sprechen hier alle nur noch Spanisch, und dann haben wir den ganzen Kampf umsonst gekämpft.«

»So schlimm?«

»Ja, es verschwindet alles. Die ganzen Eigenheiten. Die Katalanen kämpfen wenigstens laut um ihre Unabhängigkeit, während wir hier nach und nach einknicken – nicht mal mehr Baskisch lernen die jungen Leute.«

»Darf ich fragen, warum man Sie suchen sollte, Commissaire?«

Udaletxea sah ihn verwirrt an.

»Na, Sie sagten gerade, niemand würde Sie an so einem Ort suchen. Wer sucht Sie also?«

Der Kellner stellte die geöffneten Bierflaschen vor ihnen ab und verschwand, immer noch mit nervösem Blick. Hatte er ihn doch erkannt? Eher unwahrscheinlich, dass er in seinem Alter gedruckte Zeitungen las.

»Sagen wir so: Ich habe mich an etwas herangewagt, von dem meine Kollegen sich fernhalten. Oder besser: Ich habe mich an jemanden herangewagt.«

»Was bedeutet das?«

»Das bedeutet, dass hier seit anderthalb Jahren eine ganz große Sache läuft. Aber niemand traut sich, gegen den Urheber zu ermitteln. Entweder ist die Angst zu groß oder – wie im Falle der spanischen Behörden – das Schmiergeld zu beachtlich.«

»Sie glauben, dass Beamte bestochen werden?«

»Auf beiden Seiten der Grenze. Nach allem, was ich höre, betrifft es auch sehr hochrangige Beamte.«

Schneider, dachte Luc. Der hochrangigste von allen im Südwesten.

»Ja«, sagte er, »gut möglich, dass das auch in Frankreich so ist. Ich habe heute einen von ihnen getroffen. Ausgerechnet den Mann, der unseren gemeinsamen Freund von hier vertrieben hat.«

»Ich weiß, von wem Sie reden. Und wenn ich diesen Scheißkerl erwische, dann ist er dran. Obwohl es mir lieber wäre, wenn Etxe ihn erwischt. Dann hätte er nämlich erst recht nichts mehr zu lachen.« Sein Blick war grimmig. »Warum haben Sie Schneider heute gesehen?«

»Wir haben einen Auftrag zusammen ausgeführt. Es ging

um Drogen. Bitte«, sagte Luc flehend, »erzählen Sie mir, was los ist. Was für ein monströses Verbrechen geschieht hier?«

Sie wurden unterbrochen, weil diesmal außer dem Kellner noch eine Kellnerin herantrat, beide trugen Tabletts voller Teller mit teils abenteuerlichen Kreationen. Die junge Frau erklärte jede einzelne, sie sprach fließend Baskisch. Als sie gegangen waren, begann Udaletxea die Gerichte ins Französische zu übersetzen. Alles sah phantastisch aus und roch so gut, die Aromen der baskischen Küche, diese Verbindung von Meer und Bergen, von Fisch und Fleisch und Meeresfrüchten.

»Hier haben wir Pastrami vom baskischen Wildschwein«, begann der Polizist, »hier drüben Tintenfisch in seiner eigenen Tinte. Das hier sind Seeanemonen mit Tigermilch – und dort haben wir Bonito mit geriebenem Ei und Wassermelone.«

»Das klingt alles … außergewöhnlich. Und das hier?«, fragte Luc und zeigte auf ein kleines durchsichtiges Gefäß, das allen Ernstes einer Badewanne nachempfunden war. Drinnen war eine braune Suppe mit kleinen Kugeln auf dem Boden.

»Die Spezialität des Hauses: eine Brühe mit Kichererbsen.«

»Die aussieht wie eine Wanne mit schmutzigem Badewasser?«

»Die jungen Leute eben«, sagte der Baske und rollte mit den Augen.

Luc probierte vom Wildschwein. Es war gepökelt und ganz dünn aufgeschnitten, es schmeckte leicht und gleichzeitig herzhaft – einfach wunderbar. Der Tintenfisch, den er danach probierte, trug kräftige Röstnoten von einer Plancha, die schwarze Tinte gab dem Fisch eine Cremigkeit und Tiefe, so intensiv hatte Luc Pulpo noch nie geschmeckt.

Auch das Bier aus der Flasche war perfekt, nach diesem Tag genau das, was er brauchte.

Sie aßen eine Weile lang schweigend, auch Udaletxea schien guten Hunger zu haben. Dann, nachdem er sich vergewissert hatte, dass sie nicht belauscht wurden, sagte der Baske:

»Vor zehn Jahren waren wir hier auf einer Insel der Glückseligen. Der ETA-Terror war vorbei, diese schreckliche Spaltung unserer Region in Anhänger der Autonomie und Anhänger Madrids war gefühlt Geschichte. Unsere starke Wirtschaft war Garant unserer Autonomie, schon lange sind wir Basken finanziell unabhängig von Spanien, weil wir einfach so gut dastehen. Dazu haben wir durch unsere Terrorvorgeschichte unglaublich viele Polizisten, deshalb gibt es hier weniger Verbrechen als im Rest des Landes. Natürlich gab es auch hier Drogen. Aber Sie wissen es ja: Die wichtigen Schmuggelrouten verliefen ganz woanders. Entweder von Marokko nach Algeciras in Andalusien und von da aus die Mittelmeerküste hoch, dann über Lyon nach Holland oder Deutschland. Oder aus Afrika direkt in den Hafen von Marseille und von dort weiter nach Norden. Wir lagen hier im Schlaf der Glückseligen, es gab hier nur Konsumenten, keinen Schmuggel. Aber dann …«, er stockte, »kamen die Flüchtlinge. Alles änderte sich. Auf einmal ging es nicht mehr um Drogen, an denen die spanische Politik im Zweifel sogar mitverdiente. Sondern es ging um Menschen. Menschen, die Geld und jede Menge Wählerstimmen kosteten, weil die Rechten auf dem Vormarsch waren. Also hat man zum ersten Mal mit Ehrgeiz – und nebenbei gesagt mit Erfolg – die Grenzen geschlossen. Die Balkanroute war zu, ebenso die Grenze zwischen Italien und Frankreich, und der Hafen von Marseille wurde auch zum ersten Mal richtig kontrolliert. Das hat nicht nur die Migranten aus Afrika und Syrien gestoppt, sondern auch die Drogen. Als die Bosse zum zigsten Mal ganze Container verloren, wurde es ihnen zu bunt.«

»Und sie änderten die Route.«

Der Baske nickte.

»Ja, ich habe das früh gesehen und mich gefragt, wohin die Gangster ausweichen. Warum nicht hierher, habe ich gedacht. Und dann hat es begonnen, nicht mit einem großen Knall, sie waren einfach irgendwann da. Sie haben es erst ausprobiert, und dann, als die Polizei ihnen nicht in die Quere kam, haben sie die Route durch das Baskenland verstärkt. Ich bin lange nicht darauf gekommen, wie sie es machen, weil ich es für unmöglich hielt, mehr noch, für Wahnsinn.«

»Wie machen sie es? Sagen Sie schon, Commissaire.« Luc war ganz gebannt.

»Sie versuchen es auf irgendeiner Route aus Afrika nach Spanien – oder sie kommen direkt mit dem Schiff aus Südamerika in irgendeinen portugiesischen Hafen. Früher ging es danach planlos weiter, man hat es immer irgendwie versucht, entweder man wurde geschnappt, dann war das Zeug verloren, genau wie der Schmuggler. Oder es gelang, dann behielt man die Route bei, bis es irgendwann schiefging. Doch nun haben die gelernt. Jetzt wird das Zeug gesammelt. Und zwar nicht irgendwo, sondern hier im Norden, im Baskenland. Und dann machen die Dreckskerle das Unmögliche: Sie bringen die Ware über das Meer nach Norden.«

»Über den Atlantik?« Luc hatte zu laut gesprochen, Udaletxea bedeutete ihm, seine Stimme zu senken. Aber es war einfach zu ungeheuerlich.

»Ja, ich habe auch lange gezweifelt. Zu lange. Allein der Weg aus San Sebastián heraus schien mir unmöglich. Die Küste mit den stärksten Strömungen, all die Felsen – und kein richtiger Hafen. Und dann der Golf der Biskaya. All die Unbilden mit dem Wetter, das ist doch eine Kamikazeaktion, habe ich lange gedacht. Aber nein – sie machen es so. Genau so.«

Luc begann zu begreifen. Er trank einen Schluck von seinem Bier und bat den Kellner mit einer Handbewegung, zwei neue zu bringen.

»Das bedeutet, dass unsere Funde an den Stränden kein Zufall waren, kein Boot aus Kolumbien, das einen Unfall hatte. Es war eine regelmäßige Lieferung, bei der durch den Sturm etwas schiefging.«

»Das denke ich auch. Ich habe alles über Ihre Funde gelesen, es war wohl das erste Mal, dass ich Ihr Foto in der Zeitung gesehen habe, in einem Interview über das Kokain. Ich sage mal so: Es ist natürlich mehr als tragisch, was passiert ist, das arme Kind. Aber für mich – ich kann Gott danken, dass diese Ladung angespült wurde.«

»Wieso?«

»Weil sie endlich nervös werden. Sie saßen bisher sehr fest im Sattel. Durch die Korruption der wichtigsten Behörden fühlten sie sich unangreifbar. Doch die Funde an den Stränden haben nicht nur die Polizei in Frankreich aufgerüttelt, also Sie, Commissaire. Sondern auch das Innenministerium in Madrid und das in Paris, sogar Europol. Und auf der anderen Seite stehen ihnen die Besteller aus dem Norden auf den Füßen, die nicht wollen, dass die Route vor die Hunde geht. Die müssen jetzt schnell eine neue Möglichkeit finden, den Stoff über die Grenze zu bringen. Das Meer ist erst mal vermint.«

Luc sah mit bitterer Miene zum Fenster hinaus.

»Was ist los, Commissaire?«

»Ich habe denen heute dabei geholfen, eine neue Route auszuprobieren«, sagte Luc.

»Sie haben *was*?«

Er hätte sagen können, sie hätten ihn gezwungen, sie hätten ihn mit dem Tod bedroht, sie hätten seine Tochter in ihrer Gewalt, aber er sagte nur: »Es tut mir leid.«

»Was ist hier los, Commissaire? Erzählen Sie mir alles. Das sind Sie mir schuldig.«

Luc nickte und trank die kleine Flasche galizischen Biers in einem Zug aus. Er wusste nicht, was größer war: die Scham über das, was er getan hatte – oder die Angst vor dem, was Udaletxea tun würde, wenn er es erfuhr. Tun müsste.

»Ich habe gestern Nacht mit einem Surfbrett eine Tasche mit Drogen auf ein Boot gebracht, vor Zurriola. Es war eine Tasche voller Kokain. Die gleichen Pakete, die wir an den Stränden der Aquitaine eingesammelt haben. Und heute Mittag habe ich die Grenze zu Frankreich mit einem Auto durchbrochen und Drogen im Wert von zwei Millionen Euro von einer Brücke bei Bordeaux auf ein Schiff geworfen.«

Ihm war, als hörte er einem Fremden zu. Die Stille, die daraufhin einsetzte, war so fundamental, als hätte jemand aus der Ferne alles ausgeschaltet: die Musik in der Bar, die Stimmen der Fremden um ihn herum. Doch in seinem Kopf schrie es, tobte es, und als er den Gesichtsausdruck des Basken sah, dem der Mund offen stand, da war ihm klar: Ab jetzt würde nichts mehr so sein wie vorher. Es dauerte mehr als eine Minute bis Udaletxea wieder sprach, für Luc fühlte es sich an wie eine Stunde.

»Das ist … bemerkenswert. Alles. Obwohl ich als Mann aus San Sebastián, der den Ozean gut kennt, sagen würde: Das ist ein Märchen. Mit dem Surfbrett aus Zurriola aufs offene Meer fahren, unmöglich.«

Er atmete schwer.

»Aber gut, ich glaube Ihnen das, weil ich von dem Grenzdurchbruch gehört habe. Also: Erzählen Sie mir alles, bis ins kleinste Detail.«

Er rückte näher an den Commissaire heran, und dann begann Luc in aller ihm möglichen Ruhe und Ausführlichkeit die Geschichte der letzten beiden Tage zu erzählen. Als er geendet hatte, war Luc heiß, er brannte innerlich regelrecht, und auch dem Basken war anzusehen, dass ihn die Geschichte sehr mitgenommen hatte, es war, als hätten sie eine lange Reise gemacht, eine lange und unwahrscheinliche Reise.

»Gut«, sagte Udaletxea, »ich würde kein Wort davon glauben, wenn mir ein Drehbuchautor diese Serie anbieten würde – aber anschauen würde ich sie trotzdem.«

Luc lächelte. Er mochte den Basken, hatte ihn von Anfang an gemocht. Kein Wunder: Er litt nun wirklich keinen Überfluss an Verbündeten, da würde er den einen, den er hatte – *vielleicht,* musste er sagen, weil er nicht wusste, wie der Kommissar weiter reagieren würde –, nicht gerne hergeben.

»Ich wusste, dass der Mann, um den sich alles dreht, ein rachsüchtiges Arschloch ist, ein Mann, der sich Dinge ausdenkt, die ich nicht mal aussprechen möchte, aber das hier sprengt meine Vorstellungskraft. Sie müssen diesem Mann mächtig auf den Schlips getreten sein, dass er sich so an Ihnen rächt.«

»Von wem reden Sie?« Luc spürte, dass er diesem Polizisten trauen konnte, und doch war alles, was in den letzten drei Tagen passiert war, so lebensverändernd, dass er sich nicht mehr auf seine Menschenkenntnis verlassen wollte.

»Er war einmal ein wichtiger Unternehmer und sogar ein Politiker in Ihrem Land, aber dann ist etwas passiert, weshalb er Frankreich verlassen musste. Er hat sich hier im Baskenland niedergelassen und sehr viel Geld verdient. Ich habe erst spät herausbekommen, womit er all dieses Geld verdient hat. Sie wissen es ja längst, weil Sie ihm nun selbst geholfen haben – er verdient es mit Kokain. Er ist der Zwischenhändler auf dem Weg von Afrika und Südamerika nach Nordeuropa. Vielleicht der größte Zwischenhändler, der in Europa übrig geblieben ist. Er hat ein Imperium erschaffen, mitten unter uns.« Er sah bitter drein. »Und ich kann nichts dagegen tun.«

»Sagen Sie mir seinen Namen.«

Udaletxea sah sich wieder im Raum um, als fürchtete er immer noch, belauscht zu werden.

»Sie haben mir den Namen selbst genannt. Sie wissen es. Le Pagardier«, flüsterte der Baske. »Franck Le Pagardier.«

Luc nickte. Nicht ungläubig oder ängstlich. Sondern fest und wissend.

»Er ist hier«, sagte er.

»Ja. Seit vielen Jahren.«

»Wo genau?«

»Ganz in der Nähe. An einem Ort, der sich uns allen entzieht, ganz einfach, weil wir nicht hingelangen können.«

Luc erinnerte sich an den Blick des Basken, als sie oben auf dem Monte Urgull gestanden hatten. Diesem Blick in die Dunkelheit, der nicht ohne Ziel gewesen war.

»Er lebt auf der Isla Santa Clara. Richtig«, sagte er nickend, als er Lucs zweifelnden Blick auffing. »Das ist dieser Berg im Meer, genau in der Mitte der Bucht von La Concha. Ein Fels im Meer, ein riesiger Fels, der ein wenig bewaldet ist und lange Zeit gänzlich unbewohnt war. Vielleicht ist es das berühmteste Monument von San Sebastián. Eine Insel, die eigentlich der Stadt gehörte, es gibt einen Leuchtturm, und es gab auch bei Ebbe immer einen öffentlichen Strand, den die Bewohner geliebt haben. Vor drei Jahren hat die Stadt die Insel dann verkauft, urplötzlich und mit einstimmiger Wahl im Stadtrat. Die Bewohner waren entsetzt. Aber das beruhigte sich, als klar war, dass fast zwanzig Millionen Euro geflossen sind, als Kaufpreis. Und, wie es hinter vorgehaltener Hand heißt, noch mal genau so viel als Schmiergeld für den Stadtrat.«

»Le Pagardier hat diese Insel gekauft?«

»Genau. Er hat den öffentlichen Strand schließen und sich ein Haus in den Fels hauen lassen. Ein Haus, was sage ich, einen

Palast. In den hohlen Stein gehauen. Es muss ein Vermögen gekostet haben. Die Bauarbeiter mussten eine Verschwiegenheitserklärung unterschreiben.«

Luc und der Baske schüttelten gleichzeitig den Kopf.

»Im 16. Jahrhundert war Santa Clara die Pestinsel, alle Kranken der Stadt wurden dorthin gebracht. Heute lebt dort wieder die Pest. Die menschliche Pest. Der Mann ist ein Scheusal.«

Luc beugte sich noch näher.

»Aber mit allem, was wir jetzt wissen, warum fahren wir nicht einfach dort rüber und nehmen ihn fest? Warum haben Sie das nicht schon lange gemacht?«

»Aus zwei Gründen. Grund eins: Ich könnte einen Haftbefehl bei meinen baskischen Vorgesetzten beantragen, den ich sicher nicht bekommen würde. Und falls doch, würde ich mit einem Boot losfahren und nicht weit kommen. Es sind immer zwei Boote in der Bucht, Tag und Nacht, moderne Boote, klein und wendig. Wie es heißt, sind bewaffnete Männer an Bord, die die Zufahrt zur Insel bewachen. Sie mussten bisher noch nie aktiv werden, deshalb ist nicht klar, ob das so stimmt. Aber ich möchte es ungern ausprobieren. Und auf der Insel soll es auch Waffen geben, viele Waffen. Obwohl ich gehört habe, dass er in den letzten Tagen weniger Männer um sich hat, als wären manche verschwunden, ausgeschwärmt, keine Ahnung, warum.«

Luc sog jedes Wort auf, doch er wagte es nicht zu lächeln. Es gab genau genommen auch noch keinen Grund dafür.

»Woher wissen Sie das alles so genau?«, fragte er.

»Nicht jeder der Bauarbeiter hat sich an die Verschwiegenheitserklärung gehalten. Sie sollen während der ganzen Arbeiten bewacht worden sein, von bewaffneten Russen. Es waren Bauarbeiter aus Nordafrika, die dann zurückgefahren wurden nach Marokko und Algerien. Aber ein paar Basken waren auch dabei, und von denen hat einer geredet.«

»Und der zweite Grund?«

»Ich darf es nicht entscheiden, ihn festzunehmen. Weil ich keine Macht habe, kein bisschen Macht. Das hier ist das Baskenland, klar. Und doch ist es Spanien. Die Regierung in Madrid traut uns allen Beteuerungen zum Trotz nicht über den Weg. Wenn wir einen Haftbefehl erlassen, der der spanischen Polizei nicht gefällt, dann kassiert sie ihn ein. Und mit dem Bullen in Bayonne ist es noch schlimmer – wenn wir eine Anfrage zur grenzüberschreitenden Zusammenarbeit stellen, dann lacht er uns aus.«

»Commissaire Schneider.«

»Wenn ich nicht wüsste, dass Le Pagardier der personifizierte Teufel ist, dann würde ich sagen, Schneider ist es.«

»Ich glaube, er ist nur gierig.«

»Er ist ein so korrupter Mann!«

Luc hatte das Gefühl, dass es nicht gut wäre, dem Basken zu sagen, *wie* gut er Schneider kannte – dass sie am Nachmittag sogar zusammen aus Bordeaux zurückgefahren waren. Es war gut, einige Trümpfe in der Hinterhand zu haben, die nur er kannte.

»Wissen Sie, wie er Etxeberria aus dem Amt getrieben hat? Können Sie mir die ganze Geschichte erzählen?«

Udaletxea nickte wütend.

»Ja. Die Drecksau. Er hat meinen lieben Gilen der Korruption überführt, ich bin mir aber sicher, dass er die Beweise und sogar die Aussagen manipuliert hat. Das war eine Tragödie – aber damals dachte ich nur, dass er ein karrieregeiler Typ ist, der einfach schnell an eine eigene Einheit kommen wollte. Schlimm genug. Heute weiß ich, dass Schneider der korrupteste Bulle ist, den es von hier bis Stockholm gibt. Er hat sich von Le Pagardier den Arsch vergolden lassen. Keine Ahnung, wie viel er kassiert hat. Dafür lässt er alle Anfragen wegen des Franzosen an sich abperlen, mehr noch, als ich das letzte Mal mit meiner Familie über die Grenze wollte, haben die Bullen mein Auto gefilzt, als wäre ich ein Schwerverbrecher. Ich musste mich in der Kabine sogar ausziehen, obwohl sie wussten, dass ich ein Kollege bin. Das war Schneiders Werk, ich bin mir hundertprozentig sicher.«

»Unglaublich«, sagte Luc und meinte es so.

»Was aber das Schlimmste ist: Hier sind alle genauso. Vielleicht sogar für deutlich weniger Geld. Die spanischen Bullen lassen sich von Le Pagardier schmieren, die Staatsanwälte und wie gesagt auch der Stadtrat. Mittlerweile kann ich keine einzige Anfrage oder Recherche mehr machen, ohne dass alle Alarmglocken schrillen und ich gestoppt werde. Von einer Observation ganz zu schweigen. Der Mann hat ein doppeltes, nein, dreifaches Sicherheitsnetz um sich gespannt. Groß wie der Felsen, auf dem er lebt.«

»Aber Sie geben sich damit nicht zufrieden?«

»Wir waren eine Truppe baskischer Polizisten, die angetreten ist, im Geheimen gegen ihn vorzugehen, als klar war, wie viele Drogen von hier aus den Markt überschwemmen. Anfangs waren wir zwanzig Beamte. Mir war klar, dass das zu viele sind, um Geheimhaltung zu garantieren. Also habe ich reduziert, auf fünf Vertraute. Davon sind mir drei von der Fahne gegangen, sie haben sich einfach zurückgezogen und sind Tage später auf einmal mit neuen und sehr teuren Sportwagen zur Arbeit gekommen. Der Letzte, Inur, mein bester Freund, hatte einen Unfall, er ist bei bester Sicht und schönstem Wetter in Hendaye von der Straße abgekommen und gegen einen Felsen geprallt. Er war sofort tot.«

Luc schluckte betroffen. »Sie glauben …«

»Ich habe doch gesagt, er ist der Teufel.«

»Also sind es nur noch Sie allein.«

»Und ich weiß nicht, wann mein Auto von einer Klippe

stürzt oder ich des Nachts in einer Gasse hinterrücks erstochen werde.«

»Er würde so weit gehen, ich habe keinen Zweifel.«

»Was hat er mit Ihnen vor?«

»Er will meinen Tod.«

Luc sagte das so ungerührt, als bestellte er noch ein Bier.

»Wieso? Ich habe in der Presse gesucht und keine Verbindung zwischen Ihnen beiden finden können. Die Akten aus Paris wollte ich nicht anfordern, ich wollte keine Pferde scheu machen.«

»Das ist gut, denke ich.«

»Also, was haben Sie ihm angetan, und was haben Sie nun vor?«

»Ich habe seine komische Schnitzeljagd mitgespielt und alle Aufgaben gelöst. Er wird sich also bald zeigen.«

»Denken Sie? Er verlässt seine Insel nie. Ich habe ihn in all den Jahren meiner Jagd nur dreimal zu Gesicht bekommen.«

»Er hat die größte Rechnung seines Lebens offen – mit mir.«

»Warum?«

Luc wollte gerade beginnen, auch diese Geschichte zu erzählen, als es in Udaletxeas Hosentasche zu summen begann. Genervt nahm der das Telefon heraus und antwortete auf Baskisch. War sein Gesicht zu Beginn des Abends so blass, dass Luc dachte, es ginge nicht schlimmer, so wurde er nun eines Besseren belehrt. Wortlos hörte Udaletxea der Stimme am anderen Ende zu, dann legte er schnell auf. Sein Tonfall war plötzlich ganz anders, zischend und hart:

»Sie müssen gehen, gehen Sie. Die Altstadt wird gleich geräumt.«

Luc erstarrte, aus Angst, aus Wut, weil ihm auffiel, dass er eigentlich noch gar nichts von dem wusste, warum er hergekommen war.

»Sagen Sie mir, wo sie sind. Lea und Aurore. Wo sind sie?«

Doch der Baske war schon aufgestanden und flüsterte in scharf zischendem Französisch:

»Gehen Sie endlich. Die Jagd auf Sie wurde eben ausgeweitet, weil Paris und Madrid wissen, dass Sie hier sind. Die Sache mit dem Kokain, der Grenzdurchbruch, das schlägt richtige Wellen. Verschwinden Sie, sonst landen Sie noch heute Abend im Gefängnis. Und zwar nicht in dem, über das ich bestimmen kann. Hauen Sie ab, das mach ich jetzt auch – wenn wir zusammen gesehen werden, bin ich ein toter Mann.«

Er legte fünfzig Euro auf den Tresen und verließ die Bar so schnell wie ein Mann auf der Flucht. Doch der Mann auf der Flucht war Luc. Er stand auf, zog sich die Kapuze seines Pullovers tief in die Stirn und trat hinaus in die laue Nacht. Noch immer waren die Straßen voll mit Menschen. Lachende, fröhliche, plaudernde, knutschende Menschen. Luc mischte sich unter sie, er sah ihre Gesichter, hörte ihre Stimmen, er lief so schnell es ging, er wollte sich verkriechen, er sah sich immer wieder um, lief um eine und um noch eine Ecke, dann endlich die Tür, sein Schlüssel fiel auf den Boden, weil seine Hände zitterten, er glaubte, eine Sirene zu hören, hob den Schlüssel auf, öffnete die Tür, rannte die Treppe hoch, schloss auch die Tür zur Pension auf. An der Rezeption saß niemand, zum ersten Mal saß da niemand, er öffnete seine Zimmertür und schloss sie schnell wieder, lehnte sich von innen gegen die Tür, die Stirn schweißgebadet und heiß, er schloss die Augen und stand im Dunkeln. Draußen waren Sirenen zu hören, viele laute und schrille Sirenen, und blaue Lichter kreisten durch die Nacht. Und dann sah er es.

Vendredi – Freitag

JÄGER UND GEJAGTER

Pension El Puerto, San Sebastián
Vendredi 2 juin, 1:30

Auf dem Bett lagen nebeneinander eine Zeitung und ein Handy, viel moderner als jenes, das sie ihm vor drei Tagen zugesteckt hatten. Von draußen blinkte wieder die Leuchtreklame herein. Er wollte schreien, aber er traute sich nicht – vielleicht war der Rezeptionist wieder zurück.

Sie waren hier gewesen. Hier, in seinem Zimmer. Sie wussten immer, wo er war. Und überall verschafften sie sich Zutritt.

Er war erschöpft, als hätte ihm jemand den Stecker gezogen. Zitternd griff er nach der Zeitung. *El Diario Vasco.* Eine baskische Zeitung. Er verstand kein Wort. Aber er musste auch nichts verstehen, weil er es war, der die Titelseite schmückte. Und zwar komplett.

Ein Foto von ihm am Steuer der Limousine, wobei auch auf diesem großen Bild ihn nur erkennen würde, wer ihn bereits kannte. Da war der Stern des Mercedes, das spanische Kennzeichen, neben ihm auf dem Beifahrersitz Iwan, der sich klugerweise genau in dem Moment abgewandt hatte. Im Vordergrund des Bildes sprang ein Mann in Zöllneruniform zur Seite. Das Foto war genau in dem Moment entstanden, als Luc die Polizeiabsperrung hinter der Grenze und der Mautstation durchbrochen hatte. Sogar der Stop-Stick war auf dem Bild zu sehen. Kein Zweifel: Es war Schneider gewesen, der mit seinem Handy fotografiert hatte. Dieser Scheißkerl.

Und die Journalisten hatten, um es für alle Leser noch plastischer zu machen, ein kleineres Bild neben das große gestellt. Eine Nahaufnahme. Lucs Gesicht wie eine Maske, total verbissen, er sah richtig verrückt aus, dabei wusste er, dass er nur unter Schock stand, all das Adrenalin, er umklammerte das Lenkrad, die Hände waren ganz deutlich zu sehen, die Knöchel weiß. Er erkannte sich beinahe selbst nicht. Je länger er auf dieses Bild sah, desto mehr kam er sich wirklich vor wie ein Verbrecher.

In der Überschrift stand etwas von *komisarioa* und *Frantzia polizia*, das sagte ihm etwas, den Rest des baskischen Textes aber konnte er nicht lesen.

Er wollte eben aufblättern, um zu prüfen, ob er sich im Innenteil mehr Dinge würde zusammenreimen können, da fiel eine Karte aus der Zeitung. Er zweifelte keinen Moment daran, dass er von *ihm* war. Und richtig, die Schrift, die ausladende Schreibweise, das edle Papier: Le Pagardier.

Monsieur Verlain,
ich hatte ja gehofft, dass sich die Dinge zu Ihren Ungunsten entwickeln – mit meiner werten Mitarbeit natürlich –, aber dass es so vortrefflich gelingt, das hätte ich mir in meinen kühnsten Träumen nicht ausgemalt. Wunderbar.
Sie lesen hier die Titelseite der größten baskischen Tageszeitung – und Sie brauchen sich gar keine Illusionen zu machen: So sehen morgen früh die Zeitungsseiten in ganz Spanien und Frankreich aus – die Geschichte ist einfach zu gut.
Deshalb können Sie auf dem Handy gleich zwei Dinge finden: die Titelstory der Online-Ausgabe von Sud Ouest, *und außerdem*

haben wir Ihnen die Pressekonferenz der Polizei von Bordeaux heruntergeladen, ausgestrahlt in den Abendnachrichten von TF1. Ich muss sagen, dass Monsieur Preud'homme ganz schön krank aussieht – der arme alte Mann, was er nun verkraften muss, sein bester Schüler.
Sei es drum. Sie haben Ihre Aufgaben gelöst. Mit Bravour. Deshalb wird unsere gemeinsame Reise nun bald ihr Ende finden. Aber erst mal kommen wir nun natürlich zum Höhepunkt: Sie dürfen Ihre Tochter sehen. Und Aurore. Morgen Mittag. Im Alderdi-Eder-Park im Stadtzentrum, keine zwei Minuten von Ihnen entfernt. Es gibt dort ein Karussell. Seien Sie um 12 Uhr dort. Und keine Sorge: Die Polizei wird Sie nicht festnehmen, solange meine Männer dabei sind. Schlafen Sie gut.

PS: Kennen Sie eigentlich diesen Spruch? »Ist der Ruf erst ruiniert, lebt es sich ganz ungeniert.« Der hat mir immer gut gefallen. Weil er für mich gilt wie für keinen Zweiten. Ich bin sogar schon wieder dabei, mir einen tadellosen Ruf aufzubauen – den ich mir dann wieder ruinieren kann. Oder ich werde doch noch ein mächtiger Politiker, obwohl das ja auch das Gleiche sein kann. Für Sie allerdings wird der Spruch nicht gelten – Ihr Ruf ist zwar ruiniert, aber damit werden Sie nicht mehr lange leben.

Luc las den vorletzten Absatz mehrmals. Sein Herz schlug so stark, dass er es hörte. Er würde sie sehen. Beide. Lea und Aurore.

Er griff nach dem Mobiltelefon. Rief die Internetseite auf. Es war der Titelbericht von *Sud Ouest*, dasselbe Foto, das ihn eröffnete. Als er die Überschrift gelesen hatte, musste er kurz die Augen schließen, weil ihm so schwummrig wurde. Wie gerne hätte er Le Pagardiers Felsenfestung in Schutt und Asche gelegt.

ER KENNT KEINE GRENZEN: COMMISSAIRE AUF ABWEGEN!

Seitenwechsel: Luc Verlain aus Bordeaux steht unter Drogen- und sogar Mordverdacht.

von Robert Dubois, Bayonne

Bayonne / San Sebastián.
Einst war er ein geachteter Ermittler – doch wenn Sie sich dieses Bild anschauen, können Sie deutlich sehen: Der Mann hat die Seiten gewechselt. Das Gesicht ist nur noch eine Grimasse, als er kurz nach 12 Uhr mittags die Grenze zwischen Spanien und Frankreich an der A63 durchbricht, dabei sogar einen Beamten verletzt, als er eine Polizeisperre überfährt. Luc Verlain, den viele Leser als den Leiter der Brigade criminelle in Bordeaux kennen, vorher Chef der zweiten Pariser Mordkommission. Ein Mann, der Mordfälle löste und Täter zur Strecke brachte. Unkorrumpierbar, so hieß es.
Nun steht dieser Mann unter Verdacht – und die klaren Beweisfotos lassen keinen anderen Schluss zu, als dass sich dieser Verdacht erhärten wird.
Eine kurzfristig anberaumte Pressekonferenz im Hôtel de Police bringt Klarheit. Dort sagte Commissaire Schneider am Mittag: »Es ist unzweifelhaft, dass Monsieur Luc Verlain die Grenze nicht aus Unachtsamkeit durchbrochen hat. Er hat ein Verbrechen begangen. Ich bin fest davon überzeugt, dass der einstige Commissaire im Kofferraum dieser riesigen Limousine Drogen versteckt hatte, die er über die Grenze geschmuggelt hat. Woher er diese Drogen hat und an wen er sie verkaufen wollte, ermitteln wir derzeit. Wir haben nach dem Grenzdurchbruch sofort eine Fahndung ein-

geleitet, ich war überzeugt, dass Verlain die Autobahn recht schnell wieder verlassen hat, zwischen Biarritz und Bayonne. Dort suchen wir ihn jetzt genauer.«

So ungeheuerlich diese Tat auch wäre, es gibt noch eine weitaus schlimmere Anschuldigung gegen Verlain: Er soll vor wenigen Tagen einen ehemaligen Drogendealer aus einer Pariser Banlieue umgebracht haben. Wir berichteten über den Fall. Karim M. soll vor drei Wochen vor seiner Wohnung entführt und dann verschleppt worden sein. Erst zwei Wochen später wurde er ermordet aufgefunden. Ob der Fall ein Racheakt war, weil der Ermordete die Lebensgefährtin von Luc Verlain während ihres letzten gemeinsamen Falles verletzt hatte – oder ob es eine Abrechnung innerhalb des Drogenmilieus war, auch dazu laufen die Ermittlungen.
Genau wie zur Entführung einer jungen Deutschen, mit der Commissaire Luc Verlain Zeugenaussagen zufolge eine Beziehung gehabt haben soll. Sie ist seit Tagen aus ihrer Wohngemeinschaft in Bordeaux verschwunden, und es gibt keine Anhaltspunkte zu ihrem Aufenthaltsort – ihre Mitbewohner sind in großer Sorge.
Sicher ist: Luc Verlain wird nicht entkommen können. Derzeit sucht wohl jeder Polizist in Frankreich und Spanien nach ihm. Und in eigener Sache darf ich schreiben: Ich kenne Luc Verlain sehr gut und habe mit ihm mehrfach zusammengearbeitet. Ich hätte ihm derlei nicht zugetraut, in keinster Weise. Allerdings sind alle Beweise so klar auf dem Tisch, dazu noch die Fotos, dass ich mich hiermit von Commissaire Verlain distanzieren muss und hoffe, dass er sobald wie möglich verhaftet und verurteilt wird.

Luc legte sich auf sein Bett und schloss die Augen, um sich zu beruhigen. Doch es war wie ein Automatismus: Er griff schon nach kurzer Zeit wieder zum Handy. Da war das Video, in der Galerie. Ein Klick, schon startete die Aufnahme. Er sah Anne-Sophie Lapix, die bekannte France-2-Moderatorin, sie sagte die Pressekonferenz in Bordeaux an. Dann der harte Schnitt, und da stand er. Preud'homme, der Commissaire général, der höchste Polizist der Aquitaine, sein Lehrmeister, einer, für den Luc durchs Feuer gegangen wäre.

Er war so grau, wie Luc ihn noch nie gesehen hatte. Die Falten in seinem freundlichen Gesicht waren tiefe Furchen geworden. Er schien um Jahrzehnte gealtert zu sein, in nur wenigen Tagen. Luc erinnerte sich an ihre letzte Begegnung: Preud'homme war wie stets gut angezogen in Anzug und bunter Fliege durchs Hôtel de Police gegangen, ein charmanter Bonvivant. Doch nun sah er aus wie ein gebrochener Mann.

»Meine Damen und Herren, ich sage es mit dem größten Bedauern: Es scheint, dass wir uns alle getäuscht haben. Doch das ist keine einfache Täuschung, hier ist etwas passiert, was mich persönlich in meinen Grundfesten erschüttert. Ich kenne Luc Verlain seit mittlerweile zwanzig Jahren. Er hat unter mir bei der Polizei in Bordeaux begonnen. Vor gut einem Jahr habe ich ihn aus persönlichen Gründen wieder zu uns an die Garonne geholt. Er hatte einen steilen Aufstieg hingelegt, seine Verdienste in der Pariser Mordkommission waren über jeden Zweifel erhaben.

Ich muss ›waren‹ sagen, weil jetzt natürlich auch die Kollegen in Paris ermitteln, ob und wie Luc Verlain seine Fälle manipuliert haben könnte, um daraus womöglich Profit zu schlagen.

Die Filmaufnahmen, die heute Nachmittag an der spanisch-französischen Grenze entstanden sind, sind eindeutig: Wir sehen einen Grenzdurchbruch und den Durchbruch einer Polizeisperre, dabei nimmt Monsieur Verlain sogar den potenziellen Tod von Kollegen in Kauf. Wahrscheinlich ging es darum, Drogen nach Frankreich zu schmug-

geln – und wie Sie wissen, haben wir damit seit den Strandfunden entlang der Küste genug Probleme, mehr noch: Ein kleiner Junge liegt noch immer nicht ansprechbar im Krankenhaus. Nun soll einer von uns an diesem Schmuggel beteiligt sein. Und sich sogar des Mordes schuldig gemacht haben. Ich bestätige hiermit, dass Karim M., das Opfer, in Luc Verlains letztem Fall ein Verdächtiger war und Lucs Lebensgefährtin bei den Ermittlungen verletzt hatte. Einen Racheakt von Luc Verlain können wir derzeit nicht ausschließen.

Ich persönlich habe Folgendes entschieden: Luc Verlain wird mit sofortiger Wirkung von allen seinen Ämtern suspendiert und ihm wird das Recht entzogen, sich Polizeibeamter der Republik Frankreich zu nennen.

Die Fahndung nach dem Mann läuft. Wir müssen davon ausgehen, dass er noch seine Polizeiwaffe trägt, sie ist ihm bei seiner Flucht wieder in die Hände gefallen, so die Aussage des ermittelnden Commissaire aus Bayonne. Deshalb müssen wir feststellen, dass der Mann gefährlich ist. Wenn Sie ihn sehen, nähern Sie sich ihm nicht, sondern informieren Sie unverzüglich die nächste Polizeidienststelle oder den Notruf unter der Nummer 15.

Wir erwarten die baldige Festnahme von Luc Verlain. Das Strafmaß für die Taten, die er begangen haben soll, ist lebenslängliche Haft. Ich danke Ihnen für Ihr Kommen.«

Ohne eine Nachfrage zuzulassen stieg Preud'homme langsam von seinem Podest und verschwand, verfolgt von den Kameras. Er drehte sich nicht mehr um.

Luc schmiss das Handy aufs Bett, rannte ins winzige Badezimmer, die Luft hier drinnen war stickig und feucht, dann übergab er sich in die Toilette. Schwer atmend richtete er sich nach Minuten auf, wusch sich den Mund, mied den Blick in den Spiegel und ging zum Fenster. Niemand war zu sehen. Niemand, den er kannte, unter all den Nachtschwärmern. Auch keine Polizei. Das war gut.

Robert Dubois hatte ganze Arbeit geleistet. Aber, verdammt: Wie um alles in der Welt hatte er Preud'homme vergessen können? Was zur Hölle tat er ihm da an?

Alderdi-Eder-Park, San Sebastián
Vendredi 2 juin, 11:55

Die dreihundert Meter von der Pension bis hinunter an die Strandmauer war ein Spießrutenlauf gewesen. Er hatte keine Ahnung, ob ihn jemand erkannt hatte – aber es hatte sich auf jeden Fall angefühlt, als folgten ihm Tausende Augen.

Luc Verlain. Staatsfeind Nummer eins. In diesem Moment sicherlich.

Er hatte sich durch die Gassen geschlagen, das Basecap tief ins Gesicht gezogen, dabei hatte er versucht, niemanden anzusehen, dabei aber zugleich jeden zu beobachten. Es war schrecklich.

Er hatte die ganze Nacht nicht geschlafen. Wach in seinem Bett gelegen. Ans Fenster. Hinaussehen. Wieder ins Bett. Er hatte sich gewälzt, bis auch das Laken schweißnass gewesen war. Morgens um vier war er kurz eingenickt, aber die Albträume hatten ihn eingeholt, bevor es fünf Uhr war. Ein kleines, gesichtsloses Mädchen, ein Mann mit einem Messer. Der Mann hatte ein Gesicht gehabt. Das Gesicht von Franck Le Pagardier. Sein Lachen. Dann hatte sich das Gesicht verändert. Es war zu Lucs Gesicht geworden. Das Lachen aber, das scheußliche Lachen war geblieben.

Um sechs hatte er es gewagt, er hatte die Pension verlassen und war eine Stunde durch die menschenleere Stadt gelaufen. Er war nur drei Betrunkenen begegnet, sonst war niemand in den Straßen. Er hatte die frische Luft gespürt, die Kühle, den Wind vom Meer. All das hatte ihn besänftigt. Doch zurück in der Pension, war die Angst wiedergekommen. Und die Wut. Auf den Mann. Und auf sich selbst. Warum war er nicht noch besser vorbereitet gewesen? Auf diesen teuflischen Plan.

Er fühlte sich krank, ausgelaugt, fiebrig. Gleichzeitig wusste er, dass all das zu einem Ende kommen würde. In Kürze schon. Es würde kein gutes Ende nehmen. So weit war er jetzt. Und er war bereit dafür. Wenn er nur Lea retten könnte. Aurore. Und Anouk.

Er vermisste Anouk so sehr, dass es körperlich wehtat. Wo war sie? Warum war sie so lange nicht zu Hause gewesen?

Es war fünf vor zwölf, als er auf Umwegen den Alderdi-Eder-Park erreichte. Es war leer hier, zu leer. Luc erschrak, als er sah, warum. Er verschwand sofort in einer Häuserecke in der Hernani Kalea und spähte von dort hinüber.

Da standen gepanzerte Fahrzeuge der *CNP*, der Policía Nacional, also nicht der baskischen Autonomiepolizei, sondern der Truppen aus Madrid, und auf dem Platz sah er die dazugehörigen Beamten verteilt, alle in Uniform. Sie sahen unruhig hin und her. Es waren sicher zwanzig Polizisten. Neben ihnen standen zwei weitere Männer in dunklen Anzügen mit Knöpfen in den Ohren. Sie sahen aus wie die Leibwächter eines wichtigen Politikers.

Was ging hier vor? Luc wagte sich nicht aus der Deckung. Er sah auf die Uhr gegenüber. Eine Minute vor zwölf.

Er hörte das Röhren, bevor er sah, woher es rührte. Ein Bootsmotor, satt und voll, ähnlich dem, den er vor zwei Nächten schon einmal gehört hatte.

Nein, nicht ähnlich. Es war dasselbe Boot. Er sah es in der Ferne, es raste auf den Strand von La Concha zu. Heute sah er es also im Hellen. Ein schickes Holzboot, einer Yacht ähnlich, mit tiefen Aufbauten, das Deck war so blank poliert, als würde das Boot an einem Concours teilnehmen. Der Motor und die Schraube hinterließen ein Muster im blauen Wasser, symmetrisch, strotzend vor Kraft.

Er sah das Boot kurz vor dem Strand bremsen, dann verschwand es aus seinem Blickfeld. Sekunden später erstarb das Röhren. Nach einer weiteren Minute sah er sie, sie kamen die weiße Treppe vom Strand herauf, in einem Pulk, doch er war zu weit weg, um sie genau zu erkennen. Er sah nur eine Frau und ein Kind, ein Mädchen. Die Frau, die zweifelsohne Aurore war, beugte sich hinab und sagte etwas, und das Kind rannte los. In Richtung Park, in Richtung Karussell. Aurore drehte sich kurz um, und der Mann nickte ihr zu. Luc erkannte ihn sofort. Franck Le Pagardier. Er war es. Sein Nicken hieß, dass Aurore gehen könne. Zu ihrer Tochter. Zu seiner Tochter. Zu Lea.

Luc beugte sich weiter vor, um die drei nicht aus dem Blickfeld zu verlieren. Einer der Männer im schwarzen Anzug trat zu Le Pagardier und sagte ihm etwas. Daraufhin sah der sich um, und sein Blick suchte, nein, traf vielmehr zielgerichtet genau auf Luc. Es lag etwas Verwundertes darin, aber nur für Sekundenbruchteile, dann lächelte Le Pagardier – lächelte tief und wissend. Er nickte Luc zu. Dann hob er die Hand, es sollte wohl ein Winken andeuten, es lag etwas Huldigendes darin.

Luc wollte sich ohrfeigen, dass er nicht vorsichtiger gewesen war. Sie wussten in jeder Sekunde, wo er steckte. Wenn sie wollten, könnten die Männer in Schwarz ihn jetzt umlegen – oder die Polizisten auf dem Platz ihn verhaften.

Doch als er sein mieses Versteck kurzerhand aufgab und

die leere Straße überquerte, schien es, als würden die Uniformierten ihn gar nicht wahrnehmen, es war, als würden sie sich immer genau dann wegdrehen, wenn er gerade in ihr Blickfeld geriet. Beim ersten Mal dachte Luc, es sei Zufall, beim dritten Mal war er sich nicht mehr so sicher. Hatte Le Pagardier all diese Polizisten bestochen? Das war doch nicht möglich.

»Monsieur Verlain«, sagte er laut einmal über den Platz, er stand unter einem der Schatten spendenden Tamarindenbäume und er sah so aus, wie Luc ihn von ihrer ersten Begegnung in Erinnerung hatte, damals im feinen Haus am Bois de Boulogne. Er schien nicht ein Jahr älter geworden zu sein. Irgendwie hatte er aber seinen Stil verändert. Sah er damals aus wie ein konservativer Politiker – Zweireiher, Weste, breite Krawatte –, so gab er jetzt den erfolgreichen Unternehmer moderner Prägung, der oberste Knopf des weißen Hemdes stand offen, dazu ein schlichter blauer Anzug. Eine nonchalante Erscheinung, und dennoch war nichts in seinem Gesicht einprägsam – das fiel Luc sofort wieder auf.

Sie standen sich gegenüber, und ringsum schien sich alles zu verlangsamen, als wäre das der Showdown, auf den sie beide so lange gewartet hatten.

Wahrscheinlich war es genau so. Luc jedenfalls hatte Jahre darauf gewartet.

»Monsieur Le Pagardier«, sagte er leise und spürte, dass er in diesem Moment nicht einen Bruchteil der Selbstsicherheit hatte, die sein Gegenüber verströmte. Er blickte sich immer noch nervös um. Die Männer in Schwarz standen in Reichweite, aber auch sie blickten nicht zu ihnen hin, sondern suchten die Gegend ab.

»Sie brauchen nicht nervös zu sein«, sagte Le Pagardier gönnerhaft, als hätte er Lucs Gedanken erraten. »Sie sind hier in Sicherheit. Wir sind alle – quasi – zu Ihrem Schutz hier. Kommen Sie, setzen wir uns dort vorne hin, dann können Sie sehen, weshalb Sie gekommen sind.«

Er führte Luc zu einer weißen Bank, von der aus man einen guten Blick auf das Karussell hatte. Luc stockte der Atem.

Aurore. Und das Mädchen. Das von hier aus so aussah wie er selbst auf Kinderfotos. Er erinnerte sich an das Foto auf dem Kaminsims im Haus seines Vaters. Luc als Achtjähriger. Lea war ihm wie aus dem Gesicht geschnitten. Wuschelige dunkle Haare. Der dunkle Teint. Er löste sich, wollte auf das Karussell zugehen, doch Le Pagardier beschleunigte ebenso, und sein Ton veränderte sich augenblicklich.

»Setzen Sie sich auf die Bank, Verlain. Jetzt … Keinen Schritt weiter …«

Luc drehte sich zu ihm um. »Und wenn ich das nicht tue?«

»Dann wird Ihre Tochter miterleben, wie ein ihr völlig fremder Mann in einem sonnigen Park von mehreren Polizisten auf den Boden geworfen und mit Handschellen abgeführt wird.« Le Pagardiers Ton war schneidend. »Und Aurore wird denken, wie gut sie es doch mit mir hat. Wird den Kopf schütteln und mir nie Fragen danach stellen, was hier passiert ist. Was auch besser für sie sein wird. Und an Sie, Verlain, komme ich auch im Gefängnis ohne Probleme ran. Verstanden? Also, hinsetzen.« Luc warf einen Blick auf Lea, die von ihrer Mutter eben in der ersten Etage des historischen Karussells auf ein Pferd gesetzt wurde. Aus den Lautsprechern dröhnte *Yellow Submarine*. Dann setzte er sich auf die Bank, und Le Pagardier nahm neben ihm Platz.

»Da wären wir«, sagte er, und seine Stimme war wieder kontrolliert und seidig.

»Was wollen Sie von mir, Monsieur Le Pagardier?«, fragte Luc, ohne den Blick von Lea zu nehmen. »Sagen Sie es mir, denn ich weiß es nicht. Was soll dieses ganze Theater?«

»Ach«, sagte der Mann mit einem Lächeln, »es tut so gut zu spüren, dass sich Geschichte eben doch wiederholen kann – mit verteilten Rollen. Erst haben Sie mich gejagt und auch bekommen, und nun ist es genau andersherum. Aber darüber sollten wir bei anderer Gelegenheit reden. Ich bin nur kurz herübergekommen, damit Sie noch einmal, oder besser: zum ersten und letzten Mal Ihre Tochter sehen können. Nun ist der Moment da. Ist sie nicht reizend? So ein Schatz. Ich sage es Ihnen.«

Luc ballte die Fäuste, während er Lea lächeln sah. Von einer hydraulischen Stange bewegt, trabte das Pferd im Kreis. Aurore stand neben ihr und hielt die Kleine fest, Luc konnte ihr Juchzen bis hierher hören. Beide gingen so im Moment auf, dass sie nicht zu ihnen herübersahen.

»Wenn Sie Lea auch nur ein Haar krümmen, Le Pagardier, ich schwöre es Ihnen, dann bringe ich Sie um. Und zwar so langsam und grausam, dass Sie …«

»Sparen Sie sich das, Verlain, Sie werden dazu keine Gelegenheit bekommen. Aber, um Sie zu beruhigen, mir geht es beileibe nicht um eine Sechsjährige. Mir geht es einzig und allein um Sie.«

»Was wollen Sie?«

»Sehen Sie, wir lassen die Damen jetzt noch zwei Runden fahren, und dann werden wir uns von hier verabschieden. Sie verlassen diese schreckliche Pension, in der Sie wohnen. Dazu müssen Sie noch nicht einmal dahin zurück. Ihre paar Habseligkeiten haben wir schon abgeholt. Ontze, der Rezeptionist, ist ein alter Freund von mir. Sie gehen nur die paar Meter dort hinüber ins *Hotel de Londres y de Inglaterra*, das beste Haus am Platz, wie Sie sich denken können. In Zimmer 411 ist alles für Sie vorbereitet. Ich wollte, dass Sie einen schönen letzten Ausblick haben. Einen Ausblick auf mein wundervolles Zuhause, wenn ich das hinzufügen darf. Es ist alles bezahlt. Im Zimmer finden Sie weitere Instruktionen. Wir werden heute Abend reichlich Zeit haben, um miteinander zu plaudern. Sehr viel Zeit. Ich freue mich sehr darauf. Hier ist Ihre Zimmerkarte. Gehen Sie nicht an die Rezeption, ich möchte nicht, dass Sie doch noch verhaftet werden.«

Er reichte Luc eine dieser typischen Chipkarten für das Öffnen von Hoteltüren. Weißes Plastik mit dem Logo des *Hotel de Londres y de Inglaterra,* das direkt hinter ihnen an der Strandpromenade lag.

»Sie sind in Eile, Le Pagardier, das spüre ich. Ich denke, dass Sie mit dem Feuer spielen. Aurore weiß gar nicht, dass wir uns kennen – und dass ich hier bin, richtig? Und sie darf es nicht erfahren, weil sie dann doch Fragen stellen würde.«

Le Pagardier sah ihn scharf an, räusperte sich und sagte dann mit seinem unnachahmlichen Timbre in der Stimme, diesem Säuseln, diesem Schwingen: »Sie haben immer schnell gedacht, Verlain. Damals, als Sie sich entschieden haben, mich gegen alle Gesetze zu verraten – und heute wieder. Aber heute wird sich das nicht wiederholen. Wenn Sie sich ihr zu erkennen geben, dann sterben alle. Sie, das Mädchen und Aurore. Verstanden? Wir sehen uns heute Abend.«

Er stand auf und gab seinen Männern ein Zeichen. Die beiden Typen in Schwarz traten näher und bauten sich vor Luc auf, während Le Pagardier zum Karussell verschwand.

»Sie gehen in die andere Richtung«, sagte einer der beiden. Luc blickte unverwandt zu Lea. Was, wenn es wirklich das letzte Mal wäre, dass er sie sah? Er versuchte, sich ihr Lachen einzuprägen. Die Farbe ihres gelben Sommerkleides. Aurores versonnenen Blick, sie schaute ihre Tochter so an, wie sie damals Luc angesehen hatte, und doch ganz anders: Die Liebe, die heute in ihrem Blick lag, war beständig. Noch nie hatte Luc Aurore so schön gefunden.

Hotel de Londres y de Ingleterra, San Sebastián
Vendredi 2 juin, 17:30

Hatte er einen Plan gemacht? In einem dicken Buch – mit allen Stationen, Zeiten, Karten? Oder auf einem großen Flipchart, ein Foto von Luc in der Mitte und von ihm ausgehend Schnüre zu allen anderen Personen, zu Aurore, Lea, Anouk, Karim – so, wie es bei diesen merkwürdigen Fernsehsendungen immer war, wo autistische Menschen Ermittler spielten.

Luc fragte sich das wirklich: Wie hatte Le Pagardier dies alles geplant – sein ganzes teuflisches Werk?

Jeder Mensch kann zum Mörder werden. Luc hatte diesen Satz schon so oft gehört. Auf der Polizeischule, im Krimi, später im Polizeihauptquartier am Pariser Quai des Orfèvres. Er hatte ihn verinnerlicht, wie ihn jeder Polizist verinnerlicht hatte. Er hatte genickt, wenn er auf Partys danach gefragt worden war. *Stimmt das wirklich? Glauben Sie das, Commissaire? Dass jeder Mensch töten könnte?*

Ja, hatte er gesagt. Weil er es so gelernt hatte. Aber wenn er ganz ehrlich war, hatte er es gleichzeitig für viele Menschen in seinem Leben, ganz sicher für Anouk, für Alain, seinen Vater und auch für sich selbst ausgeschlossen. Natürlich hatte er schon in Notwehr schießen müssen, doch er hatte immer auf die Beine gezielt und bisher großes Glück gehabt. Keiner der Menschen, auf die er aus Selbstschutz hatte schießen müssen, war gestorben.

Zum Mörder zu werden, einem Menschen ganz bewusst und willentlich das Leben nehmen – undenkbar. Zu groß war Lucs Respekt vor dem Gesetz, vor den Regeln, die seine Republik zusammenhielten, vor den Menschenrechten. Und sicher auch die Angst vor dem Töten selbst.

Doch nun, heute, in diesem Hotelzimmer, das so weit oben über der Straße thronte, dass er den Eindruck hatte, direkt unter ihm würde das Meer beginnen, da hätte Le Pagardier hereinkommen können, und er hätte ihn ohne zu zögern getötet, und wenn es hätte sein müssen, mit bloßen Händen.

Diesen Mann, der alles aufs Spiel setzte: dass Luc seine Tochter kennenlernte. Dass er Aurore würde um Verzeihung bitten können. Dass er Anouk wiedersah. Anouk, die spurlos verschwunden war. Dass sein Baby einen Vater hatte. Sein Bauch krampfte sich so sehr zusammen, dass er sich krümmte.

Er ging zum Balkonfenster und öffnete es, stieß es weit auf und atmete tief ein. Beim Blick von hier oben, aus der vierten Etage dieses hundert Jahre alten Belle-Époque-Hotels, gab es nur drei Farben: das helle Gold des Sandes, das tiefe Dunkelblau des Wassers, das überging ins helle Blau des Himmels, ein Azur, das seine Augen beinahe schmerzen ließ, weil es so hell und strahlend war und ihn an die schönsten Tage seines Lebens erinnerte – heute, an einem der dunkelsten Tage.

Der Ausblick aus seinem Zimmer war wirklich atemberaubend. Wenn da nicht diese Insel gewesen wäre mit der besonderen Rolle, die sie für sein Leben spielte. Santa Clara. Der bewaldete Felsen inmitten der Bucht. Der seine Blicke magisch anzog. Wenn er genau hinsah, konnte er die Fenster erkennen, die mitten in den Stein gehauen waren. Dort wohnte er. Wohnten sie auch dort? Aurore und Lea? Stimmten seine Informationen wirklich? Es war entscheidend, dass sie stimmten. Dass alles aufging, was er sich vorgenommen hatte. Es war lebenswichtig. Für sie drei.

Er sah, wie das Wasser gegen den Strand brandete, in dieser lang gezogenen Kurve, die die Bucht nachzeichnete, drei Kilometer breit, ein perfekter Halbkreis. Hier kamen die Wellen nur noch mit verminderter Kraft an, doch er konnte auch zwei Kilometer weiter nach Norden sehen, dort, wo die großen Wellen aus dem offenen Meer anlandeten und an die Felsen krachten. Die Wetterseite der Isla Santa Clara. Ein Schauspiel, das von mörderischen Kräften erzählte. Unglaublich, dass er dort draußen mit dem Surfbrett überlebt hatte. Unglaublich, was ein Mensch alleine schaffen konnte. Er bekreuzigte sich am offenen Fenster, dankte Gott für diese Rettung, dann schloss er die Augen, atmete tief ein und aus, bevor er sie wieder öffnete und sich dem Zimmer zuwandte, dieser riesigen Suite, die in keinem Vergleich stand zu dem feuchten und miefigen Loch, in dem er vorher gewohnt hatte.

Hier hatte er zwei Zimmer, ein Wohnzimmer und ein Schlafzimmer, mit alten hölzernen Möbeln und einem riesigen Himmelbett mit dicken weißen Daunendecken, es gab schwere Teppiche in Dunkelblau, ein Marmorbad mit Wanne und Dusche, und dazu diese bodentiefen Fenster mit ihrer schmiedeeisernen Brüstung, die hinaus aufs Meer gingen.

Er hatte den Smoking bisher ignoriert, doch nun ging er langsam darauf zu, er hing an der Garderobenwand im Wohnzimmer. Mit einer Stecknadel war eine Karte daran festgepinnt:

Willkommen im wohl schönsten Hotel Spaniens.
Mein Fahrer wird Sie um 20.30 Uhr abholen. Er wird Sie danach zu mir bringen. Bitte ziehen Sie den Smoking an, aus Respekt vor

dem Ort, an dem wir uns treffen. Und aus Respekt vor diesem sehr besonderen Tag. Sie Polizisten sind immer so schlecht angezogen.
Bis nachher, Verlain.
Ich freue mich auf Sie. Wirklich.

Franck Le Pagardier

Er betrachtete den feinen Zwirn, den glänzenden schwarzen Stoff mit den Aufschlägen aus Seide, das weiße Hemd, den Kummerbund, die schwarze Fliege.

Er würde Le Pagardier, wenn es sein musste, auch im Smoking erwürgen.

Die Müdigkeit ergriff Besitz von ihm, er hatte seit gefühlt drei Tagen nicht mehr geschlafen. Jetzt legte er sich in Klamotten auf das komfortable Bett und versank in der weichen Decke. Er schloss die Augen, hörte durch die offenen Fenster nur noch die Wellen und von fern leise Stimmen fröhlicher Menschen. Wie gern hätte er Anouk gehört, seine Anouk, die Stimme, die er von allen auf der Welt am meisten liebte, und mit diesem Gedanken schlief er endlich ein, glitt davon in einen tiefen und traumlosen Schlaf.

Quai des Orfèvres, 10:50
14 Jahre früher, August 2002

»Luc?«

Keine Antwort.

»Luc?«

Yacine fragte nun lauter, vor einem Monat hatte sein Vorgesetzter ihm das Du angeboten. Der Commissaire schreckte hoch. »Ja, was?«

»Ich hab mir langsam Sorgen gemacht. Ich bin vor zwei Stunden ins Büro gekommen, und da saßt du da schon, hast aus dem Fenster gesehen und sahst aus, als hättest du die ganze Nacht nicht geschlafen. Und nun schaust du immer noch hinaus und sagst kein Wort, ignorierst das Telefon, und ich überlege, ob du einen Schlaganfall hattest.«

Luc rang sich ein Lächeln ab. »Das Telefon hat geklingelt?«

»Dreimal.«

»Was Wichtiges?«

»Nein.«

»Na, siehst du.«

»Luc.«

»Ja?«

»Was ist los?«

»Nichts.«

»Du denkst immer noch an die Frau, oder?«

Luc sagte nichts, sondern sah wieder aus dem Fenster und beobachtete das Ausflugsschiff von *Bâteaux-Mouches*, das ein Deck voller Touristen über die Seine schipperte, gerade passierten sie den Quai des Orfèvres, das Hauptquartier der Pariser Polizei, das sicher nur die wenigsten kannten, sie alle warteten auf die Vorbeifahrt an der Kathedrale von Notre-Dame. Er aber saß hier drinnen, hinter den dicken Sandsteinmauern in der dritten Etage dieses altehrwürdigen Baus.

Yacine hatte recht, er dachte an die Frau, aber eigentlich dachte er noch mehr an den Mann, der die Frau umgebracht hatte. Er dachte an Franck Le Pagardier. Seit zwei Monaten dachte er ununterbrochen an ihn. Er hatte sogar schon eine kleine Affäre mit einer Frau beendet, weil sie ihn angefahren hatte, er sei ja mit seiner Arbeit verheiratet und überhaupt nicht bei der Sache, wenn er mit ihr zusammen sei. Es stimmte. Auch sie hatte recht. Er konnte nicht mit ihr essen gehen, nicht mit ihr ins Musée d'Orsay, nicht mit ihr feiern, nicht mit ihr schlafen, solange dieser Mann da draußen frei herumlief.

Es war ein Gefühl, das er nicht kannte, diese miese Hilflosigkeit. Er war schon eine Weile bei der Mordkommission, und er hatte bis hierher jeden seiner Fälle gelöst. Doch diese Serie schien nun abzureißen. Er kam nicht weiter. Er hatte nichts in der Hand. Keine Indizien oder Beweise, nicht mal ein Motiv. Es gab keine Spuren vom Ehemann an der Leiche, der Politiker hatte sogar bereitwillig eine DNS-Probe abgegeben. Sie hatten vor zwei Wochen einen Landstreicher festgenommen, der im Sechzehnten zwei Einbrüche verübt hatte, die er beide zugab. Einen Einbruch oder gar einen Mord im Hause Le Pagardier wies er aber weit von sich. DNS-Spuren auch hier: absolute Fehlanzeige.

Luc hatte den Politiker noch mehrfach besucht. Immer war der ausgesucht höflich geblieben. Und dennoch war Lucs Bauchgefühl nicht verschwunden. Er war es. Er hatte seine Frau umgebracht. Ihr die Kehle aufgeschnitten.

Vor drei Wochen hatte Luc genug gehabt. Er hatte begonnen, in Le Pagardiers Vergangenheit zu wühlen. Hatte sich Steuerakten kommen lassen und die Handelsregisterauszüge des Unternehmers. Sie waren aufschlussreich, aber Verbrechen gingen daraus nicht hervor – bloß Ungereimtheiten. Nichts, gar nichts, das einen Mord auch nur annäherungsweise erklärte.

Die Wahlen standen kurz bevor, in einer Woche würde gewählt – und dann hätte Le Pagardier die Immunität eines Abgeordneten. Klar, die würde sich aufheben lassen, wenn Luc doch noch Beweise fand – aber die waren nicht in Sicht, und Ermittlungen gegen einen Mann vom Kaliber Le Pagardiers würden sich im Verborgenen schlecht führen lassen.

»Ich muss mal an die frische Luft«, sagte Luc, stand auf und streifte seine Lederjacke über, noch war der Frühsommer in Paris nicht recht angekommen.

»Kann ich mitkommen?«, fragte Yacine, aber Luc reagierte nicht darauf und ging hinaus. Er wollte allein sein – mehr noch: Er musste allein sein, weil er etwas vorhatte.

Hotel de Londres y de Inglaterra, San Sebastián
Vendredi 2 juin, 20:30

Luc schlüpfte durch die Lobby wie ein Geist. Draußen stand die schwarze Limousine mit laufendem Motor, und der Mann, der den Schlag aufhielt, war natürlich niemand anderes als Iwan.

Er bot ihm sein fiesestes Grinsen und hieß Luc auf der Rückbank Platz zu nehmen. Dann fuhr er ihn schnell und zielstrebig über die Promenade am Meer entlang, durch den Antiguako-Tunnel, links glänzten die Belle-Époque-Villen der reichen Basken, einige Minuten später verschwand das Meer, und die Umgebung wurde grüner, hügeliger.

Sie fuhren steil bergan. Der Russe schwieg und so auch Luc, der durch die verdunkelten Scheiben in die blaue Stunde hinaussah. In einer halben Stunde würde es draußen stockduster sein.

Sie hielten auf einem Parkplatz, der für viele Autos ausgelegt war. An diesem Abend aber schien beinahe niemand hier zu sein, nur ein großer Sportwagen stand am anderen Ende des Parkplatzes. Iwan öffnete ihm die Tür, und im Licht der einzigen Straßenlaterne in der Ferne erkannte er, dass es ein roter Ferrari war.

Neben dem Parkplatz stand ein einziges großes Haus. Es wirkte beinahe unscheinbar. Hier leuchtete keine funkelnde Reklame, da war nur ein winziges Schild. Gold auf Weiß.

Als er vorbeiging, Iwan dicht hinter ihm, las er: *Akuzo*.

Es ratterte in seinem Kopf, er kannte den Namen, wahrscheinlich kannte ihn jeder in Paris. *Akuzo*. Einer der fünf großen Gourmettempel Europas, in denen man zwei Jahre vorher reserviert haben musste, um einen Tisch zu bekommen. Weil die Küche so kreativ, außergewöhnlich – und dazu außerirdisch teuer war. Doch von außen war das nicht zu sehen: ein moderner Würfel, der aussah wie ein Baumarktparkhaus, nur ohne Fenster. Eine Tür. Daneben eine goldene Klingel. Luc drehte sich zu Iwan um, der nickte. Er drückte auf die Klingel. Sekunden später öffnete sich die Tür, und eine junge Frau in einem schwarzen Kleid erschien.

»Guten Abend, Monsieur Verlain«, begrüßte sie ihn in akzentfreiem Französisch. »Herzlich willkommen im *Akuzo*. Haben Sie Garderobe, die ich Ihnen abnehmen darf?« Luc schüttelte den Kopf. Er musste eingeschüchtert aussehen, dachte er. Er wusste schlicht nicht, was ihn erwartete. »Gut, dann begleite ich Sie zu Ihrem Tisch.« Sie liefen durch einen dunklen Flur, von dem Türen abgingen, es gab nur schummriges indirektes blaues Licht wie in einem Aquarium. »Sehr wenig Autos auf dem Parkplatz«, sagte der Commissaire, als der Flur kein Ende nehmen wollte. So groß hatte das Gebäude von außen gar nicht ausgesehen. »Ja, Sie erleben einen sehr besonderen Abend im *Akuzo*«, antwortete sie, während sie sich umdrehte und ihm zulächelte. »Das gibt es hier nicht oft, ich habe es selbst nur zweimal erlebt – und immer mit diesem Herrn.«

Sie kamen an eine elektrische Tür, die geräuschlos aufglitt. Sie gingen hindurch, und Luc stockte der Atem. Ein großer Raum, so modern wie karg eingerichtet. Zwanzig Tische aus hellem Holz, dazu schlichte Sessel mit beigefarbenem Bezug. Sie standen mit dem Abstand, der diskrete Gespräche erlaubte, in zwei Reihen nebeneinander auf der ganzen Breite des Restaurants und bildeten wie in einem Kino die Sitzbänke für die eigentliche Szenerie, die vielleicht atemberaubendste Kulisse, die Luc je gesehen hatte. Die komplette Rückseite des Würfels bestand aus Glas. Rahmenlos und bodentief. Es wirkte, als würden die Tische am Fenster gewissermaßen über dem Meer schweben. Nur vereinzelt ragten Felsen aus dem Wasser. Das Blau des Ozeans mischte sich zu dieser Stunde mit dem fackelnden Rot des Sonnenuntergangs. Ein Feuerwerk der Farben, dem das Publikum fehlte – denn jeder der Tische war leer. Nein, nicht ganz. Links außen, dort, wo auch die Ecke des Würfels komplett verglast war und von wo man den allerbesten Blick auf alles hatte, saß er – das Chamäleon, der Mann ohne Eigenschaften, der es vermochte, sich hier in die Landschaft einzufügen, gleichermaßen mit ihr zu verschmelzen, sodass er erst auf den zweiten Blick zu entdecken war. Franck Le Pagardier sah zur Tür und hob die Hand, auf seinem Gesicht lag ein Lächeln. Luc trat auf ihn zu, und da stand der Mann auf, gewandet in einen Smoking, der genau aussah wie jener, den Luc trug – nur verzichtete Le Pagardier auf den Kummerbund, und seine Fliege war in einem feierlichen und glänzenden Lila gehalten.

»Willkommen, Monsieur Verlain«, sagte er, und seine Stimme hallte durch den leeren Raum.

»Franck Le Pagardier …«, sagte Luc und trat näher. Der andere stand auf, blieb aber hinter dem Tisch stehen. Wie gerne hätte Luc die ausgestreckte Hand weggeschlagen – er wagte es nicht. Sie berührten sich, ein Händedruck, Luc wurde wieder schwindelig. Die Augen dieses Mannes, der seine Frau umgebracht hatte, diese zur Schau gestellte Selbstsicherheit, und er musste nun mit ihm … »Bitte, nehmen Sie doch Platz, Sie sehen, wir sind ganz ungestört.«

»Wenn Sie da sind, will niemand anders hier sein, was?«

Le Pagardier zuckte nicht einmal mit der Wimper, setzte sich und sah ihn demonstrativ genervt an. »Ich bitte Sie, Verlain, lassen Sie doch diese ungehobelte Art, zumindest für diesen Abend, diesen feierlichen Abend. Sehen Sie, ich habe das gesamte Lokal reserviert – ich kann mir denken, dass Sie es sich mit Ihrem Beamtengehalt nicht leisten können, sich auch nur vorzustellen, was das kostet. Jedes Menü in diesem Restaurant kostet dreihundert Euro für eine Person, macht bei 35 Gästen am Abend zuzüglich Wein fast fünfzehntausend Euro. Aber Sie sehen, das sind Sie mir wert, Monsieur l'Ex-Commissaire.« Er wies auf den leeren Stuhl ihm gegenüber, und endlich setzte sich Luc hin. »Wussten Sie, Verlain, dass San Sebastián gemessen an der Einwohnerzahl die meisten Michelin-Sterne weltweit hat? Mehr als Paris, mehr als London, mehr als New York, sogar mehr als Tokio.«

Sein Gesicht glänzte, und Luc spürte seinen Stolz darüber, so reich zu sein, dass er einen solchen Gourmettempel nur für sich alleine mieten konnte. Er lehnte sich in seinem Stuhl zurück. Wenn Le Pagardier vorhatte, wonach es aussah, war es nun auch egal. Er würde sich entspannen, nur für diesen Abend. Sich entspannen und all das herausbekommen, was er wissen musste.

»Kyoto hat noch mehr Sterne, habe ich gehört«, sagte Luc trocken und sah, wie Le Pagardier kurz die Mundwinkel abrutschten. Doch er fing sich schnell wieder.

»Oh, ein Polizist, der den Guide Michelin liest.«

»Na, ich muss doch wissen, wo die feine Gesellschaft verkehrt. Obwohl mir die Pintxos unten in der Stadt viel lieber sind als der edle Fraß hier oben. Aber für Sie als Drogenbaron ist ein schöner Abend unter Freunden in der Altstadt wohl eher nicht vorstellbar, habe ich recht?«

Le Pagardier lachte ein hohes Lachen. »Sie verkehren die Tatsachen, Verlain. Nicht ich bin es, dessen Antlitz die Tageszeitungen des ganzen Kontinents schmückt, sondern Sie. In Ihrer Lage sind die Pintxos in der Altstadt in ganz weite Ferne gerückt. Ich hoffe, Sie hatten die letzten Abende noch mal Gelegenheit dazu, Weißbrot mit scharfer Wurst zu genießen – herrje, diese Spanier …«

Mit großer Geste trat ein alter Mann in Weste und Fliege heran, unverkennbar der Chefkellner des Hauses. Sein weißer Oberlippenbart war an beiden Seiten zu einem Kringel verdreht. »Meine Herren, Señor Le Pagardier, ich heiße Sie im *Akuzo* wieder herzlich willkommen. Wie bestellt servieren wir Ihnen das Menü des Chefs. Darf ich Ihnen dazu wie stets eine Flasche Dom Pérignon von 1988 bringen?«

»Sehr gern«, erwiderte Le Pagardier und konnte seine Freude über die vertraute Begrüßung nicht verhehlen. »Und, Señor, können Sie schon einmal eine Flasche Château Latour öffnen? Ist der 1977er noch im Keller?«

»Natürlich, Señor Le Pagardier. Sie hatten ihn doch extra für diesen Abend bestellt. Ich werde ihn sofort für Sie dekantieren.«

»Sie haben wirklich an alles gedacht«, sagte Luc, als der Mann im Weinkeller verschwunden war.

»Sie meinen, dass ich aus den über hunderttausend Flaschen, die hier unter uns in einem Tresor im Felsen lagern, ausgerechnet den Wein Ihres Geburtsjahrgangs bestellt habe? Ja, ich denke, Verlain, an seinem letzten Abend auf Erden den Wein seiner Geburt zu trinken, hat doch etwas. Gerade für einen Mann wie Sie, der so eine enge Beziehung zu Trauben hat. Der Latour ist sicher herrlich, auch wenn 1977 nicht der beste Jahrgang war. Warum sind Sie nur nicht 1982 geboren? Egal, er wird uns gut schmecken. Und gleich …« Er verstummte, weil in diesem Moment die Musik einsetzte, ganz leise und im gleichen glockenklaren Klang wie in diesem feinen Salon in Paris, vor so vielen Jahren. »So, nun ist es perfekt«, sagte Le Pagardier dann und lächelte zufrieden, lehnte sich zurück und schloss die Augen. »Haben Sie die Musik eigentlich erkannt, damals in meinem Salon?«

»Sie klingt jedenfalls so staatstragend, wie Sie es gerne wären, Le Pagardier. Ist sicher von einem Deutschen.«

»Sie machen mir Spaß, Verlain«, sagte der andere grinsend. »Fast richtig, Haydn war Österreicher. Es ist der dritte Satz seiner 44. Sinfonie, gespielt von der *Academy of Ancient Music*. Die Sinfonie wird auch die *Trauersinfonie* genannt. Wissen Sie, Verlain, es passte so gut zu diesem Moment damals in Paris, dieses Stück, als Sie und ich uns kennengelernt haben. Weil es ein Abschied ist, mit so vielen ruhigen und traurigen Abschnitten – aber für mich war es natürlich auch ein Neuanfang.«

»Sie sind ein Perverser, Le Pagardier. Ein Neuanfang als Mörder. Sie hatten Ihrer Frau wenige Stunden zuvor die Kehle aufgeschlitzt.«

»Lassen wir das, Verlain. Es gibt so viel anderes zu besprechen und …«

Der alte Kellner trat heran, rückte einen Champagnerkühler näher und öffnete mit großer Geste, aber ohne auch nur ein winziges Geräusch zu machen, die alte Flasche mit dem unverkennbaren Wappen des Hauses Dom Pérignon, dem schwarzen Stern auf goldenem Etikett, dem Traubenkranz. Er schenkte ein, und Le Pagardier hob sein Glas. Luc zögerte.

»Auf den Abend, Verlain. Ob Sie mit mir anstoßen oder nicht, der Champagner wird uns beiden schmecken.«

Luc nahm sein Glas und trank es, ohne den anderen anzusehen, in einem Zug aus. Lautlos glitt der Kellner wieder herbei und schenkte sofort nach, ohne die Miene zu verziehen.

»Nun ja«, sagte Le Pagardier und räusperte sich, dann trank auch er, allerdings nur einen kleinen Schluck. Sofort entspannten sich seine Züge wieder. »Ja, ich habe an alles gedacht. So wie Sie, als Sie mich damals vernichtet haben. Obwohl: An eines haben Sie nicht gedacht. An die Brillanz meiner Rache. Daran, dass meine Reaktion endgültig sein würde.«

Luc wollte etwas erwidern, doch da kam der Kellner wieder an den Tisch.

»Meine Herren, der Reigen beginnt«, sagte er und servierte einen kleinen Brotkorb, dazu Oliven und mehrere kleine Häppchen, die auf einer weißen Platte so kunstvoll dargeboten waren, dass sie von einem Maler oder einem Skulpteur zu stammen schienen – nicht von einem Koch.

»Hier haben wir karamellisierte Millefeuilles von Aal, Foie gras und grünem Apfel. Das hier sind unsere entkernten Austern mit einer Sojaemulsion und Algensalat – und dieses hier ist der berühmte Pintxo San Sebastiáns nach *Akuzo*-Art: der Gilda-Pintxo.«

»Was ist das?«, fragte Luc, der die leicht geeiste Skulptur auf dem Teller erstaunt ansah.

»Unten in der Stadt ist es ein Zahnstocher, auf dem eine Sardelle, eine Peperoni und eine Olive aufgesteckt sind. Hier ist das alles in verschiedenen Aggregatzuständen etwas überraschender kombiniert.«

»Aber warum heißt der Happen *Gilda*?«

»Herrje, Verlain«, fuhr Le Pagardier auf, »Sie müssten noch so viel über San Sebastián lernen. So hieß der Film mit Rita Hayworth, den die Spanier wegen seiner Freizügigkeit liebten und den die katholische Kirche daraufhin als ungebührlich gebrandmarkt hat. Damit wurde Rita Hayworth hier im Baskenland eine Ikone – sie galt als Zeichen der Auflehnung gegen die Obrigkeit. Und so hat dann jemand den Pintxo nach Gilda benannt, weil er genauso süß, salzig und sehr pikant ist.«

»Monsieur Le Pagardier, ich hätte es nicht besser sagen können«, meinte der Kellner und klang dabei so, als würde er es nicht ganz so meinen, »hier, meine Herren noch der Überblick über den heutigen Abend.«

Er reichte ihnen eine Karte aus Papier, auf der in baskischer Sprache die Ingredienzen des folgenden Menüs standen. Le Pagardier vertiefte sich darin, dann nahm er die Karte, faltete sie zusammen, steckte sie sich in den Mund und kaute genüsslich. Luc sah ihn überrascht an.

»Es ist ein Menü für die Sinne«, erklärte der Drogenbaron, »hier können Sie alles essen, das war mit Trüffeln aromatisiertes Esspapier. Dieser Koch ist ein Künstler.«

Er wollte nichts essen, nicht mit diesem Mann, wirklich nicht. Andererseits war er hier, und es würde sicher helfen, mehr herauszubekommen über Le Pagardier, wenn er ihm diesen Auftritt nicht versaute. Diesen Auftritt, den der Verrückte so herbeigesehnt hatte. Also griff Luc nach seinem Besteck, murmelte »Bon appétit« und nahm von der Auster und danach von dem legendären Pintxo. Beides war phantastisch. Die Aromen waren so komplex, bei jedem Bissen gab es ein Feuerwerk von Süße, Säure, Bitterkeit, die Auster schmeckte, als kostete er die Essenz des Ozeans. Wirklich ein kulinarisches Meisterwerk.

Er spürte, wie Le Pagardier ihn beobachtete, als wollte er prüfen, ob der Frieden echt war. Irgendwann schien er beruhigt zu sein, weil er selbst begann, die Vorspeisen zu essen. Als Luc einmal aufsah, fragte der andere sogleich: »Und, ist es nicht phantastisch?«

»Sehr, sehr gut«, murmelte Luc.

Als sie geendet hatten und der Kellner sogleich die Platte vom Tisch räumte und den dekantierten Rotwein einschenkte, lehnte sich Luc zurück.

»Es ist komisch, dass mir das zuerst einfällt, aber: War es Iwan, der in der Nacht, als er in mein Haus einbrach, Gaston zusammengeschlagen hat?«

Le Pagardier nahm vom Wein und schüttelte den Kopf.

»Er hat mich überrascht, der alte Dummkopf, dieser Gaston. Dabei habe ich die Taschenlampe nur ganz kurz angemacht. Nein, Verlain, solche wichtigen Sachen lasse ich nicht von einem Handlanger erledigen, auf keinen Fall. Es gibt viel, bei dem ich mir Hilfe hole – aber die Jagd auf Sie war ja keine lästige Arbeit wie dieser schreckliche Drogenschmuggel, sondern eine wahre Freude. Und die gönne ich mir selbst.«

»Der arme alte Mann wäre fast gestorben, nachdem Sie ihn niedergeschlagen hatten.«

»Nun, er hätte sich nicht in Gefahr bringen sollen. Ich hatte doch keine andere Wahl.«

»Und alles wegen einer Haarbürste …«

»Ich war mir, als ich Lea zum ersten Mal gesehen habe, sofort sicher, dass es Ihr Kind ist, Verlain. Aber dennoch brauchte ich einen Beweis, damit Sie auch wirklich darauf anspringen. Mit dem Vaterschaftstest konnte ich auch alles besser timen.«

Luc schüttelte den Kopf und griff zu dem Weinglas mit dem Médoc seines Geburtsjahrgangs. Sofort dachte er an das Schloss in Saint-Julien, in dem er vor wenigen Tagen mit seinen Freunden gesessen hatte. Es schien ihm, als wäre es Ewigkeiten her. Doch als er den ersten Schluck nahm, verflüchtigte sich dieser Gedanke – ach was, alle Gedanken. Sie lösten sich auf in dieser Tiefe, dieser Dichte, diesem Geschmack, der einer Explosion gleichkam. Was für ein Wein. Unglaublich, dass die Trauben für diese Flasche in dem Moment in voller Blüte standen, als seine Mutter ihn noch in ihrem Bauch getragen hatte – und in dem Moment geerntet wurden, als sie mit ihm in den Wehen lag. Der Wein hielt bis heute – und er wurde immer besser.

Luc hätte nie gedacht, dass er jemals in seinem Leben eine solche Legende wie einen *Latour* von 1977 trinken würde. Er nahm noch einen Schluck, dann betrachtete er mit ernstem Interesse Le Pagardier.

»Gut, Monsieur, erzählen Sie es mir: Wie haben Sie Aurore und Lea gefunden?«

Der andere beugte sich auch vor, nun saßen beide über den Tisch gelehnt, von außen mussten sie ein vertrautes Bild abgeben – konnte man sie für Freunde halten? Er roch das Parfum von Le Pagardier, er hätte schwören können, dass es das gleiche war wie damals im Salon in Paris.

»Es war ein genialer Schachzug, oder, Verlain? Sagen Sie doch selbst.« Er hatte vor Eifer ganz rote Wangen. »Mir war klar, dass ich Sie eines Tages hier vor mir haben würde. Eines Tages, ich habe es mir geschworen in den Wochen, nachdem Sie mich aus Frankreich und aus meiner politischen Zukunft herausmanövriert haben, eines Tages würde ich Sie hier sitzen haben, und dann würde ich Sie zur Strecke bringen. Doch dafür musste ich alles über Sie herausfinden. Ich habe damit begonnen, Ihnen zu folgen, ungefähr ein Jahr nach meiner Flucht, als sich die Aufregung um mich etwas gelegt hatte. Ich war oft in Paris, Verlain, und Sie haben mich nie bemerkt. Ich bin Ihnen gefolgt, war nach Ihnen in Ihren Cafés, habe gesehen, mit wem Sie tranken, aßen, schliefen. Wussten Sie, dass Sie in der Rue Verneuil eine Wanze hatten? Ich habe Sie Ihnen eingebaut, vor zehn Jahren war das. Sie hat leider nur ein halbes Jahr gesendet, ein chinesisches Modell, wie schade. Danach war Ihre Tür besser gesichert, ich bin nicht mehr in Ihre Wohnung gekommen. Aber dann, vor acht Jahren, trat

Aurore in Ihr Leben. Wissen Sie noch, wo Sie sich zum ersten Mal begegnet sind?«

Luc schien kurz zu überlegen, dabei wusste er die Antwort genau. Er hatte sich die ganze Geschichte in den letzten Tagen Dutzende Male erzählt.

»Ich denke, es war in der *Bar du Marché* in der Rue de Seine.«

»Ganz genau. Ich war an dem Abend auch dort. Ich saß gegenüber, in der Ecke am Fenster, während Sie an der Bar standen und sich zum ersten Mal anlächelten. Da war eine Energie in der Luft, meine Herren. Ich fand Aurore schon damals sehr anziehend, aber dass es sich so entwickeln würde …«

»Was meinen Sie?«

»Na, dass ich irgendwann das Bett mit ihr teilen würde, das hätte ich damals natürlich noch nicht gedacht.«

»Sie sind wirklich …«

»Sie haben gleich die erste Nacht miteinander verbracht, Aurore war damals anscheinend eine wilde junge Frau. Ich kann Ihnen sagen, sie ist ruhiger geworden. Danach waren Sie im Kino, zweimal Essen, einmal tanzen. Und dann haben Sie, Verlain, Aurore wieder verlassen und durch eine andere ersetzt. Sie hieß Delphine. Die Frau, mit der Sie dann immer wieder zusammen waren, eine klassische Pariser On-off-Beziehung.«

»Sie sind ja besser informiert als mein Vater.«

»Oh, Verlain, wenn Sie wüssten. Was ich mich aber frage, ist, in welcher Nacht Sie wohl Lea gezeugt haben. Gleich in der ersten?«

Luc wartete, gespannt wie ein Tiger vor dem Sprung.

»Die Entdeckung, dass Aurore schwanger ist, habe ich eher zufällig gemacht. Ich habe immer eine Liste mit Ihren engen Kontaktpersonen gehabt, zu jeder Zeit, bis heute, und ich habe jeden auf dieser Liste immer mal wieder beobachtet und observiert. So kam auch Aurore noch mal in mein Visier, etwa ein halbes Jahr, nachdem Sie sie verlassen hatten. Sie können sich vorstellen, wie groß mein Staunen war, als ich ihren dicken Bauch sah, im Jardin du Luxembourg. Sie saß da, ganz ruhig und entspannt, las die *Madame Figaro* und sah dabei so glücklich und selbstvergessen aus, dass ich es nie vergessen werde. Ich habe mir den Bauch angesehen und gerechnet. Und es schien mir möglich.«

»Haben Sie Aurore dort angesprochen?«

»Nein, noch lange nicht. Aber ich habe sie fortan ganz oben auf meine Observationsliste gesetzt. Ich habe sie ständig beobachtet, in manchen Monaten mehr als Sie, Verlain. Ich habe in der Metro geholfen, den Kinderwagen die Treppen hinaufzuwuchten. Da habe ich das Baby zum ersten Mal gesehen. Lea. Von diesem Tag an hatte ich keinen Zweifel mehr. Diese dunklen Augen, die dichten dunklen Haare. Ihre Tochter.«

»Und dann haben Sie sich an sie herangemacht.«

»Sehr viel später, Verlain. Ich habe begonnen, ihr Leben zu steuern. Habe dafür gesorgt, dass sie einen guten Job hatte, dass sie aus der Gastronomie herauskam. Eine Tochterfirma meiner Holding hat sie angestellt. Ich habe einen Mann bezahlt, der mit ihr ausging.«

Luc sah ihn mit offenem Mund an.

»Wieso haben Sie das gemacht? Sie sind ein Psychopath, Le Pagardier. Obwohl ich daran ja ohnehin keinen Zweifel hatte. Aber dieser ganze Aufriss – Aurore hätte doch von selbst Arbeit und Mann gefunden.«

»Ich wollte sie kontrollieren«, sagte Le Pagardier, »nachdem ich mir überlegt hatte, wie ich Sie, lieber Ex-Commissaire, am besten unter Druck setzen kann – mit Menschen, die Sie lieben.«

»Sie …«

»Ja, Ihre Wut habe ich mir hart erarbeitet, Verlain. Ich habe alles bis ins kleinste Detail geplant, als ich mir sicher war, dass Aurore Ihre Tochter ausgetragen hat, ohne Sie darüber zu informieren. Eigentlich wollte ich mit meiner Rache warten, bis Sie in Paris noch weiter aufgestiegen wären. Den Leiter der zweiten Mordkommission zu erledigen, wäre schon gut gewesen. Aber ich war mir sicher, dass Sie irgendwann den Quai des Orfèvres leiten würden. Dann wollte ich zuschlagen. Sie selbst haben die heiße Phase des Planes vorverlegt, als Sie wegen Ihres Vaters nach Bordeaux gezogen sind. Da war mir klar, dass ich handeln musste. Aus zweierlei Gründen: Erstens fühlten Sie sich noch nie so sicher wie hier in der Aquitaine – und zweitens wären Sie mir und meiner Organisation gefährlich geworden. Sie sind ein kluger Bulle, irgendwann wären Sie uns draufgekommen. Da hätte es gar nicht diesen kleinen dummen Kokainunfall gebraucht.«

»Dazu habe ich gleich noch viele Fragen. Aber wie haben Sie es geschafft, Aurore zu sich zu holen?«

»Ich habe damit begonnen, kaum, dass Sie in die Aquitaine versetzt worden sind. Ich habe ihr kündigen lassen, und dann hat der Mann, den sie liebte, begonnen, mit ihr zu streiten, weil sie ständig so unglücklich war. Schließlich hat er sie verlassen.«

»Der Mann, den Sie dafür bezahlt hatten.«

»Sehr richtig«, sagte er, und seine Miene zeigte nicht einen Hauch von Reue. »Ich habe sie wieder allein beobachtet, habe gesehen, wo sie spazieren ging und wo sie abends mit Freundinnen den Apéro nahm. Dort war dann auch ich. Beim ersten Mal habe ich sie nur angelächelt. Ich mag ihre Augen, ich mag ihren Stil, dieses ein wenig verruchte Pariserische, das hat mich immer wahnsinnig angemacht. Christine hatte das nie. Aurore, sie hat mich nicht wahrgenommen, natürlich nicht – also nicht als potenziellen Liebhaber. Ich weiß durchaus, dass ich nicht aussehe wie Sie, Verlain, mein Potenzial ist eines, das sich erst später erschließt.«

»Das kann ich mir vorstellen«, sagte Luc trocken.

»Beim zweiten Mal habe ich sie angesprochen und auf ein Glas Champagner eingeladen. Und eine Woche später habe ich sie ausgeführt, ins *Jules Verne*.«

Das Restaurant auf der zweiten Ebene des Eiffelturms, dachte Luc. Ein nobler Schuppen, der Alain Ducasse gehörte und Sterneküche mit einem unvergleichlichen Ausblick servierte.

»Ich habe es so gemacht wie bei Ihnen, Verlain, ich habe einfach den ganzen Laden reserviert, und dann saßen wir da ganz allein, wir zwei. Ich denke, zuerst war es ihr unheimlich, und dann fühlte sie sich nur noch geehrt. Wenn ich ihre Reaktion nach dem Dîner in meinem Hotelzimmer richtig beurteile …«

Luc beugte sich über den Tisch und sagte leise zischend: »Du solltest meine Geduld nicht überstrapazieren. Es ist nicht ausgeschlossen, dass ich dich einfach zuerst töte.«

Le Pagardier betrachtete ihn interessiert, aber Luc spürte, wie es hinter seiner Fassade brodelte. Er atmete schwer.

»Sie haben recht, Verlain. Man sollte nie mit den Gefühlen eines anderen spielen. Aber sie ist wirklich ganz reizend.«

»Mir steht nicht der Sinn danach, über Ihre Gefühle für Aurore zu sprechen.«

»Sie sollten genau zuhören, wenn Sie wissen wollen, wie sich alles entwickelt hat. Nun, Aurore hat zuerst gedacht, ich hätte sie nur für eine Nacht beeindrucken wollen. Aber ich habe ihr klargemacht, dass ich mit ihr zusammen sein will. Und es gibt nur eine Art, einer Frau zu zeigen, dass man es ernst meint – indem man ihr die Welt zu Füßen legt. Das habe ich getan. Sie mit Geschenken überhäuft, Privatjet nach Dubai, all den Kram, den sie nie im Leben erreicht oder gesehen hätte. Bis sie eingewilligt hat, mit Lea nach San Sebastián zu ziehen.«

»Und seitdem ist sie das Burgfräulein in Ihrem Schloss der Finsternis.«

»Schön ausgedrückt«, sagte Le Pagardier lachend. »Ja, Lea und sie leben bei mir. Die Kleine spricht schon perfekt Spanisch, nach einem halben Jahr. Unglaublich, was Kinder so können. Na ja, sie hat ja Ihre Gene, Monsieur l'Ex-Commissaire. Jedenfalls habe ich dann den Test machen lassen, ein Haar von Lea hat gereicht. Aurore wusste natürlich von nichts.«

»Haben Sie sie …«, Luc schluckte.

»… gefragt, warum Sie Ihnen nichts von Lea erzählt hat?«, ergänzte Le Pagardier. Luc nickte stumm.

»Sie hat gespürt, dass Sie andere Prioritäten haben, Verlain. Die Jagd nach dem Bösen. Das sei Ihre Mission, hat sie gesagt. Und damit hatte Sie ja auch recht, oder? Sie haben doch viel lieber mich gejagt, als vollgekackte Windeln zu wechseln, hm? Ansonsten spricht sie aber sehr gut von Ihnen. Fast zu gut für meinen Geschmack. Sie weiß übrigens nicht, was man Ihnen vorwirft. Ich habe alle Medien von meinem Felsen verbannt. Ich wollte nicht, dass Aurore beginnt, Fragen zu stellen.«

Luc war erleichtert und konnte nicht mal genau sagen, wieso. Er war Aurore seit sieben Jahren nicht mehr begegnet. Und nun? War sie die Mutter eines Kindes. Und er war der Vater. Das Kind aber lebte mit ihr bei dem gefährlichsten Mann, den er je kennengelernt hatte.

»Weiß Sie denn etwas von Ihren finsteren Geschäften?«

»Sie stellt keine Fragen. Sie genießt lieber die Aufmerksamkeit, die sie von Männern wie Ihnen nie bekommen hat.«

»Ich wusste, dass Sie ein Mörder sind, Le Pagardier, ein kaltblütiger und brutaler Mann. Aber dass Sie Kinder vergiften – und Jugendliche in vielen Ländern abhängig machen, das hätte ich nicht gedacht.«

Ein Schatten legte sich auf Le Pagardiers Gesicht, doch bevor er etwas erwidern konnte, kam der Kellner wieder.

»Meine Herren, ich bitte Sie, unterbrechen Sie Ihre Unterhaltung für diese Köstlichkeiten.«

Es hatte lange gedauert bis zum Hauptgang, doch nun wurde er serviert, ein jeder von ihnen bekam einen Teller, und in die Tischmitte stellte der Kellner etwas, das Luc erst auf den zweiten Blick erkannte: Es war tatsächlich ein Tablet, ein eingeschaltetes iPad, darauf war der bewegte Ozean zu sehen, im Hintergrund lief leises Meeresrauschen. Auf dem Bildschirm drapiert war ein Filet von einem weißen Fisch, »Seewolf«, wie der Kellner gleich darauf erklärte, an einem Rhabarber-Carpaccio, dünne Scheiben des längs aufgeschnittenen Gemüses und dazu frittierte Lilienblüten. Es sah phantastisch aus, gleichzeitig so fremdartig und köstlich und war so kunstvoll arrangiert, dass Luc einen Foodfotografen bei der Arbeit wähnte. Nun brachte der Kellner einen weiteren Teller, auf dem sich längliche Fische kringelten, die Spaghetti ähnelten, sie waren praktisch durchsichtig, ihr Inneres war zu erkennen, die Organe, es war ganz und gar faszinierend.

»Ich weiß nicht, ob Sie *angulas* kennen. Es sind Glasaale, die echten natürlich, nicht diese künstlich produzierten Imitate aus Fischprotein. Wir haben sie Ihnen ganz simpel zubereitet, über Holzkohle, sie werden begleitet von Blumenkohl und Safran. Ich wünsche einen guten Appetit.«

Luc griff mit seiner Gabel nach einem Glasaal und probierte ihn, er schmeckte viel würziger und herber, als er es diesem kleinen Fisch zugetraut hatte. Er schloss für einen Moment die Augen.

»Sehen Sie«, sagte Le Pagardier, »das ist auch gleich die Antwort auf Ihre Frage. Sie haben mir genommen, wonach ich im Leben eigentlich trachtete: das Ansehen und den guten

Ruf, mit dem ich als Politiker in Frankreich viel Macht gehabt hätte. Nach Ihrem Verrat hatte ich keine Gelegenheit mehr dazu. Also blieb mir nur eine Möglichkeit: Ich wählte das Geld. Und davon verdiente ich in kurzer Zeit so viel, wie ich es als Politiker nie gekonnt hätte. Dass ich dadurch auch noch zur bedeutendsten Persönlichkeit dieser Stadt geworden bin, das hätte ich mir nicht träumen lassen – aber so ist es.«

»Sie sind ein mieser Drogendealer …«

Vollkommen ungerührt schnitt Le Pagardier ein Stück von seinem Fisch ab und strich es durch die Sauce, unter der das Videomeer schwankte, und sah Luc schließlich seelenruhig an.

»Ob ich den Markt bediene oder ob ein anderer es tut, das ist doch völlig egal. Sehen Sie, die Maschine muss immer weiterrollen. Die Konsumenten von Berlin über Amsterdam bis Stockholm warten auf ihren Nachschub. In all diesen Städten gibt es Clubs, die sind die ganze Woche geöffnet. Die Leute feiern nicht und nehmen nebenbei Drogen – sondern sie feiern, weil sie dann Drogen nehmen können. Und wenn ich erst an all die Börsenmakler denke, an die Verrückten in den Werbeagenturen, an all die Internetfirmen – Europa ist abhängig von meinem Stoff.«

»Ein kleines Kind hat an einem Strand eine Fingerspitze voll mit Ihrem *Stoff* in den Mund genommen. Ich habe den Rettungshubschrauber gesehen, als er mit dem Jungen abhob. Ich weiß nicht, ob der Junge überhaupt noch lebt. Verstehen Sie, Le Pagardier? Ein Kind …«

Der andere sah sich nervös um, weil Luc laut gesprochen hatte, sehr laut. Doch nichts passierte. Der Kellner schien nur zu hören, was er hören wollte.

»Ja, das war eine ganz schreckliche Sache. Glauben Sie mir, Verlain, das wollte ich nicht. Wie könnte ich es auch gewollt haben – es versaut mir schließlich meine Route, sonst hätten wir Sie ja nicht die Grenze durchbrechen lassen müssen. Nein, das war einfach ein schlimmer Unfall, ein großes Versehen. Ich hätte unter normalen Umständen nicht auslaufen lassen, aber ein großer Kunde in Oslo hat die dreifache Menge gezahlt, weil er dringend Ware brauchte. Also musste ich liefern. Ich habe meine Männer rausgeschickt, mit dem größten Boot unserer Flotte. Aber vor La Rochelle gerieten sie in einen Orkan, das Boot schwankte so sehr, dass zwei Kisten mit Stoff ins Meer fielen. Sie haben natürlich versucht, die Ware zu retten, aber zuerst mussten sie ihr Leben retten, sie haben einen Hafen angesteuert. Und die Kisten trieben an die Küste, ich war wild vor Wut. Ich wusste, was das bedeutete. Es konnte alles gefährden, das ganze Geschäftsmodell. Der Junge … Das war furchtbar für mich. Niemals wollte ich Kinder in die Geschichte hineinziehen.«

»Sie nehmen Lea als Geisel.«

Le Pagardier fing an, mit einem Finger auf den Tisch zu klopfen, in einem gleichbleibenden Stakkato, seine Stimme war mit einem Mal matt.

»Jetzt hören Sie doch auf mit Ihrem Gutmenschenscheiß. Sie wüssten überhaupt nichts von Ihrer Tochter, Verlain, wenn ich Sie nicht mit der Nase draufgestoßen hätte. Aurore hätte Ihnen nie etwas gesagt.«

»Wer hat Karim getötet?«

Schlagartig veränderte sich Le Pagardiers Haltung wieder, hatte er eben genervt gewirkt, zog er jetzt spöttisch eine Augenbraue hoch, er wirkte fast belustigt.

»Soll ich Ihnen das wirklich beantworten? Sind Sie dafür nicht zu klug?«

»Waren das auch Sie?«

»Der kleine Scheißkerl – ich dachte, ich tue Ihnen damit

einen Gefallen, Verlain. Schließlich hat er Ihre schwangere Freundin die Treppe heruntergestoßen. Herrgott, was sind Sie denn für ein Waschlappen? So eine Existenz hat doch auf der Welt nichts zu suchen.«

»Sie haben ihn brutal ermordet, um es mir in die Schuhe zu schieben?«

»Das war der angenehme Nebeneffekt, ja. Ich war schon vor Wochen in Nanterre, was für ein schreckliches Loch, in dem der wohnte. Ich habe ihn auf dem Parkplatz vor dem Haus abgefangen und ihn eingesackt, und dann hab ich ihn noch zwei Wochen verköstigt, bevor er dann von Ihren Kollegen gefunden wurde – natürlich mit Ihrer DNS am ganzen Körper.«

»Wie ist das, einen Menschen mit seinen eigenen Händen zu ermorden, Le Pagardier? Zu sehen, wie das Leben aus den Augen weicht?«

»Was wollen Sie, Verlain? Ein Psychogramm von mir? Das kann ich Ihnen geben – ich bin gewitzter, klüger, gerissener und ja, sicher auch brutaler als Sie. Deswegen werde ich gewinnen.«

Luc blickte auf die Armbanduhr des anderen, ein teures Schweizer Modell. Kurz nach zehn. Es wurde Zeit. Er lehnte sich in seinem Stuhl zurück.

»Die nächsten Stunden werden zeigen, dass dem nicht so ist, Le Pagardier.«

»Hach, Verlain, was für ein mieser Versuch …«

Doch der Blick des Mannes, auch wenn er sichtlich darum kämpfte, die Oberhand zu behalten, war plötzlich prüfend, auf der Hut.

»Wer sagt Ihnen denn, Franck, dass ich nicht längst wusste, was hier gespielt wird. Und wer Sie sind. Und dass ich Ihre Idee mit der DNS auch hatte – nur mit einer anderen Zielperson …«

»Was meinen Sie, Verlain?«

»Ich weiß, wie nervös Sie sind, weil eine einzige Sache nicht so gelaufen ist, wie Sie es vorhergesehen haben. Und Sie sind zu Recht nervös.«

»Wo ist sie?«, fuhr Le Pagardier plötzlich auf.

»Sie meinen …«, Luc zog es noch eine Weile hin, Sekunden, die sich dehnten, und er wurde auf einmal ganz ruhig, denn er bestimmte nun das Tempo, »… Cecilia?«

Le Pagardier nickte.

»Sie haben Sie wirklich entführt, Verlain.«

»Entführt – so kann man es sehen. Vor allem habe ich sie aus dem Spiel genommen, weil ich wusste, dass Sie sie auch auf dem Radar haben. Man wird sie finden, Cecilia Brückner, diese junge Frau, die alles über mich weiß. Die auch weiß, wer Sie sind, Le Pagardier. Man wird sie finden, lebend, aber in keinem guten Zustand. Man wird Ihre DNS auf ihr finden. Und dann werden die Polizisten, die Sie nicht bezahlen konnten, hierherkommen und Sie festnehmen.«

»Wo wollen Sie denn meine DNS herhaben?«

Luc lachte leise auf.

»Nun enttäuschen Sie mich aber. Ist vielleicht die Aufregung, was? Ich habe Ihre DNS aus der alten Akte, der Mord an Ihrer Frau. Solche Spuren verfliegen doch nicht …«

Das Gesicht des anderen verfinsterte sich.

»Wo ist sie, Luc? Sagen Sie es mir, sonst …«

»Sonst drohen Sie mir wieder, Aurore und Lea zu töten? Sie sind ein Idiot. Machen wir es anders: Ich sage Ihnen, wo sie ist – und Sie lassen vorher Aurore und Lea von Ihrer Insel runter, und zwar gleich. Noch heute Nacht. Ich will, dass die beiden im *Hotel de Londres y de Inglaterra* unterkommen. Und ich verspreche, dass ich nicht an ihr Zimmer klopfen werde.«

»Warum sollten Sie mir das versprechen?«

»Ich denke, dass Aurore – nach allem, was Sie mir erzählt haben – nicht den Wunsch hat, mich wiederzusehen.«

Es arbeitete in Le Pagardier, er drehte das Weinglas mit dem roten *Latour* in seiner rechten Hand, berührte dabei mit der anderen den dünnen oberen Rand. Dann nickte er.

»O. k. Ich lasse die beiden von der Insel holen.«

»Jetzt gleich.«

»Gut.«

Er winkte den Kellner heran, der in irgendeiner Ecke gewartet haben musste, so schnell wie er am Tisch stand.

»Schicken Sie meinen Fahrer herein.«

Der alte Herr verschwand und kehrte nach einer Minute mit Iwan zurück.

»Hol die beiden und bring sie ins *Londres*«, sagte Le Pagardier mit unbewegter Miene.

Der Russe blickte zwischen ihm und Luc hin und her.

»Alles o. k., Boss?«

»Tu, was ich dir sage.«

Wortlos zog Iwan ab.

»Sagen Sie mir, wo sie ist.«

Nun war es Luc, der nach dem Kellner winkte. Schnell und lautlos erreichte der den Tisch, Luc fand, er hätte einen phantastischen Geheimagenten abgegeben.

»Haben Sie bitte einen Stift?«

Der Mann reichte ihm einen Montblanc-Kugelschreiber. Der Commissaire notierte hinter vorgehaltener Hand etwas auf einer Stoffserviette.

»Bitte, geben Sie das Monsieur Le Pagardier, aber erst in einer halben Stunde. Sollte etwas dazwischenkommen, rufe ich im Restaurant an. Halten Sie die Leitung frei. Ich erwarte, dass Sie sich daran halten und dass er die Notiz nicht vorher bekommt.«

Der Kellner sah zwischen den beiden Männern hin und her, aber nicht alarmiert wie Iwan zuvor, sondern eher belustigt, als wäre das hier alles ein großes Spiel. Wahrscheinlich gab es in mehr als fünfzig Jahren Gastronomie nichts, was der Mann noch nicht erlebt hatte.

»Machen Sie es so«, sagte Le Pagardier nickend.

»Gut, dann verabschiede ich mich. Ich werde ja sehen, ob Sie Ihr Wort halten.«

»Aber der Chefkoch wollte doch eben … Ich meine, der nächste Gang kommt doch gleich«, stammelte der Kellner, der eines dann offenbar doch noch nicht erlebt hatte: dass ein Gast das Dîner im *Akuzo* abbrach.

»Tut mir leid, es wird sicher phänomenal, aber ich muss leider gehen.«

»Sie bleiben aber, Señor Le Pagardier?«

»Natürlich«, murmelte er. Der Kellner verschwand, die gefaltete Serviette in der Hand.

»Das war nur ein Teilerfolg, Verlain. Mein Plan ist damit nicht am Ende – und Sie sind Ihrem Ende näher, als Sie denken.«

»Schönen Abend noch, Franck. Und danke für die Einladung.«

Luc ging schnurstracks aus dem Laden. Als er auf der Straße stand, spürte er, wie er zitterte. Er hielt ein Taxi an und ließ sich hinunter in die Stadt fahren. Er schlich durch die Lobby und nahm den Fahrstuhl in sein Stockwerk.

Auf dem Balkon stehend rauchte er eine Zigarette und sah hinaus aufs dunkle Meer. Kurze Zeit später sah er ein Boot, die Positionslichter, grün und rot, glimmten in der Nacht. Sie hielten aufs Hotel zu. Kurz vorm Strand bremste das Boot. Iwan sprang von Bord und trug erst Lea und dann Aurore durchs seichte Wasser an Land. Dann begleitete er die beiden ins Hotel. Nach einer Weile sah Luc ihn wieder über die Hotelterrasse zum Strand hinabgehen. Er stieg aufs Boot und fuhr zurück zur Insel.

Luc spürte, wie er sich entspannte. Sie waren vorerst in Sicherheit. Er würde nicht nach ihnen sehen – das war wirklich nicht sein Plan. Nun müsste er abwarten. Eine Stunde noch, vielleicht anderthalb. Er blieb auf seinem Beobachtungsposten, das Zimmer hinter ihm lag in vollkommener Dunkelheit. Eine Stunde und zehn Minuten später sah er das Boot erneut von der Insel ablegen, es fuhr in Richtung Fischerhafen. Es war zu weit weg, als dass er jemanden hätte erkennen können, doch er sah die schemenhaften Gestalten von vier Männern, die aus dem Boot sprangen und in eine dunkle Limousine einstiegen. Er nickte und ging hinein, griff sich seine Jacke und verließ das Zimmer.

Rue de Verneuil, 7. Arrondissement, Paris
14 Jahre früher, September 2002

Er wollte auf Nummer sicher gehen. Deshalb saß er seit einer Stunde vorm Fernseher, er hatte vom nationalen Programm auf *France 3 Paris* umgeschaltet, gleich wurden die Ergebnisse verkündet. Die Republikaner hatten die Nationalversammlung natürlich mit breiter Mehrheit gewonnen, es war zu erwarten gewesen. Doch nun stellte er den Ton lauter, weil eine Reporterin auf dem Bildschirm erschien, die ohne Zweifel vor dem mächtigen Rathaus des 16. Arrondissements stand. Sie sprach schnell und einen Hauch zu schrill, doch Luc verpasste kein Wort.

Ja, Christophe, ganz genau, es ist eine Überraschung, aber eine Überraschung, die sich abzeichnete, für jeden, der in den letzten zwei Wochen eine Zeitung in der Hand hatte. Doch dass das Ergebnis so deutlich wird, hätten auch intensive Beobachter nicht für möglich gehalten. Besonders hier, im reichen 16., dem Bezirk, der bisher immer für die konservative Partei reserviert war.

Nicht aber in diesem Jahr: Es ist tatsächlich so, dass entweder Sylvie Carbonneaux in die Nationalversammlung einziehen wird, die Kandidatin der Grünen, eine junge Frau, die in allen Umfragen absolut chan-

cenlos war und die auch selbst eingestanden hat, dass sie nur als Zählkandidatin antritt – oder der 75-jährige Sozialist Hugo Bacher.

Diese beiden haben die erste Runde der Legislativwahlen überstanden – und zwar mit großem Vorsprung vor Franck Le Pagardier. Sie haben richtig gehört – Franck Le Pagardier, das ist der Kandidat der Republikaner, der vor diesen Wahlen klarer Favorit auf den Sitz war und der bereits für höchste Ämter in der Partei oder der Regierung vorgesehen war.

Und nun holt Le Pagardier im wohl konservativsten Wahlkreis des ganzen Landes gerade mal acht Prozent – das ist eine unglaubliche Sensation –, und man muss kein Prophet sein, um festzustellen, dass Le Pagardier nun in Schande vom Parteihof gejagt wird, sozusagen von heute an eine Persona non grata für die Politik ist.

Warum ist das so gekommen? Es begann vor zwei Wochen, und seitdem folgten täglich neue Veröffentlichungen in der Zeitung Le Parisien *über Le Pagardiers Geschäftsgebaren, er soll mehrfach Rüstungsgeschäfte mit Krisenstaaten gemacht und das Verteidigungsministerium nicht hinreichend informiert haben. Zudem gab es zwar keine Fälle von Steuerhinterziehung, dafür aber immer wieder eine so weitreichende Ausnutzung von Steuerschlupflöchern, dass der Mann Millionen gespart hat – das dürfte der Wählerschaft übel aufgestoßen sein.*

Und dann der kürzliche Mord an Le Pagardiers Frau – die Zeitung Le Parisien *mutmaßt, dass Franck Le Pagardier auch daran beteiligt gewesen sein könnte, vielleicht zur Vertuschung seiner dunklen Geschäfte, wobei die Zeitung entsprechende Beweise schuldig blieb.*

Le Pagardier hat anfangs den Artikeln widersprochen, dann auch gegen die Zeitung geklagt, doch seit einer Woche meldet er sich nicht mehr zu Wort. Es heißt heute Abend, Le Pagardier habe bereits das Land verlassen, um sich einer möglichen Verhaftung zu entziehen. Das ist ein politisches Erdbeben, ausgelöst durch sehr gut informierte Journalisten – und damit zurück zu dir ins Studio, Christophe.

Luc stellte den Ton wieder ab. Er lehnte sich zurück und reckte die Hände in die Luft.

Es war gelungen. Er hatte es anders nicht lösen können. An dem Tag, als er im Büro stundenlang aus dem Fenster gesehen hatte, hatte sein Entschluss unumstößlich festgestanden. Er hatte seinen Informanten angerufen und ihn wenig später im *Chez Paul* auf der Place Dauphine getroffen, gleich hinterm Justizpalast in unmittelbarer Nähe zum Pont-Neuf. Sie hatten sich in ein Séparée zurückgezogen, das für solche Gespräche gedacht war, und Luc hatte dem Journalisten alle Akten übergeben. Natürlich nur Kopien. Zum Schluss hatte er den Verdacht geäußert, dass Le Pagardiers Frau von seinen unsauberen Methoden Wind bekommen haben könnte – und deshalb ermordet worden war, von einem Mann, den Le Pagardier bezahlt hatte. Das war zwar nicht der Fall, das glaubte Luc selbst nicht, aber er wusste, dass die Öffentlichkeit eine einfache Erklärung für derlei brauchte – und ein feiner Politiker, der hinter den Mauern seines Hauses zu einem blutrünstigen Psychopathen wurde, war keine einfache und glaubhafte Erklärung. Der Journalist hatte versprochen, Lucs Namen in jedem Fall rauszuhalten, selbst im Fall einer Klage. Und so hatte er die Geschichten im *Parisien* gebracht, Tag für Tag, immer ein neuer Tropfen, bis das Fass tatsächlich überlief. Der Auftragsmord kam als Letztes, der Journalist hatte alles nur eine *Vermutung* genannt, aber es hatte gereicht – die Wähler liefen Le Pagardier in Scharen davon.

Luc hätte zufrieden sein können, aber die innere Unruhe blieb: Er hatte seinen Mörder noch nicht. Le Pagardier war als Politiker verhindert – aber er war in Freiheit und hatte sofort das Land verlassen. Aber er, Luc, würde ihn finden. Er schüttelte die Gedanken ab und stand auf. Er würde hinabgehen ins Quartier Saint-Germain. Er hatte ein Date in der *Bar du Mar-*

ché. Aurore, eine junge Studentin. Er hatte sie beim Joggen an der Seine kennengelernt. Nun hatte er Lust auf ein Dinner, auf Wein, gutes Essen, vielleicht sogar auf Tanzen. Alles andere würde er später regeln.

Samstag, eine Woche früher
Château Lecœur, Saint-Julien-Beychevelle, Médoc

Der Kies spritzte nach allen Seiten, als Luc in hohem Tempo auf den engen Weg fuhr, der durch das schmiedeeiserne Tor zum Portal des Schlosses führte. Die Weinreben ringsum trugen Blüten, in vier Monaten würden es feste rote Trauben sein.

Er parkte den Jaguar vor der ausladenden Kulisse des Château Lecœur, diesem Märchenschloss mit seinen Türmchen und Zinnen. Die Erinnerung an den Todesfall beim Marathon du Médoc kam ihm augenblicklich in den Sinn, doch Luc schob sie fort – keine Zeit dafür.

Er betrachtete die Wagen vor dem Château: den kleinen Citroën der Police municipale aus Lacanau. Den zivilen Polizeiwagen der Brigade criminelle aus Bordeaux. Eine kleine Ente, ein 2CV mit einem ausländischen Kennzeichen, NF, Nordfriesland, Deutschland. Einer fehlte – aber so schnell konnte nicht mal Yacines 7er BMW sein, dass er es in drei Stunden von Paris hierher geschafft hätte.

Luc stieg aus, ging zu den Weinstöcken hinüber und berührte die Blüten – unglaublich, dass daraus bald ein großer Wein wurde. Andererseits: So unglaublich nun auch wieder nicht, er hatte es erlebt, schon so oft.

Luc brauchte keinen Portier, er kannte dieses Schloss seit Kindertagen. Sie hatten das ganze Château als ihren Spielplatz benutzt, hatten in der Produktionshalle Verstecken gespielt.

Er ging durch das große Portal hinein – edles Holz, Marmorböden, ebenso alte wie ehrwürdige Eisengeländer. Die Wendeltreppe hinunter in den Keller, wo die Schätze lagen. Die Fackeln, aufgebaut wie für den Empfang einer Sekte. Hatte Richard da etwas falsch verstanden?

Er ging den Gang entlang, links lagerten die Flaschen der alten Jahrgänge, rechts die Fässer, die bald auf Flaschen gezogen werden sollten, alte Eiche, jedes Fass allein achthundert Euro wert, mit dem Wein darin wurde es unbezahlbar.

Sie saßen alle da, um den großen Holztisch, den Richard nur zu ganz besonderen Anlässen nutzte, wenn jemand gestorben oder geboren war, bei Hochzeiten von Freunden, bei einem Jahrhundertjahrgang. Und heute. Auf Lucs Anruf hin.

Da saßen: Richard Lecœur, der Besitzer und Winzer des Château Lecœur Saint-Julien, Lucs Schulfreund aus Kindertagen. Robert Dubois, der Journalist und Reporter der regionalen Zeitung *Sud Ouest*, der mit Luc schon seit über einem Jahr eng zusammenarbeitete – sie waren Freunde geworden. Lou, der Chef der Police municipale von Lacanau, der heimliche Bürgermeister der ganzen Küste, der Dritte aus der Troika der Grundschule von Sainte-Hélène – neben Richard und Luc. Gilen Etxeberria, der Commissaire, der vor Lucs Ankunft in Bordeaux die Einheit geleitet hatte. Der Baske, der erst Feind und dann Freund geworden war. Und der vor Jahren in einem Skandal mit Schimpf und Schande aus dem Baskenland nach Bordeaux verjagt worden war. Hugo Pannetier, der Brigadier, früher Beamter der Festnahmeeinheit CRS, nun einer von Lucs Assistenten, ein verlässlicher und familienbewusster Polizist. Und schließlich: Cecilia Brückner, Deutsche aus Husum, seit zwei Jahren in der Gegend, Surflehrerin in dem kleinen Dorf Carcans-Plage, Luc hatte kurz nach seiner Ankunft eine heftige sommerliche Affäre mit ihr gehabt. Zum Herbst hatte Cecilia in Bordeaux zu studieren begonnen, der Kontakt war weniger geworden, doch nie ganz abgerissen.

Es war Richard, der zuerst das Wort ergriff: »Luc«, sagte er, »du bist endlich da.«

Der Commissaire wollte eben antworten, da hörten sie durch die dicken Sandsteinmauern ein Hupen.

»Warten wir noch«, sagte Luc und lächelte, obwohl ihm nicht nach Lächeln zumute war.

Und richtig, es war Yacine, der hereinkam, den Commissaire per Handschlag grüßte, eine sehr kurze Umarmung, und dann am Tisch Platz nahm und zu ihm aufsah. Yacine Zitouna, Kind algerischer Einwanderer, der fast auf die schiefe Bahn geraten wäre, doch dann hatte Luc ihn in Paris unter seine Fittiche genommen, er hatte ihn in seine Einheit geholt, und seitdem war Yacine sein Partner. Nun, wo der Algerier in Paris und Luc in Bordeaux war, blieb ihnen die Freundschaft.

Luc blickte auf die Runde, die im Kerzenschein saß wie ein Geheimbund aus ferner Zeit, und er spürte ein warmes Gefühl: Wann immer es wirklich drauf ankäme, wäre das hier genau die Truppe, die er sich an seine Seite wünschen würde, um sich zu verteidigen. Und jetzt kam es darauf an. Mehr als jemals zuvor. Er betrachtete ihre Gesichter. Erwartend. Furchtlos. Unerschrocken.

Das hier war eine Armee. Seine Armee. Die Luc-Armee.

Er hatte jedem von ihnen eine Nachricht geschrieben, am Morgen, nachdem er die Wohnung am Place Canteloup verlassen hatte.

Nur eine Nachricht. Jetzt saßen sie alle um diesen Tisch. Luc spürte, wie ihm die Tränen in die Augen schossen, er wischte sie weg. Nicht jetzt, die Rührung würde warten müssen.

Er ging zu ihnen, sie hatten den Stuhl am Kopfende freigehalten. Er nahm den Stuhl und setzte sich damit an die Längsseite des Tisches, setzte sich zwischen Robert und Cecilia in ihre Mitte. Nicht ihretwegen. Sondern seinetwegen. Er wollte bei ihnen sein, ihre Kraft spüren. Weil er sich so alleine fühlte.

»Danke, Leute«, sagte er und ließ seinen Blick schweifen. »Ihr seid alle da.« Sie lächelten, Cecilia blinzelte ihm aufmunternd zu.

»O.k., Leute. Hier passieren Dinge, die ich nicht steuern kann. Ich sage es ganz ehrlich: Ich habe Angst.«

»Was ist los, Luc? Was ist passiert?« Es war Richard, der Winzer, der mit dieser ersten Frage gewissermaßen das Ruder übernahm. Luc hatte ihm vor einem Dreivierteljahr, nach dem Mord an dem Winzer aus Saint-Émilion, sprichwörtlich den Arsch gerettet.

»Ich habe diesen Brief bekommen, vorhin, er lag vor der Wohnungstür.« Er reichte Richard das Schreiben, der es überflog und an seinen Sitznachbarn Hugo weiterreichte – und dann umrundete es den Tisch wie bei einem Stille-Post-Spiel, und die Mienen verfestigten sich, wurden entschlossener. Hatte es vielleicht noch den einen oder anderen gegeben, der gehofft hatte, dies hier sei wirklich bloß ein Spiel, eine Art Junggesellenabschied oder so etwas, dann sah Luc jetzt in allen Mienen, was er fühlte: Das hier war Ernst.

»Ich habe mich jetzt mit dem Gedanken abgefunden, dass ich eine Tochter habe.« Er wagte es nicht mehr, Cecilia anzusehen. »Aber die Frage ist: Warum hat sich jemand darum gekümmert? Warum gibt es jemanden, der die Geschichte dazu so genau kennt? Erinnert Ihr euch an den Einbruch? In die Cabane? Lou. Du hast die Ermittlungen damals geführt.«

Der Polizist aus Lacanau nickte. »Der Einbrecher hat den alten Gaston niedergeschlagen.«

»Mit einem Totschläger, ganz genau«, bestätigte Luc. Gaston war der Wirt aus Carcans-Plage, er hatte im September Licht in Lucs Hütte gesehen und versucht, den Eindringling zu stellen – und der hatte ihn ins Krankenhaus befördert.

»Da meint es jemand ernst.«

»Aber wer kann das sein, Luc?« Es war Yacine, dessen Stimme besorgt klang. Aber auch ungläubig: Wer sollte seinem Chef, Luc, etwas Böses wollen?

»Hört zu: Ich saß jetzt für einige Stunden am Ufer der Gironde. Ich habe nur dort gesessen und auf den Fluss geschaut. Ich habe nachgedacht. Ich habe mich gefragt, wer mich derart hassen könnte. Wer derart obsessiv sein könnte, um sich nun schon ein Jahr mit mir zu beschäftigen. Ihr wisst, ich habe schon viele Menschen festgenommen und hinter Gitter gebracht, es kommen also diverse Leute infrage. Andererseits: Der gemeine Verbrecher ist nicht rachsüchtig. Und viele von denen sitzen auch noch. Mir ist nur einer eingefallen, dem ich wirklich übel mitgespielt habe – und zwar abseits des Gesetzes. Ein Mann, den ich um die Karriere – und vielleicht die ganze Existenz – gebracht habe, die ihm quasi garantiert schien. Einer, zu dem auch handgeschriebene Karten passen.«

»Sag schon, Luc, wer will dir ans Leder?«

»Der Mann heißt Franck Le Pagardier – ich bin mir sicher, dass er für all das verantwortlich ist, und wir werden jetzt besprechen, was wir gegen ihn tun können.«

Yacine war der Erste, der reagierte – auf Yacine-Art: Er hieb auf den Tisch, dass die Gläser der anderen tanzten, und der wertvolle Grand Cru aus dem Jahr 2008, den Richard eigens zu diesem Anlass entkorkt hatte, in bedrohlichen Wellengang geriet. »Der seine Frau umgebracht hat?!«

»Genau der«, sagte Luc mit fester Stimme.

»Sag schon, was können wir tun?«, fragte Lou, der es gewohnt war, sofort die Initiative zu ergreifen.

»O.k., Leute«, sagte Luc beinahe feierlich, und alle rückten näher an ihn heran, »*das* ist der Plan.«

Samedi – Samstag

RACHEENGEL

Tunnel unter der Bucht von La Concha
Samedi 3 juin, 1:30

Er hatte sie anlügen müssen. Seine Freunde. Natürlich war er nicht erst am Ufer der Gironde auf Le Pagardier gekommen.

Es war eine Sisyphosarbeit gewesen. Die Arbeit von Jahren. Er hatte Franck Le Pagardier praktisch in dem Augenblick zu verfolgen begonnen, als der sich aus Frankreich abgesetzt hatte. Von da an hatte Luc ihn im Visier.

Er war sich sicher, dass Le Pagardier seine Frau umgebracht hatte – er hatte nie daran gezweifelt, nicht für einen Moment. Und er war sich spätestens nach den ersten Ansichtskarten sicher, dass der Mann auf Rache sann – auch wenn Luc das Ausmaß seines Hasses nicht klar gewesen war. Nachdem sich Le Pagardier endgültig in San Sebastián niedergelassen hatte, war die Stadt für Luc zu einem ständigen Reiseziel geworden. Nach Feierabend, an langen Wochenenden, zweimal hatte er sogar seinen Urlaub hier verbracht. Beharrlich hatte er über diesen reichen Unternehmer, der sich die Stadt langsam aber sicher untertan machte, Informationen gesammelt – doch der Gegenstand seiner Geschäfte ließ sich auch beim besten Willen nicht ausmachen. »Import / Export« hieß es, mehr war nicht rauszukriegen, und Luc wollte nicht mit der Polizei sprechen, es war ein Gefühl – nur nicht zu früh die Pferde scheu machen.

Als Udaletxea von den Bauarbeitern gesprochen hatte, wäre Luc allerdings fast ein »Ich weiß« herausgerutscht. Denn auch er hatte mit einem Bauarbeiter gesprochen, nachts, ein sehr betrunkener Mann in einer Bar in der Altstadt. Irgendwann, nach mehreren Schnäpsen und nachdem mehrere hundert Euro Bargeld den Besitzer gewechselt hatten, hatte der Mann von den Arbeiten erzählt, wie sie den Ozean untertunnelt und den Tunnel ausgeschalt hatten, von den Unmengen Beton, die hineingeflossen waren.

Eben ging Luc am Eingang zum städtischen Bad vorbei, das genau unterhalb der Strandpromenade lag. Einige Meter weiter war in die Mauer ein Strandkiosk eingelassen, dahinter die öffentliche Toilette. Die Tür stand offen. Er ging hindurch, die Eingänge für Männer und Frauen waren zwei Stahltüren auf der rechten Seite. Ganz hinten war eine kleine Tür, auf der »Durchgang verboten« stand. Luc sah sich um und öffnete sie mit dem Schlüssel, den er nach zwei Jahren Suche hatte nachmachen lassen. Hätte sein Plan nicht funktioniert, wäre spätestens jetzt ein bewaffneter Mann hinter ihm aufgetaucht und hätte ihn aufgehalten. Doch im Tunnel war absolute Stille. Alle waren ausgeflogen. Auf dem Weg zu Cecilia.

Er hätte sich besser gefühlt, wenn seine Freunde jetzt bei ihm gewesen wären. Sie hatten ihm in den schwierigen Momenten der letzten Tage Zuversicht gegeben. In den Momenten, in denen Le Pagardier ihn gezwungen hatte, die furchtbarsten Dinge zu tun. In Momenten, in denen Luc langsam wirklich anfing zu zweifeln, ob er hier lebend rauskommen würde.

Doch dann hatte er im Vorbeigehen immer mal wieder einen Blick erhascht. Mal war es Hugo gewesen, den er im Tross der

Nachtschwärmer gesehen hatte. Mal Lou, der in der Pintxo-Bar neben ihm gestanden hatte. Vorhin, vom Balkon seines Hotels aus, hatte er Richard Lecœur gesehen, der am Strand nervös um sich blickte. Nur Etxeberria hatte sich zurückgehalten, sein Gesicht durfte unter keinen Umständen auffallen, dafür war er unter den Polizisten hier unten immer noch zu bekannt.

Sie alle waren in San Sebastián gewesen, um Luc abzusichern, für ihn Recherchen durchzuführen. Sie glaubten, dass es am nächsten oder übernächsten Tag zu einem Showdown kommen würde. Und Luc ließ sie in diesem Glauben. Denn diesen Showdown, den, den er nun herbeiführte, musste er alleine bewältigen. Er wollte nicht auf den letzten Metern doch noch zum Mörder werden, weil er einen seiner Freunde wissentlich in eine Katastrophe führte. Wer wusste schon, was ihn auf Santa Clara erwartete.

Genau deshalb hatte er auch Anouk nicht eingeweiht. In keinen Teil der Geschichte. Die Liebe seines Lebens, das Baby in ihrem Bauch und diese lebensgefährliche Aktion – nein, nicht auszudenken.

Doch nun vermisste er seine Freunde. Sie würden ihm nicht mehr zu Hilfe kommen können, denn sie wussten ja nicht, wie sie das hätten anstellen können. Der Tunnel war immer sein Geheimnis geblieben.

Er stieg die steinernen Treppen hinab ins Dunkel, es roch modrig, nach Meer und Salz und Moos. Weiter oben war die Treppe noch schwach beleuchtet gewesen, doch mit jeder Stufe schwand das Licht. Es waren sicher dreißig oder vierzig Meter. Unten angekommen schaltete er die Taschenlampe ein, die er vorhin in einem Eisenwarenladen gekauft hatte. Er leuchtete nach vorne, die Röhre unter dem Meer schien endlos, ein gerader Tunnel, der leicht abfiel. Es musste eine ungeheure Arbeit gewesen sein, dieses Projekt durchzuführen – und das auch noch, ohne Aufsehen zu erregen. Wo hatten sie all die Erde und all das Gestein gelassen?

Er befühlte die Wände, sie waren nicht glatt geputzt, sondern hatten eher das Aussehen einer Tropfsteinhöhle. Die Arbeiter hatten sich beeilt, die Fertigstellung war außergewöhnlich schnell gegangen, hatte sein Informant gesagt.

Luc hasste enge Höhlen wie diese, in denen man den Ausgang nicht sah. Er ging weiter, ein wenig schneller als gewöhnlich, er spürte, wie sein Herz schlug, er spürte es im Hals, er wollte hier raus, wollte wissen, wie es am anderen Ende aussah. Er hatte immer gewusst, dass er nur einmal auf diese Insel gelangen würde – einmal lebendig. Heute war es so weit. Die Lampe setzte einzelne Lichtpunkte in der Röhre, er musste aus der Ferne wie ein Glühwürmchen aussehen. Er hoffte allerdings, dass niemand dieses Glühwürmchen sah – wären noch Wachen hier unten, dann würde er mit an Sicherheit grenzender Wahrscheinlichkeit den Sonnenaufgang nicht mehr erleben.

Luc wusste nicht, wie lange er gelaufen war, er hatte keine Ahnung, wo genau er war, er spürte nur die Beklemmung durch das Wissen, dass er allein war in einer winzigen Tunnelröhre und über ihm der Ozean rauschte, dreißig Meter Wasser, von ihm nur getrennt durch viel Erde und wenig Beton.

Sein Atem ging rascher, offenbar stieg die Röhre wieder an. Und richtig, da vorne war das Ende, kein Licht, nein, die Taschenlampe traf vielmehr auf eine Stahltür, eine dunkelgrüne Wand mit einem Drehrad, wie in einem U-Boot. Er ging darauf zu, dann berührte er das kalte Metall. Er lehnte sich mit dem Kopf dagegen, schloss kurz die Augen und atmete durch. Jetzt galt es. Die nächsten Minuten würden über Tod und Leben entscheiden. Seines. Aurores. Leas.

Luc musste den Mann, der hier wohnte, überraschen. Darauf kam es an.

Er drehte das Rad, und die Tür sprang erstaunlich leicht auf. Dahinter war eine Treppe. Von oben kamen frische Luft und ein zarter Lichtstrahl. Der Mond.

Er stieg langsam und vorsichtig die Stufen empor. Bevor er sich umsehen konnte, sagte die kühle Stimme hinter ihm:

»Also, Commissaire, in dem Hotel in Bordeaux war Cecilia jedenfalls nicht. Wo ist sie denn nun?«

Als er sich umdrehte, stand da Le Pagardier, eine Pistole in der Hand, die Mündung auf ihn gerichtet. Und sagte: »Willkommen auf Santa Clara, Monsieur Verlain.«

Samstag, eine Woche früher
Château Lecœur, Saint-Julien-Beychevelle, Médoc

»Gut«, sagte Etxeberria und wischte sich den Schweiß von der Stirn – es war warm geworden hier unten im Keller, all die Männer und Cecilia, der Stein die Luftfeuchtigkeit zurück, noch dazu hatten sie sicher schon eine Kiste des Château Lecœur Saint-Julien geleert. »Ich fasse mal zusammen, was ich bisher verstanden habe: Es gab diese Ansichtskarten und den Vaterschaftstest – und nun will er, dass Sie kommen. Wir haben gehört, was Sie sagten, und ich teile Ihre Meinung, Verlain, dass Sie ohne Hilfe dort unten in ernster Gefahr schweben. Ich habe keine Ahnung, wie sich die Polizei im Baskenland unter der Führung dieses Arschlochs verändert hat – aber ich kann Ihnen sagen, dass es auch auf spanischer Seite kein Zuckerschlecken ist, wenn man kaum Freunde hat. Ich will Sie jedenfalls nicht erstochen in irgendeiner Gasse von Donostia finden.« Auch Etxeberria nutzte wie selbstverständlich den baskischen Namen von San Sebastián. »Also: Wir werden Ihnen folgen und versuchen, Sie nicht aus den Augen zu lassen. Das wird nicht leicht, wenn Le Pagardier so mächtig ist, wie Sie vermuten. Aber ich werde sofort dafür sorgen, dass Sie da unten nicht ohne Freund sind.«

»Was meinen Sie?«, fragte Luc.

»Er ist zu klug, als dass ich ihn aus heiterem Himmel anrufen könnte – aber ich sage Ihnen, in welchen Laden Sie gehen müssen, um ihn zu finden. Er heißt Bixente Udaletxea, er ist der Boss der baskischen Polizei auf spanischer Seite – und er war damals der Einzige, der am Ende noch zu mir gehalten hat. Er wird Ihnen helfen, wenn er es kann.«

»Wo muss ich hin?«

»In eine Bar mitten in der Altstadt von San Sebastián, sie hat rund um die Uhr offen. Dort frühstücken die einfachen Leute. Aber Verlain: Sie dürfen nicht direkt nach ihm fragen. Das wäre zu auffällig. Sie müssen sich eine Geschichte ausdenken.«

»Verstanden«, sagte Luc und nickte. »Und du, Robert? Meinst du, das wird gehen?«

Der junge Journalist der *Sud Ouest*, der regionalen Zeitung im Südwesten Frankreichs, zog eine Augenbraue hoch. »Es wird nicht leicht, und ich muss meine Leser anlügen, indem ich dich als Verbrecher darstelle – aber für dich mache ich es. Auch wenn ich im Traum noch nicht weiß, wie du aus dir einen Bad Boy machen willst.«

»Warte nur ab«, sagte Luc knapp, weil er die Unbekümmertheit des jungen Mannes in diesem Fall nicht teilte. Aber es war gut, dass er im Boot war.

»Das Einzige, was du noch nicht gesagt hast, ist, welche Rolle ich in dieser Geschichte spiele.« Es war Cecilia, die mit ihrem kaum hörbaren deutschen Akzent gesprochen hatte, zum ersten Mal in dieser Runde. Bisher hatte sie still am Tisch gesessen, ihr Blick war zwischen Lucs Freunden hin und her gewandert. Luc betrachtete sie, und sofort verbesserte sich seine Laune: Er mochte sie so gerne. Die Beziehung zu Anouk war zur Zeit ihrer kurzen Liaison noch nicht geklärt gewesen, zudem war Anouk für einige Wochen in ihrer Heimatstadt

Venedig verschwunden. Also hatte er mit der deutschen Surflehrerin angebandelt. Ihre Beziehung endete, als Luc erkannte, dass er Anouk liebte. Doch er hatte stets Kontakt zu Cecilia gehalten, rein platonisch natürlich. Sie hatte ein Studium in Bordeaux aufgenommen. Und heute war sie sofort gekommen, als Luc sie informiert hatte. Nun saß sie da, in einem lässigen weißen Tanktop, und ihre tiefbraunen Arme zeigten, dass sie immer noch viel surfte, sie hatte ein neues Tattoo auf dem Arm, das Luc noch nicht kannte, einen exotischen Vogel. Die Haare trug sie immer noch kurz und hellblond. Sie lächelte ihn an, auch jetzt blieb sie so zuversichtlich, wie Luc sie kennengelernt hatte.

»Du, Cecilia, hast vielleicht die wichtigste Rolle. Ich weiß, es ist viel verlangt, dich da hineinzuziehen, und es tut mir leid, dass es nötig ist. Aber wenn ich Le Pagardier richtig einschätze, dann weiß er von dir – und wird dich im Blick haben, wie alle Personen, die mir wichtig sind.«

»Und was soll ich machen?«

»Du verschwindest.«

»Was?«

Cecilias Stimme machte einen Satz, Yacine grinste, und alle anderen sahen Luc verwundert an, der einen Schluck aus seinem Glas nahm und sich vorbeugte.

»Es ist wirklich die Schlüsselrolle. Pass auf: Bisher schien es für Le Pagardier so, dass er alles in der Hand hatte. Er hat seine Schritte geplant, mich beobachtet, seine Karten ausgespielt und so immer die Oberhand behalten. Weil er stets einen Schritt weiter war als ich. Ich hatte keine Ahnung, wer er war, der Mann, der die Karten schrieb. Es wird Zeit, dass wir genau das ändern. Wir müssen die Oberhand haben. Wir müssen ihn überraschen.«

»Und wie soll das gehen?«, fragte Yacine.

»Eben hab ich ja gesagt, dass Le Pagardier die Menschen überwachen wird, die mir wichtig sind. Gerade jetzt, in der heißen Phase des Spiels. Das bedeutet, dass er auch Cecilia im Auge hat.«

Luc holte Luft und kam zum Höhepunkt.

»Jetzt drehen wir den Spieß um. Wir tun etwas, womit er nicht rechnet. Cecilia verschwindet. Du wirst einfach untertauchen. Fahr nicht mehr nach Hause, sondern hau direkt von hier aus ab. Ich hab Bargeld für dich, du kannst dich einfach in eine kleine Pension irgendwo am Meer einmieten. Oder reist mit einem Auto nach Husum. Ganz egal. Nur darfst du keinen Meldeschein ausfüllen und deine Kreditkarte nicht benutzen. Es darf nicht nachvollziehbar sein, wo du bist, falls ein Polizist nach dir sucht. Ich weiß nicht, welche Kontakte Le Pagardier hat. Wäre das o. k. für dich?«

»Ein Urlaub auf deine Kosten? Ja klar.«

Alle mussten lachen – und Luc gefiel, dass sich die ernste Stimmung der Runde inzwischen etwas gewandelt hatte. Gemeinsam ging es jetzt darum, Pionierarbeit zu leisten – ein großes Rätsel zu lösen.

»Und ich brauche den Schlüssel deiner Wohnung in Bordeaux.«

»Wozu?«

»Ich nehme an, dass sie die Wohnung im Blick haben. Wir werden sie ein bisschen aufmischen, sodass es nach einer Entführung aussieht. Wenn sie nach dir suchen, werden sie das Chaos bei dir zu Hause vorfinden. Keine Sorge, wir räumen später wieder auf. Und ich brauche etwas Blut von dir.«

»Was?«

»Nur sehr wenig, versprochen.«

»Du willst also so tun, als hättest du mich entführt.«

»Ganz genau.«

»Genial«, sagte Cecilia, und die anderen nickten zustimmend.

»Sag, Luc, meinst du wirklich, alle Menschen, die bisher mit dir zu tun hatten, haben deshalb in Gefahr geschwebt? Denkst du wirklich, sie haben mich beobachtet?«

»Und deshalb wurde der alte Gaston zusammengeschlagen?«, fügte Lou fragend hinzu.

»Das nehme ich an, Cecilia, und es tut mir sehr leid. Bei Gaston, lieber Lou, bin ich mir sogar sehr sicher.«

Der alte Polizist machte ein ernstes Gesicht, als er mit der Faust auf den Tisch schlug: »Dann legen wir los. Es wird Zeit, dass wir dem Scheißkerl das Handwerk legen.«

»Genau ...«

Sie standen auf, und einer nach dem anderen umarmte Luc. Er fühlte sich in diesem Moment sehr geborgen. Nur Anouk fehlte. Er hoffte, nein, er betete, dass sein Plan aufging – und dass niemandem etwas geschehen würde.

Anouks Wohnung, Place Canteloup, 33800 Bordeaux 10. Mai, morgens

Sie ließ das Handy sinken, und es fiel ihr aus der Hand. *Merde*. Sie hatte keine dramatische Geste geplant. Und nun stand sie hier, mit offenem Mund, sah aus dem Fenster und griff sich aus Reflex an den Bauch, der sich wölbte. Sie wollte es schützen, dieses Baby. Doch es war noch etwas anderes: Sie fühlte sich so allein und wollte Kontakt zu dem anderen Menschen im Raum. Luc war weg. Es war nicht zu fassen. Er saß in Haft, keine zwei Stunden von hier, doch nach diesem Telefonat war ihr klar: Er war unerreichbar.

Was war das für ein Kerl? Commissaire Schneider. Seine Stimme hatte düster geklungen. Fies. Sie hatte Gänsehaut bekommen.

Als Luc vor zwei Tagen aus der Wohnung gestürmt war, hatte er einen Ausdruck in seinen Augen gehabt, den sie an ihm noch nie gesehen hatte: Da waren Traurigkeit und Entschiedenheit gewesen – sie hätte nicht sagen können, welches Gefühl überwog. Er hatte sie nicht mehr anschauen können, sondern hatte mit glasigen Augen durch sie hindurchgesehen, dann hatte er seinen Autoschlüssel genommen und war losgerast.

Sie hatte sich erst mal auf das Bett setzen müssen, in dem sie zusammen eine sorgenfreie Nacht verbracht hatten. Andererseits: Hatte Luc wirklich nichts geahnt? War er wirklich sorgenfrei gewesen?

Sie hatte eine Weile überlegt, dann war sie hinunter in die Stadt gegangen. Sie war ziellos durch die Straßen gelaufen, irgendwann, kurz vor der Place Saint-Pierre hatte sie seine Nummer gewählt. Sofort war die Mailbox angesprungen. So wie beim nächsten und übernächsten Mal. Und in der folgenden Nacht. Sie hatte sich gewälzt, das Baby hatte in ihrem Bauch rumort, und sie hatte sich so allein und fremd gefühlt. Sie hatte überlegt, einfach direkt loszufahren – aber was hätte sie tun sollen? Er wollte offenbar nicht, dass sie ihm half.

Sie wollte doch nur ihren Luc zurück. Sie hatte viel geweint in dieser Nacht.

Den nächsten Tag, Sonntag, hatte sie wie in Trance verbracht. Am Montag war sie ins Commissariat gegangen, doch das Büro war wie ausgestorben. Kein Hugo, kein Etxeberria. Niemand wusste, wo die Männer waren. Merkwürdig – was war hier los? Dann, kurz darauf in der Stadt, klingelte ihr Telefon. *Unbekannte Nummer.*

Der fiese Commissaire erzählte ihr von der Festnahme. Mit Luc hatte sie nicht sprechen können. Aber sie hatte ihn im Hintergrund husten hören, am Ende des Gesprächs. Es hatte nicht nach ihm geklungen – und doch: Es war ein Rhythmus gewesen, dieses Husten, drei kurze Huster, dann drei lang gezogene, und zum Schluss wieder drei kurze, es klang wie ein Anfall und war doch die Nachricht, die sie nach Sekunden entschlüsselt hatte: S-O-S.

Luc war in Gefahr – und er hatte sich entschlossen, es ihr mitzuteilen.

Anouk war sofort wieder ins Commissariat gerannt, so

schnell ihr wachsender Bauch das zuließ. Sie war in Preud'hommes Büro gestürmt. Der hatte auf seinem Stuhl gesessen und hielt den Schreibtisch umklammert. Er sah aus, als wäre er innerhalb weniger Tage um zwanzig Jahre gealtert. Er reichte ihr wortlos den Fahndungsaufruf, Lucs Foto oben auf dem Papier. Darunter sein Name. Und der Tatvorwurf: Mord. Er sollte Karim Abdoulahi umgebracht haben. Sie hatten ihn an einem Strand im Baskenland gefunden. Er. Luc. Ein Mörder.

Sie hatte weinen wollen, aber es ging nicht. Sie war einfach zu wütend, zu verletzt. Und sie sorgte sich: um Preud'homme, der grau und krank aussah. Um Luc. Um ihr gemeinsames Baby. Nur um sich sorgte sie sich nicht. Sie wusste, dass sie handeln musste.

»Ich muss los«, sagte sie nur, dann stürmte sie aus dem Büro, holte den Autoschlüssel des zivilen Polizeiwagens und war eine halbe Stunde später auf der A63 in Richtung Spanien.

Isla de Santa Clara
Samedi 3 juin, 2:10

Diese Augen – wie bei ihrer ersten Begegnung, im Salon des elenden Reichtum ausstrahlenden Hauses nahe dem Bois de Boulogne. Grau und matt, ohne eine Regung. Das Gesicht glatt und unbewegt. Der Wind zerrte an seiner Windjacke und der dunklen Stoffhose, dadurch trat seine hagere Gestalt umso stärker hervor. War das ein Lächeln, was er da sah?

»Da sind wir, Commissaire Verlain.«

»Haben Sie mich da, wo Sie mich haben wollen, Le Pagardier?«

»Fast so weit«, antwortete der hagere Mann, die Waffe immer noch auf ihn gerichtet.

»Ich verstehe nichts von dem, was Sie tun, ich habe von Anfang an nichts davon verstanden. Aber das hier, das war der ganze Plan, oder?«

»Was Sie betraf, Monsieur Verlain, ja, das war der Plan. Sie haben in einem letzten verzweifelten Versuch mit Cecilia ablenken wollen, doch ich habe auch das vorhergesehen: Dass Sie meine Wachen von hier abziehen wollen und dass Sie allein zu mir kommen. Nun ist es, was es von Anfang an war: ein Kampf Mann gegen Mann. Nur, dass Sie damals mit unsauberen Mitteln gekämpft haben.«

Er wirkte nicht, als stünde er auf einem Felsen über dem Meer, sondern so selbstsicher und überzeugt von der Richtigkeit seines Tuns, als hielte er vor der Nationalversammlung eine Rede gegen den Klimawandel. Luc spürte, wie er zitterte.

»Worüber wir noch gar nicht gesprochen haben: Warum haben Sie Ihre Frau eigentlich ermordet, Le Pagardier?«

»Ach, Monsieur Verlain, dass Sie in einem für Sie so existenziellen Moment mit diesen alten Kamellen kommen, das enttäuscht mich wirklich. Aber gut, die paar Minuten haben wir auch noch. Dabei glaube ich, dass Sie die Antwort längst kennen – Sie waren mir auf der Spur. Es war eine Mischung aus Gründen: Sie hat mich nicht unterstützt, sie hat mir im Weg gestanden, meiner Karriere, besser gesagt. Ständig hat sie gejammert, dass ich mehr zu Hause sein soll, dass ich mehr mit ihr unternehmen soll. Sie hat mich so geliebt, dass ich ganz verrückt wurde, ich verlor meine Ruhe. Wie sollte das weitergehen, wenn ich erst Politiker wäre, habe ich gedacht. Und dann fand ich, dass sie mich furchtbar langweilt. Sie war so hübsch, die Leute dachten sicher immer: Wie hält es diese charmante und attraktive Frau mit diesem durchschnittlichen Mann aus? Die Antwort ist: Weil sie so wahnsinnig langweilig war und ich ihrem kurzen Leben erst einen Sinn gegeben habe. Und die dritte und vielleicht wichtigste Antwort: Ich hatte einfach Lust drauf. Ich wollte wissen, ob ich es kann. Ich konnte es. Ich habe diesen einfachen Schnitt gemacht, sogar von vorne, sie hat mich kommen sehen, und dann habe ich das Blut aus ihrem Hals fließen sehen, es war wahnsinnig erregend.«

Luc blieb stumm, er konnte nicht fassen, dass dieser Mann so kühl und vorbereitet war, doch Le Pagardier war nicht mehr zu bremsen.

»Wissen Sie, es war wie nach dem ersten Sex meines Lebens. Ich war mir schon damals mit 19 Jahren sicher, dass mir alle ansehen würden, dass ich es getan habe. Aber natürlich hat niemand etwas gemerkt. Es war nur in mir, die Freude, das Strahlen, der Stolz. So war es nach dem Mord auch. Ich war mir sicher, dass jemand es merken müsste – mein erster Mord, und wieder dieser große Stolz. Aber niemand hat etwas gespürt – außer Ihnen, Verlain. Sie wussten es.«

»Sie atmeten es aus jeder Pore. Die Brutalität.«

»Das Genie meinen Sie wohl, Verlain. Aber Sie haben es nicht beweisen können – und dann haben Sie gegen die Regeln verstoßen. Sie«, nun wurde er lauter, »Sie haben das Gesetz gebrochen, Sie haben einen Bürger, dem Sie den Mord nicht beweisen konnten, weil er ein verdammtes Genie ist, diesem Bürger also haben Sie die Bürgerrechte gestohlen, indem Sie ihn vorverurteilt haben, mit diesen Schmierfinken von der Zeitung – und schon war meine Karriere vorbei, ich war erledigt.« Er schrie es nun gegen den Wind. Sein Gesicht wirkte eingefallen. »Und dann habe ich entschieden, dass ich die Seiten wechseln werde. Erst mal nur für mich. Dass ich mir ein zweites Leben schaffen werde, fernab des Rechts. Hier unten im Süden. Die Rache an Ihnen habe ich in meinem Herzen auf Wiedervorlage gelegt – und irgendwann war der Tag reif.«

»Das zweite Leben, Ihr zweites Leben, Sie wurden zum Verbrecher, zu einem Drogendealer …«

»Sie … Verlain, Sie haben mich dazu gemacht«, immer noch schrie er und gestikulierte wild mit den Armen, »deshalb können Sie sich für meine Verbrechen verantwortlich fühlen. Ohne Sie, Verlain, wäre ich ein einflussreicher Politiker, der irgendwann eben mal seine Frau ermordet hatte – aber das wüsste keiner, und herrje, so schlimm ist das nun auch wieder nicht. Ich wäre in Paris, wäre sicherlich Minister – oder, bewahre, vielleicht sogar Präsident. Wäre das nicht lustig, Verlain, wenn ich irgendwann Ihr Präsident geworden wäre?«

»Sie sind verrückt, Le Pagardier, verrückt.«

»Nein, Verlain, Sie haben mich zu dieser Bestie gemacht. Ich habe mich auf dem Markt umgesehen, im Baskenland, habe überlegt, wie ich es anstellen könnte, die Seiten zu wechseln, ich habe mit dem Schmuggel von Menschen begonnen, die afrikanischen Flüchtlinge warteten zu Tausenden auf ihren Weg nach Frankreich und England, und sie hatten Geld. Ich war schon damals wohlhabend, das wissen Sie, aber nach zwei Jahren, Mann, da war ich reich. Und auf einmal kamen die Frauen von sich aus auf mich zu, auf diesen durchschnittlichen Mann. Ich war auf einmal wer. Auf der dunklen Seite, das war ein Gefühl. Irgendwann habe ich angefangen, die Polizei zu schmieren. In so großem Umfang, dass es nie publik geworden wäre, weil einfach zu viele auf meiner Liste standen. Nur an einen habe ich mich nicht rangetraut. Sie ahnen, an wen.«

Luc nickte.

»Etxeberria.«

»Genau. Ihm eilte ein Ruf voraus. Deshalb habe ich einen alten Freund dazugeholt und ihm die Stelle in Bayonne versprochen. Er hat dann die falschen Fährten gelegt und Etxeberria aus dem Amt gejagt. Seitdem ist mein bester Freund der Leiter der Polizei im Südwesten.«

»Schneider.«

»Richtig. Commissaire Schneider, der auch die Polizei in Bordeaux übernehmen wird, wenn Sie tot sind. Übermorgen vielleicht schon. Denn Etxeberria wird als Chef der Einheit nicht zu halten sein. Und wenn Schneider da ist, wo ich ihn haben will, dann werde ich doch noch Präsident. Der Präsident der Unterwelt, wenn Sie so wollen.«

»Monsieur le Président«, sagte Luc, der Hohn in seiner Stimme war vollkommen, »aber Sie sind nicht beim Menschenschmuggel geblieben, oder? Ich muss immer an die Karte denken, in der Sie sich entschuldigen bei Lucien, dem Jungen, der immer noch im Krankenhaus liegt und vielleicht nie mehr aufwacht.«

»Das mit dem Jungen, das war wirklich nicht das Ziel des Spiels. Ich will kein Kind auf dem Gewissen haben. Andererseits: Sie sind nun hier. Und damit habe ich das größte Spiel meines Lebens gewonnen. Hier … hier wird alles enden.«

»Was macht Sie so sicher, Franck? So sicher, dass ich Ihr Spiel nicht längst durchschaut und das alles vorbereitet habe, um Ihr Geständnis zu bekommen – und dass nun meine Kavallerie anrückt und Ihnen den Garaus macht?«

»Sie zittern, Verlain. Das macht mich so sicher. Sie haben Angst. Sie haben mich nicht gefunden, obwohl ich Ihnen so viele Hinweise geschickt habe, das ganze Jahr über. Sie wussten nichts von mir. Also: Woher sollte Ihre Kavallerie kommen?«

Luc sah sich um. Le Pagardier hatte recht und unrecht. Unrecht damit, dass er sehr wohl alles vorbereitet hatte. Dass er wusste, wer sein größter Widersacher ist. Dass er seine Verbrechen kannte und verfolgte. Dass er dieses Spiel eines kranken Genies durchschaut hatte. Nur das Ende hatte er nicht erahnt. Und deshalb hatte Le Pagardier auch recht: Es gab in diesem Moment, auf diesem Felsen, keinen Plan B. Es gab nur den Plan des Mörders. Lucs Leute waren weit weg. Irgendwo dort, auf dem Festland. Sie würden zu spät sein. Und ihm blieb nur, Aurore und Lea zu retten.

»Sie werden enden wie meine erste Frau«, fuhr der Mann fort, »wobei mir Ihr Tod noch mehr Genugtuung bereiten wird. Auch wenn ich Sie nicht eigenhändig mit einem Rasiermesser umbringen werde. Das war wirklich … Aber haben Sie keine Angst, Verlain. Natürlich können Sie sich künftig nicht mehr darum kümmern, dass Ihrer ehemaligen Freundin und meiner jetzigen Verlobten, Mademoiselle Poulain, nicht das Gleiche zustößt. Aber Sie haben entschieden, sich mir zu stellen, und deshalb haben Sie mein Wort: Ich werde ihr nichts antun. Auch wenn es mich fürchterlich reizen würde.«

»Sie ...« Luc wollte auf ihn zustürzen, doch Le Pagardiers kaltes Lachen stoppte ihn.

»Melde ich mich nicht bei meinen Wachen, Verlain, dann werden die beiden Damen im Hotel dort drüben im Morgengrauen tot sein. Sie wissen das. Aber Sie haben es in der Hand, sie zu retten.«

»Wie, Franck? So sagen Sie es mir doch endlich ...«

Le Pagardier wies mit der Hand auf die Klippe hinter Luc.

»Es passt alles. Ihr Ruf ist zerstört. Alle Zeitungen haben über den Mord an Karim berichtet. Alle Zeitungen haben über den Kokainschmuggel berichtet, über Ihren spektakulären Grenzdurchbruch. Jeder Franzose kennt Ihr Bild, Verlain. Jeder weiß, dass Sie der gefallene Engel sind. Es wird für alle verständlich sein, wenn Sie nun einen Schritt zurücktreten. Hier, auf dieser Klippe. Und dann sind Ihre Tochter und Ihre Exfreundin frei – und ich werde außerdem Anouk verschonen, Ihre traurige Witwe und Ihr ...«

Lucs Hände ballten sich zu Fäusten, als Le Pagardier über sein Ungeborenes sprach. Sollte es hier enden? Er sah hinunter, der Abhang war sicher achtzig Meter hoch, schroffe spitze Felsen, er würde das Meer nicht lebend erreichen.

»Tun Sie es, Verlain. Machen Sie einmal im Leben etwas richtig. Auch, wenn es das Letzte sein wird.«

»Ich ...« Luc sah wieder hinunter. Er blickte zu Le Pagardier und schüttelte den Kopf. »Nein.«

»Dann ...«, die Züge des Mannes versteiften sich, »dann rufe ich mal eben an, und es gibt statt einer Leiche im Meer eben zwei Leichen in einem Hotel ...«

Er zog das Telefon aus seiner Tasche. »Keine Sorge, geht

ganz schnell.« Er drückte einen Knopf und hielt sich das Telefon ans Ohr.

»Nein«, schrie Luc auf einmal, »nein, bitte …«

Le Pagardier sah ihn erstaunt an und legte auf. »Ja?«

»Ich mache es.«

»Gut, Ihre Tochter wird es Ihnen danken, unbekannterweise, wie ich meine.«

Luc sah hinab, dann trat er einen kleinen Schritt zurück, noch einen, er drehte sich kurz um, sollte er vorwärts, rückwärts, was … Er spürte, wie sein linker Fuß abrutschte, doch der rechte hielt ihn noch auf den kleinen Steinen, genau am Hang.

Es war, als hätte es eine Fehlzündung an einem Bootsmotor gegeben. Zurückgeworfen von den schroffen Felsen ringsum, sogar von den steilen Mauern gegenüber, wo die Touristen vor den hohen Wellen zurückschreckten. Ein Knall, so laut, dass selbst die Wellen leiser zu werden schienen, auch wenn Luc klar war, dass dieser Gedanke nur Unsinn sein konnte. Er machte wieder einen kleinen Schritt nach vorne, denn es war kein Bootsmotor gewesen, das sah er, als Le Pagardier an sich herabblickte und er seinem Blick folgte, die Wunde klar und deutlich zu erkennen, ein roter Fleck im unteren Bauch, dunkelrot, er fasste dorthin, in seinen Augen auf einmal doch Regungen, Wut, Ungläubigkeit, Luc konnte es nicht deuten, dann trat sie aus dem Schatten, und beide Männer sahen sie gleichzeitig.

Sie hielt die leicht rauchende schwarze Waffe in ihrer schmalen Hand, der Schaft glänzte metallisch, dann sagte sie leise: »Das ist für Lucien.«

Sie drückte erneut ab, diesmal traf sie höher, die Kugel riss ihn zurück, ein Schritt, er stolperte, der Schrei, der Druck, der seine Füße anhob und ihn mitnahm wie ein leichtes Blatt im

Herbstwind, sein Körper folgte der Schussrichtung und der Ausdruck auf seinem Gesicht war mehr Überraschung als Schmerz. Er fiel. Fiel über die Felskante, Luc sah seinen Oberkörper abgleiten, die Füße schienen Halt zu suchen, auch wenn der Kopf längst ausgeschaltet sein musste, dann verschwand er aus ihrem Blickfeld. Sie würden später nicht sagen können, ob er noch gegen einen der Felsen weiter unten geprallt war und es sein Schrei war oder ob es nur die Rufe aufgeschreckter Möwen gewesen waren. Der Rest war das gewaltige Brechen der Wellen an den Felsen der Insel.

Er wusste nicht mehr, wer den ersten Schritt gemacht hatte, jedenfalls ließ sie die Waffe fallen, und dann fanden sie sich, und sie legte ihren Kopf an seine Brust.

So standen sie da, auf der Spitze dieser Insel, und hielten sich, minutenlang, bis die Klänge von Sirenen anschwollen, zum Beweis, dass da Menschen waren, auf dem Weg zu dieser Insel.

EPILOG

Alderdi-Eder-Park, San Sebastián
Samedi 3 juin, 11:00

»Er hat nicht mehr aufgehört, nach dir zu fragen.«

»Le Pagardier?«

»Ja. Irgendwann, nach unserem zehnten Treffen, als klar war, dass wir ein Paar werden würden, habe ich ihm gesagt, dass ich glaube, Lea sei von einem Polizisten, einem Commissaire aus Paris. Er sagte, dass er gute Kontakte zur Polizei gehabt habe. Wer denn der Commissaire sei?«

»Und dann hast du es ihm gesagt?«

»Ja, das habe ich. Von da an war es wie eine Obsession.«

»Was willst du damit sagen?«

»Er hat nicht mehr aufgehört, alles wissen zu wollen. Wie wir uns kennengelernt haben, was ich an dir gut fand. Warum es geendet hat. Und …«

»Und?«

»Es ist mir unangenehm. Aber nachts, wenn wir das Bett geteilt haben, dann wollte er wissen, wie es mit dir war. Im Bett, meine ich. Und wie die Nacht war, in der wir Lea gemacht haben.«

»Fandst du das nicht merkwürdig?«

»Alles war merkwürdig, Luc. Er und ich, wir haben eigentlich so gut wie nie das Bett geteilt, wenn du verstehst. In Paris haben wir noch die Nächte miteinander verbracht, immer im *Crillon*. Weißt du, was das für ein Gefühl war, im *Crillon* zu schlafen, diesem Hotelpalast – ich? Die arme Kirchenmaus? Das erste Mal waren wir dort, nachdem wir in dem leeren Luxusschuppen auf dem Eiffelturm gegessen hatten. Schon das – unvorstellbar. Aber dann wurde es anders: Als wir in San Sebastián waren, haben wir immer getrennt geschlafen, er in dem einen Flügel des Hauses und ich mit Lea in einem anderen. Du siehst: Das war keine normale Beziehung zwischen Mann und Frau. Er hat mich wie eine Prinzessin behandelt, aber er hat mich eben auch so gut wie nie angerührt. Außer in einigen wenigen Nächten. In einer solchen Nacht habe ich ihm dann davon erzählt, wie es mit dir war, auch wenn es mir sehr unangenehm war, darüber zu reden. Ich habe dich nämlich, als es mit uns aus war, noch sehr lange vermisst.«

»Aurore …«, seine Stimme war weich, er war berührt von all dem, von dieser Frau, die nun neben ihm saß, von der Vertrautheit, die da war, obwohl die kurze Zeit, die sie miteinander verbunden hatte, schon so lang zurücklag – eine Zeit, die ein Kind hervorgebracht hatte, ohne dass er davon wusste.

»Vergiss es, Luc. Sag mir lieber, was er getan hat, Franck. Was hat er getan? Warum holt uns Iwan mitten in der Nacht von der Insel? Und bevor der Morgen graut, steht die Polizei in unserem Hotelzimmer und erschreckt uns zu Tode? Und dann stehst du da – wie ein Gespenst aus der Vergangenheit. Was ist hier los?«

Luc atmete tief durch. Er hatte die folgenden Geständnisse den kompletten Morgen geübt – nun musste er es erzählen. Aurore hatte es verdient.

Als er eine Stunde später endete, hatte er die Geschichte der letzten Jahre, Monate und Wochen erzählt, allerdings ohne das grausige Ende des Monsieur Le Pagardier in allen Einzelheiten zu schildern. Er hatte ihren Gesichtsausdruck beobachtet, die ganze Zeit lang, und der hatte sich verändert, von Unwillen über Unglauben bis hin zu Entsetzen. Als sie verstand, dass Luc ihr keine Räuberpistole präsentierte. Als sie erkannte, in welcher Gefahr Lea und sie geschwebt hatten.

»Und er hat das alles getan? Das mit den Drogen? Und das mit seiner Frau?«

»Er war der Boss der gesamten Drogenmafia in Spanien und hat das Geschäft nach Frankreich und in die Beneluxstaaten organisiert. Völlig unbehelligt von den Behörden, weil er bestochen hat, wen er kriegen konnte. Nur an die baskische Polizei hat er sich nicht herangetraut. Und …«

Luc stockte, weil das Kommende zu schlimm war.

»Und: ja. Er hat in seinen letzten Minuten zugegeben, dass er seine Frau ermordet hat. Ich bin immer sicher gewesen, dass er es war. Die ganze Zeit, vom ersten Moment an, als ich ihn gesehen hatte. Aber nun hat er es gestanden.«

»Ich habe nichts davon gemerkt. Er war … er war zu mir fast zu freundlich.«

Der Commissaire schüttelte den Kopf.

»Wie hättest du es bemerken sollen. Er war ein Psychopath.«

»Der es nur auf dich abgesehen hatte. Wir waren nur das Mittel zum Zweck.«

Luc widersprach nicht. Es gab hier nichts zu beschönigen. Eine Weile blickten sie einfach stumm in die Ferne. Sie saßen im zentralen Park der Stadt auf einer weißen Bank im Schatten der altehrwürdigen Stadtbibliothek. Auf der rechten Seite hatte sich das Meer weit zurückgezogen. Noch schien die Sonne, aber von Süden zogen schwarze Wolken heran, bald würde es wohl wieder regnen. Vor ihnen lagen der Spielplatz und das historische Karussell, auf dem Luc sie zum ersten Mal gesehen hatte. Nun war es Anouk, die dort mit Lea die zehnte Runde fuhr, seit einer Stunde spielten die beiden schon zusammen, damit Aurore und Luc die wichtigen Dinge klären konnten. Gerührt sah der Commissaire zu, wie seine schwangere Freundin neben Lea stand und sie festhielt, während die Kleine auf einem Pferd saß und auf und ab geschaukelt wurde.

»Was wirst du jetzt tun?«, fragte er.

Aurore musste lächeln. Stumm schüttelte sie den Kopf.

»Du glaubst nicht, was das für ein Gefühl ist«, sagte sie schließlich, »wenn man ständig in solche Dinge gerät. Ich dachte, mein Leben sei endlich wieder in den Fugen, als ich ihn kennenlernte.« Sie sah Luc bitter an. »Weißt du, ich war immer verloren. Das war sicher auch der Grund, warum es mit dir und mir nichts geworden ist. Du warst schon so … erfolgreich und zielstrebig, wusstest genau, was du wolltest. Und ich habe gekellnert. Herrgott. Und dann werde ich schwanger – und will lieber gar nicht genau wissen, von wem. Klar, ich dachte mir schon, dass es von dir ist, aber sicher war ich mir nicht.«

»Er hat dich, nachdem wir die Beziehung beendet hatten, die ganze Zeit beobachtet. Er wusste, dass es mein Kind ist. Und dann hat er Jahre später alles darangesetzt, dich in sein Leben zu holen, um seine Rache vollenden zu können.«

»Nun ja, ich habe Lea jedenfalls allein großgezogen, ich hatte einen Job in Paris, der ganz o. k. war, du weißt es ja sicher von ihm, ich habe ein kleines Resto im Zwanzigsten geleitet. Und dann hab ich den Job verloren und meinen Typen noch dazu. Dann habe ich Franck kennengelernt, es war wie ein Wunder. Ich habe mich gefühlt wie eine Prinzessin, als er mir den Hof gemacht und mich hierher in sein *Schloss* gebracht hat.«

Schloss. Diese Insel dort draußen im Meer. Luc konnte nicht hinsehen.

»Und nun werde ich zurückgehen, nach Paris, und hoffen, dass ich meinen Job zurückbekomme. Lea wird viele Fragen stellen, wenn sie versteht, dass hier etwas Schlimmes passiert ist. Sie hatte Franck zu ihrem Ziehvater gemacht, auch wenn es sich komisch für sie anfühlte. Sie wird sich fragen, warum er weg ist.«

Sie räusperte sich.

»Luc, ich weiß, sie muss von dir erfahren. Aber ich habe die letzten Stunden darüber nachgedacht, ich kann euch jetzt noch nicht einander vorstellen. Es ist zu früh, es wäre zu viel für sie. Wir müssen jetzt erst mal wieder ein Zuhause finden, und ich muss ihr das Gefühl von Geborgenheit geben. Dann erst kann ich ihr von dir erzählen. Ihr erzählen, dass sie den Vater hat, nach dem sie immer gesucht hat. Und dass sie eine kleine Schwester hat.« Sie sah zu Anouk und Lea hinüber, die schon wieder eine neue Runde fuhren. »Verstehst du das, Luc? Wir brauchen noch Zeit.«

Er griff nach ihrer Hand.

»Nimm dir alle Zeit der Welt, Aurore. Wirklich. Du entscheidest das, genauso, wie du es brauchst. O. k.?«

Sie nickte. Er griff in seine Jackentasche.

»Wir haben euch Zugtickets besorgt, der 14-Uhr-Zug über Bordeaux. Und ein Hotel in Paris für eine Woche. Damit ihr erst mal abschalten könnt. Yacine, mein Kollege vor Ort, sucht schon eine Wohnung für euch. Und das mit dem Job wird auch klappen, du sagst einfach Bescheid, wenn du Hilfe brauchst.«

»Ich danke dir.«

Sie schluckte.

»Weißt du, Luc, ich bin froh, dass das alles vorbei ist. Ehrlich gesagt: Ich habe Franck nie glauben können, dass er wirklich mich meinte. Dass er mich wirklich liebte. Ich wusste nicht, worum es ihm wirklich ging – aber ich war mir immer sicher, dass es den Märchenprinzen für mich nicht geben kann. Wobei das mehr über mich als über ihn aussagt.«

Luc drückte ihre Hand und ließ sie erst los, als ihnen vom Karussell her Lea und Anouk zuwinkten.

Sud Ouest, lundi 5 juin

SKANDAL IM COMMISSARIAT VON BAYONNE – FESTNAHME EINES BEAMTEN!

von Robert Dubois, Bayonne

Bayonne / Bordeaux. Der Leiter der Police nationale im Baskenland ist gestern von einer Spezialeinheit der Polizei an seinem Arbeitsplatz im Commissariat von Bayonne festgenommen worden. Nach Angaben von Augenzeugen hatte er sich in seinem Büro verschanzt. Nachdem die Beamten die Tür aufgebrochen hatten, leistete er gegen die Festnahme keinen Widerstand.

Dem 40-jährigen Dominique Schneider, gebürtig aus Colmar im Elsass, wird vorgeworfen, Schmiergelder angenommen zu haben und in mehreren Fällen Ermittlungen gegen Unschuldige geführt sowie Ermittlungen gegen andere Personen unterbunden zu haben.

Insgesamt wird der Leiter der Polizeibehörden im Südwesten verdächtigt, durch Korruption fast eine Million Euro verdient und beiseitegeschafft zu haben – natürlich vorbei am Fiskus. Er wird deswegen der Vorteilsnahme, der Korruption, der Strafvereitelung im Amt und der Steuerhinterziehung angeklagt. Der Vorwurf des Drogenschmuggels wird noch geprüft. Experten rechnen mit einer Haftstrafe nicht unter zehn Jahren. Zudem erhält der Polizeibeamte ein lebenslanges Berufsverbot. Das gab der Innenminister der Republik heute bekannt.

Die Behörden verweigern jeden Kommentar darüber, ob Schneiders Festnahme im Zusammenhang steht mit dem Tod eines französischen Staatsbürgers in der spanischen Stadt San Sebastián. Dort war vorgestern die ehemalige Polithoffnung Franck Le Pagardier unter ungeklärten Umständen zu Tode gekommen – Gerüchte, wonach er von einem französischen Polizisten erschossen wurde, ließen sich bislang nicht bestätigen.

Bestätigt ist allerdings, dass die Police nationale die Festnahme Schneiders durch eine nahezu geniale Finte erreicht hat: Die Beamten machten Commissaire Luc Verlain zu einem Lockvogel, indem sie ihn öffentlich mehrerer Vergehen bezichtigten, darunter Drogenhandel und Körperverletzung. Auch diese Zeitung war vorher in die Fehlmeldungen über den untadeligen Leiter der Polizei in Bordeaux eingeweiht und berichtete dementsprechend über die Ermittlungen gegen ihn. Durch diese List wähnte sich der tatsächlich korrupte Polizist Schneider in Sicherheit und machte die entscheidenden Fehler, die zu seiner Festnahme führten.

Die Polizei in Bordeaux, die sich bisher weitgehend bedeckt hielt, veröffentlichte heute folgenden kurzen Kommentar: »Im Zuge der erfolgten Festnahme von Dominique Schneider stellen wir fest: Commissaire Luc Verlain ist in allen gegen ihn erhobenen Vorwürfen gänzlich unschuldig. Seine Festnahme war nur ein Vorwand, um den korrupten Kollegen aus Bayonne zu überführen. Er wird ab morgen wieder in Bordeaux als Leiter seiner Einheit arbeiten.«

Inwieweit all dies in Zusammenhang mit der Entlassung der kompletten Führung der Policía Nacional im spanischen Baskenland steht, ist bislang unklar. Auch in unserem Nachbarland wird von massenhafter Korruption geraunt, Details dazu wurden aber noch nicht bekannt gegeben. Fortan soll jedoch die baskische Autonomiepolizei *Ertzaintza* mehr Macht in San Sebastián und Bilbao bekommen.
Der französische Ex-Commissaire Schneider sitzt nun in Untersuchungshaft im berüchtigten Gefängnis von Fresnes bei Paris. Sein Nachfolger auf dem Posten des Commissaire général in Bayonne steht schon fest: Es ist Gilen Etxeberria, der bisher mit Luc Verlain gemeinsam in Bordeaux ermittelte. Etxeberria stammt aus Biarritz und ist deshalb mit der Region bestens vertraut. Er wird der Polizei im Baskenland wieder das volle Vertrauen der Bevölkerung sichern, so ist zumindest die Hoffnung im französischen Innenministerium.

Biarritz, Grande Plage
Lundi 5 juin, 14:00

»Los, wir gehen runter an den Strand«, sagte Luc.

»Wirklich? Aber … so?«

»Was ist denn in Sie gefahren? Werden Sie daheim zum Spießer?«, fragte Luc lachend.

Noch einmal zeigte Etxeberria auf seinen schwarzen Anzug mit weißem Hemd und Krawatte, doch Anouk und Luc nahmen ihn in die Mitte und zogen ihn die Treppe hinunter in den weißen Sand. Es war gut was los heute, Wochenende im Baskenland, so langsam trauten sich auch die Einheimischen ins Wasser, der Sommer zeigte seine ersten Ausläufer, heute war einer der ersten richtig heißen Tage. Anouk und Luc setzten sich an die Wasserkante, dorthin, wo die Wellen gerade eben noch nicht hingelangten. Etxeberria fasste sich ein Herz und setzte sich zu ihnen, die Lederschuhe hatte er vorne an der Mauer ausgezogen. So hielten alle drei ihre nackten Füße in den Sand.

»Geht's besser?«, fragte Luc leise Anouk und berührte ihren Bauch. Vorhin, in der Feierstunde für die Amtsübernahme von Commissaire Etxeberria im Rathaus von Bayonne, hatte sie sich mehrfach den Bauch gehalten. Übungswehen, hatte sie geflüstert. Es war noch sehr früh, aber die letzten Tage forderten ihren Tribut. Eine Aufregung, die Luc seiner Freundin gerne erspart hätte. Er war ernstlich in Sorge um sie und um ihr Baby.

Doch Anouk lächelte ihn an. »Alles wunderbar«, flüsterte sie. »Die Kleine wollte uns wohl nur wissen lassen, dass sie auch noch da ist und ihr Recht einfordert, nach all dem, was die letzte Zeit im Vordergrund stand.«

Jetzt lächelten sie beide. Dann wandte sich Luc dem Basken zu.

»Und, wie fühlen Sie sich, wieder auf Ihrem liebsten Posten?«

»Es fühlt sich absolut unwirklich an«, sagte Etxeberria. »Ich kann endlich wieder zu Hause arbeiten. Mit meiner eigenen Einheit. Ich stelle mir gerade schon ein Team zusammen.«

»Aber Finger weg von Hugo!«, scherzte Anouk.

»Das ist doch Ehrensache«, sagte der Baske. »Ich habe all das Ihnen zu verdanken, Verlain.«

»Sie haben das sich selbst zu verdanken. Sie hätten nie von hier abgelöst werden dürfen«, gab Luc zurück. »Außerdem sollten wir langsam mal dieses förmliche Sie loswerden.«

»Das sollten wir«, bestätigte Etxeberria. »Gilen. Sehr erfreut.«

»Anouk«, sagte Anouk grinsend.

»Luc. Die Freude ist ganz meinerseits.«

»Und ich bin Serge«, war hinter ihnen im Gegenlicht eine Stimme zu vernehmen, eine Stimme, die Luc so altvertraut war, als spräche sein Vater.

»Monsieur Preud'homme«, sagten alle drei gleichzeitig und erhoben sich aus dem Sand. Luc sah erst jetzt, dass Preud'homme nicht allein war, neben ihm standen eine junge Frau und ein Kind, ein Junge, vielleicht sechs oder sieben Jahre alt. Anouk und Luc betrachteten einander, und sie formte lautlos einen Namen: *Lucien*. Sie strahlten sich an. Endlich.

»Sie haben sich ja nicht kennenlernen können«, sagte Preud'homme, »weil ich den Kontakt zur Familie gehalten habe. Darf ich vorstellen: Das sind Lucien Dugarry und seine Mutter Claire. Ich bin so froh, dass wir sie wieder in unserer Mitte begrüßen können.«

»Und wie froh wir erst sind!«, sagte Anouk. »Hallo, Lucien.«

Der Junge stand da und verstand den ganzen Trubel nicht, er hielt einen Buddeleimer und eine Schaufel in der Hand und wollte nur los, um eine Kleckerburg zu bauen. Seine Mutter dagegen trat auf Luc zu und nahm ihn in die Arme.

»Danke«, flüsterte sie, bevor sie auch Anouk und den Basken umarmte. Ihre Augen waren feucht. Schließlich nahm sie Luciens Hand, und sie gingen vor zur Wasserkante.

»Er ist gestern aus dem Krankenhaus entlassen worden. Die Ärzte sagen, es ist ein Wunder. Diese Kinder – unglaublich, was die aushalten. Ich will mir nicht vorstellen, was die arme Frau durchgemacht hat.«

»Aber ihm geht es wieder richtig gut, oder?«, fragte Anouk.

»Die Ärzte sagen, er wird keine bleibenden Schäden davontragen. Er kann sich auch an nichts erinnern – ich glaube, das ist auch besser so … All die Wochen im Krankenhaus. Und seine Mutter hatte befürchtet, er wolle nach dem Vorfall nie wieder an den Strand. Aber …«

Preud'homme wies mit dem Kopf hinüber. Gerührt sahen sie dem Jungen zu, der im nassen Sand stand, seine Mutter hielt ihn an den Händen, und immer, wenn eine Welle kam, zog sie ihn hoch, dass er laut juchzte.

»Ich bin einfach zu alt für solche Dinge.«

Preud'hommes ernster Ton ließ Luc aufhorchen. »Wie meinen Sie das, Monsieur le Commissaire?«

»Ja, ich muss in der Tat noch etwas Wasser in den Wein gießen, liebe Kollegen. Ich habe während dieser ganzen Sache, die ich zugegebenermaßen immer noch nicht ganz durchschaue, in meinem Büro gesessen und gedacht: Nein, das ist nichts mehr für mich. Sie, Luc, auf allen Titelseiten, das war einfach zu viel Aufregung für mich. Ich habe den Innenminister schon persönlich informiert, dass ich meinen Rückzug antrete. Bis zur Pension sind es nur noch zwei Jahre, die wird er mir erlassen. Das war's.«

Alle drei sahen Preud'homme erschrocken an.

»Nun schauen Sie nicht so. Davon geht die Welt nicht unter.«

Luc ging auf ihn zu und streckte ihm die Hand entgegen. »Ich kenne Sie zu lange, um zu versuchen, Sie noch umzustimmen.«

»Da kennen Sie mich verdammt gut, Junge.«

»Alles Gute, Monsieur Preud'homme.«

»Serge. Hatte ich doch gesagt.«

Sie mussten lachen, dann zog der Alte den Jungen an sich und umarmte ihn. Auch Anouk und Etxeberria verabschiedeten den Chef des Hôtel de Police lange und herzlich.

»In zwei Monaten kommt mein Nachfolger, offensichtlich erst mal übergangsweise, ein Mann aus Nantes. Bis dahin schließen wir diese Akte hier ab, ohne dass irgendwelche Fragen aufkommen. Ich will gar nicht wissen, was in Spanien passiert ist, ehrlich gesagt. Ich will nur, dass es uns nicht auf die Füße fällt. Ich will in meinem Ruhestand Rosen schneiden und das Meer betrachten – und nicht in Anhörungen wegen irgendwelcher interner Untersuchungen vernommen werden. Verstanden?« Er sagte es scherzhaft, und doch war da Sorge in seiner Stimme.

Luc warf Anouk einen kurzen Blick zu, aber sie verzog keine Miene. Sie hatten nur einmal darüber gesprochen. Im Schlafzimmer ihres Hotels in San Sebastián, dem *Hotel de Londres y de Inglaterra,* in der Nacht, nachdem es passiert war.

»Ich musste es tun. Du oder er. Ich will, dass du für immer

der Vater meines Kindes bist. Und mein Liebhaber. Es gab nur diesen Weg.«

Das hatte sie geflüstert, draußen war die Nacht hereingebrochen, die Stimmen der Nachtschwärmer waren vor Stunden verklungen, nur noch das Meer war durch das offene Fenster zu hören, die Wellen, die von der Flut bis an die Mauern geschlagen wurden. Sie hielten sich fest und blickten dabei aus dem Fenster hinaus, sahen die sichelförmigen Wellen in ihrer Formation aus dem offenen Meer heranrauschen. Draußen, im Dunkel, lag die Insel, auf der alles passiert war.

»Mir geht es gut. Ich habe es getan, weil es richtig war. Ich möchte nicht, dass wir noch mal darüber sprechen, glaube ich. Ich möchte nicht, dass du dich deswegen sorgst oder Mitleid mit mir hast. O.k.? Versprichst du mir das?«

»Versprochen«, flüsterte er. Dann hatte sie sich zu ihm gedreht, und sie hatten das Meer und alles darin ausgeblendet.

Nun standen sie hier, zu viert, und schauten versonnen Lucien und seiner Maman zu, die mittlerweile im Sand buddelten. Draußen auf dem Wasser ritten die Surfer ihre Wellen, einer nach dem anderen, weit hinten, dort, wo der Ozean ganz dunkelblau war.

»Wie gerne würde ich hier surfen«, sagte Luc.

»Das machen wir zusammen, sobald ich wieder kann«, sagte Anouk und sah lachend auf ihren Bauch. »Wenn wir dich besuchen, Gilen. Hier ist ja nichts los, bei den Basken, da wirst du Zeit haben, uns zu empfangen.«

»Für euch habe ich immer Zeit.«

»Hey …!«, riefen von oben auf der Strandpromenade laute Stimmen. Sie drehten sich um.

Da standen sie: Robert Dubois, der Journalist, Lou, der Polizeichef aus Lacanau, Hugo, der Polizist aus Bordeaux, und – Cecilia. Sie winkten den vier Polizisten zu.

»Na, dann mal los«, sagte Etxeberria, »ich habe einen Bärenhunger. Ich habe einen Tisch am alten Hafen reserviert, da gibt es den frischesten Wolfsbarsch der ganzen Küste – und zum Nachtisch den besten Gâteau Basque, den man nur kriegen kann. Aber vorher nehmen wir noch einen Apéro im *Grand Café*. Einverstanden?«

»*Parfait*«, sagten Anouk, Luc und Serge beinahe gleichzeitig. Preud'homme und der Baske gingen voran. Doch Luc hielt Anouk zurück.

»Halt, hiergeblieben«, sagte er, gerade, als die erste Welle der Flut ihre Füße erreichte und sie beide einen Moment die Luft anhalten mussten, weil das Wasser so kalt war.

»Was ist denn? Ich will diesen baskischen Kuchen essen, los jetzt«, sagte sie scherzhaft.

»Danke«, sagte Luc und nahm sie in den Arm, »und Anouk? *Je t'aime.*«

Luc Verlains fünfter Fall
erscheint im Herbst 2021.
Wir danken Ihnen für Ihre Treue.

Merci beaucoup

San Sebastián zum ersten Mal sehen – das ist wie eine Offenbarung. Ich erinnere mich, dass es wohl 2008 war oder 2009. Mit Freunden surften wir in der Aquitaine und fuhren die zwei Stunden gen Süden. Einmal über die Grenze. Die Strände, die Bars, einfach die ganze Stadt, das war phantastisch. Danke, liebe Aline, liebe Steffi, liebe Janina, lieber Thomas, liebe Arite, lieber Alex, lieber Grischa, für diese Reise.

Das Tollste an San Sebastián ist aber, dass es jedes Mal nicht etwa fader wird, sondern nur noch besser, denn mit jedem Besuch offenbart es ein neues Geheimnis. Ehrlich, ich liebe Bordeaux. Aber was diese schönste Stadt Spaniens zu bieten hat, ist anders und doch ebenbürtig: Weil da neben der absoluten Hingabe für gute Produkte und tolles Essen eben auch noch das Meer ist – und ein Panorama, das ich so in keiner anderen Stadt wiedergefunden habe. Und dazu noch unglaublich liebenswerte, freundliche, dem Leben zugewandte Menschen, die nach den Zeiten des Terrors und der ETA sehr wohl schätzen, dass ihr Leben etwas ruhiger geworden ist.

Ich danke den Bürgern und besonders den Gastwirten von Donostia, wie San Sebastián auf Baskisch heißt, für ihre Antworten, ihre Einblicke und für zigtausend geniale Pintxos.

Probieren Sie es übrigens mal, wenn Sie dort sind, und sprechen Sie ein paar Worte Baskisch. Ein *eskerrik asko* für Danke – oder das geniale Wort *ahur*, mit hartem ch gesprochen für Adiós –: Sie werden viele fröhliche Gesichter sehen, weil die Basken ihre Sprache lieben und eben nicht aussterben lassen wollen.

Und dann: Biarritz. Dieser Wassernebel, der über der Stadt hängt, wenn der Wind das Meer durch die Straßen pustet, ist unglaublich. Diese Ausblicke, Panoramen, unglaublich schön.

Ach, das ganze Baskenland, es ist so vielfältig und wunderbar, ob am Strand oder am Berg.

All diese Geschichten und Anekdoten aus dem Südwesten Frankreichs und aus Donostia können Sie übrigens in meiner *Gebrauchsanweisung für Bordeaux und die Atlantikküste* nachlesen, es ist eine wunderbare Anekdotensammlung geworden, die in keinem Urlaub am Atlantik fehlen sollte, und ich bin sehr dankbar, dass ich sie schreiben durfte.

Ich danke von Herzen allen, die mit mir recherchiert haben hier unten: Romy Straßenburg, die mit mir die sehr besonderen scharfen Paprika von Espelette gesucht hat. Thomas Ganske, der es wirklich geschafft hat, dass wir länger wach waren als der letzte Gastwirt von San Sebastián. Gabi und Christoph, die es bis in die letzten Ecken Donostias geschafft haben, abseits der ausgetretenen Pfade. Meine Frau Jasmin, die immer weiß, wo die Pintxos noch besser sind als die, die wir gerade hatten. Und meine Kids, die mir die schönste Runde Karussell verschafft haben, die möglich ist: die Arme hängend auf der Rotunde, der Strand in Reichweite und dazu aus den Lautsprechern *Walking on sunshine* (jeder, der Kinder hat, weiß: Es waren 38 Runden).

Danke also, von Herzen: *Merci* und *Eskerrik asko.*

Alexander Oetker
Retour
Luc Verlains erster Fall
Ein Aquitaine-Krimi
304 Seiten, Taschenbuch
ISBN 978-3-455-00349-9

Die Region Aquitaine rund um Bordeaux – kilometerlange Sandstrände, Weinberge, so weit das Auge reicht, der raue Wind vom Atlantik ... und der erste Fall für Luc Verlain!

Luc Verlain liebt gutes Essen, Frauen und sein sorgenfreies Leben in Paris. Doch als sein Vater schwer erkrankt, lässt Luc sich versetzen. Ausgerechnet nach Bordeaux in die Region Aquitaine, von wo er als junger Polizist geflohen war. Zurück in seiner Heimat muss Luc sich seinen Erinnerungen stellen. Und schon kurz nach seiner Ankunft erschüttert ein Mord die Gegend: Ein Mädchen liegt erschlagen am Strand von Lacanau-Océan. Lucs Ermittlungen führen ihn von der Küste in die Weinberge der Region und zurück nach Paris, an seiner Seite immer seine Kollegin Anouk, deren Charme er nur schwer widerstehen kann.

»Ein richtiger Wohlfühlkrimi, der sich aber
nicht nur auf urlaubsschwangere Gemütlichkeit
verlässt, sondern zwischendurch
in Sachen Spannung richtig Gas gibt.«
WDR 2 Krimitipp

Alexander Oetker
Château Mort
Luc Verlains zweiter Fall
Ein Aquitaine-Krimi
332 Seiten, Taschenbuch
ISBN 978-3-455-00596-7
Atlantik Verlag

Der kurioseste Marathon der Welt und ein ausgeklügelter Mord: Luc Verlain ermittelt hinter den Fassaden der edelsten Weinschlösser

Hitzewelle in der Aquitaine. Dennoch treten wieder Tausende zum weltberühmten Marathon du Médoc an, der mitten durch die Gärten der schönsten Châteaus führt. Doch während des Laufes stirbt ein angesehener Winzer – und ausgerechnet Lucs bester Freund Richard ist der Hauptverdächtige.
Der Kommissar entdeckt rasch, dass auch die nobelsten Weingüter der Welt ihre Schattenseiten haben. Je mehr Luc erfährt, desto verzwickter wird der Fall. Und er muss feststellen, dass selbst seine Partnerin Anouk seinen besten Freund für einen Mörder hält.

»Lebenslust, Tod und Leidenschaft.
Ich kenne derzeit keinen, der Frankreich so beschreiben kann wie Alexander Oetker.«
Adrian Arnold, Schweizer Fernsehen

»Hoher Sehnsuchtsfaktor!«
Volker Albers, Hamburger Abendblatt

Alexander Oetker
Winteraustern
Luc Verlains dritter Fall
Ein Aquitaine-Krimi
320 Seiten, Taschenbuch
ISBN 978-3-455-00937-8
Atlantik Verlag

Ebbe, Blut und edle Austern

Ziehen Sie sich warm an für Commissaire Luc Verlains kältesten Fall: eine mörderische Jagd auf dem verschneiten Atlantik

Winter auf dem Bassin d'Arcachon. Das bedeutet Hochkonjunktur bei den Austernzüchtern, schließlich sind Feiertage ohne Meeresfrüchte in Frankreich unvorstellbar. Besonders umtriebig sind zu dieser Zeit allerdings auch die berüchtigten Austerndiebe, denen man mit immer drastischeren Methoden begegnet. Und so mündet das, was eine besinnliche Bootsfahrt werden sollte, für Luc Verlain in einen Mordfall, der ihn und seine Kollegen an ihre Grenzen bringt.

»*Winteraustern* ist die perfekte
Mischung aus Nervenkitzel, Hochspannung
und einer Weihnachtsgeschichte.«
SR3

Alexander Oetker
Und dann noch die Liebe
Roman
224 Seiten, gebunden mit Schutzumschlag
ISBN 978-3-455-00928-6
Hoffmann und Campe

Was wird aus der Liebe, wenn die Welt aus den Fugen gerät?

Brüssel 2015. François steht im Auge des Taifuns. Als Reporter berichtet er täglich über das Chaos auf unserem Kontinent. Finanzkrise in Griechenland, Flüchtlingsströme quer durch Europa, Terror in Paris. Doch dann begegnet er Agápi, einer aufstrebenden griechischen Beamtin, und plötzlich stellt sich die große Frage: Wie können wir noch lieben in einer Welt, die sich immer schneller dreht? Aus François' Suche nach einer Antwort wird eine Reise zu sich selbst – die in einen ungeheuren Verrat mündet.

Mit *Und dann noch die Liebe* legt Alexander Oetker einen großen Gesellschaftsroman vor, der die entscheidende Frage unserer Zeit verhandelt. Eine Odyssee durch das Schicksalsjahr Europas. Und eine Reise in die eigene Vergangenheit.